2012 제3회

젊은작가상
수상작품집

2012 제3회

젊은작가상
수상작품집

손보미·폭우

문학동네

: 차례 :

대상 손보미 폭우 _ 007

김미월 프라자 호텔 _ 053

황정은 양산 펴기 _ 089

김이설 부고 _ 121

정소현 너를 닮은 사람 _ 163

김성중 국경시장 _ 209

이영훈 모두가 소녀시대를 좋아해 _ 249

2012 제3회 젊은작가상
심사 경위 _ 295
심사평 _ 297

손보미

폭우

.
.
.
.
.

작가노트 "중력을 넘어서"
해설 이소연_세속의 예언과 성취

손보미
2009년 『21세기문학』 신인상, 2011년 동아일보 신춘문예를 통해 작품활동을 시작했다. 소설집 『그들에게 린디합을』 『우아한 밤과 고양이들』, 장편소설 『디어 랄프 로렌』 『작은 동네』, 중편소설 『우연의 신』, 짧은 소설 『맨해튼의 반딧불이』가 있다. 2013년, 2014년, 2015년 젊은작가상, 한국일보문학상, 김준성문학상, 대산문학상 등을 수상했다.

폭우

　그녀의 남편은 전자제품 상점의 판매원이었는데, 어느 날 손
님이 없는 매장을 어슬렁거리다가 갑자기 넘어졌다. 그는 평소
에도 익살스럽게 행동하는 걸 좋아했고, 다른 사람들의 시선을
즐기는 편이었기 때문에 동료들은 그가 일부러 장난을 치는 거
라고 생각했다. 이런 상황 때문에 병원에 가서 제대로 된 치료를
받을 시간이 약간—그게 비록 일이 분에 불과하다 해도—지체
되었고, 그 사실을 알게 된 그녀는 매우 불쾌해져서 울어버렸다.
다행히도 그녀의 남편은 가벼운 뇌진탕이라는 진단을 받았고,
의사는 간단한 검사를 몇 가지 더 한 후 일주일쯤 병원에서 휴식
을 취한다면 별일 없을 거라고 말했다. 입원해 있는 동안 그녀의
남편은 매우 편안해 보였고, 실제로 그는 자신의 인생을 통틀어
이토록 컨디션이 좋았던 적이 없었다고 말하기도 했다. 그녀는

규모가 작은 무역회사의 접수원이었는데, 근무가 끝나면 곧장 병원으로 가서 남편의 휴식이 완전해질 수 있도록 도왔다. 며칠 후, 그녀의 남편은 퇴원하고 싶다는 의사를 밝혔고, 결국 닷새째 되는 날 저녁에 그녀는 남편을 데리고 집으로 돌아왔다. 다음날, 그녀는 다른 날과 마찬가지로 농담을 던지며 쾌활한 모습으로 출근하는 남편을 보면서 어떤 감정들이 되살아나는 것을 느꼈다. 그날 저녁, 일찍 퇴근해서 저녁식사를 준비하던 그녀는 자신들의 결혼생활을 되돌아보며 일종의 회한에 잠겼고, 앞으로는 뭔가 달라질 것 같다는 막연한 기대에 사로잡혔다. 그들에게는 아주 약간의 여윳돈이 있었다. 어쩌면 그녀의 남편은 그 돈으로 전문대학에 입학할 수도 있다. 대학을 졸업한다면 지금보다 더 좋은 직장을 얻을 수 있을 것이다. 그들은 아이를 가질 수도 있다. 그녀는 남자아이를 원했다…… 그날 저녁 내내 그녀는 조금 들뜬 상태였지만 문득문득 불길한 예감이 들 때가 있었다. 그러나 그녀는 그것을 대수롭지 않게 생각했다. 그 바람에 그녀는 이 이야기를 구성해내는 중요한 사건의 면면—이를테면 그날, 그녀의 남편은 장식용 아로마 향초를 몇 번이나 넘어뜨렸고, 젓가락은 사용하지 않았으며, 숟가락을 떨어뜨렸고, 물컵도 두 번 이상 놓쳤다—은 보지 못했거나, 혹은 보고도 못 본 척했다. 그날 저녁 이후 그녀는 충만함과 불안감을 동시에 느끼며 구름 위를 떠다니는 느낌에 사로잡혔다가, 나흘 후 아침 그의 남편이 울상이 되어서 "여보, 나 아무것도 보이지 않아"라고 말했을 때, 비로소 땅 위로 다시 내려올 수 있었다.

그들이 다시 병원을 찾았을 때, 어떤 의사는 "안구에 직접적인 이상이 있는 것은 아닙니다"라는 문장으로 시작하는 딱딱하고 학술적인 말을 늘어놓았고, 또다른 의사는 "일종의 스위치만 켜주면 시력이 돌아올 겁니다"라는 문학적 비유를 곁들여 설명했다. 공통적으로 그 이야기들은 그들에게 끊임없이 희망을 불어넣어주었다. 그리고 그것은 그가 이 년 동안 세 번의 수술을 받는 원동력이 되었다. 마지막 수술비를 마련하기 위해 더 작고 누추한 집으로 이사해야만 했고 얼마 정도 빚을 져야만 했다. 남편이 세번째—마지막—수술을 받던 날, 대기실에 있던 그녀는 마치 중요한 손님을 기다리는 사람 같았고, 약간의 중압감을 느끼고 있었다. 그녀는 자주 자신의 낡은 스웨터의 소매로 콧물을 닦았다. 그러다가 대기실에 널브러져 있는 잡지들을 읽기 시작했다. 마치 무언가를 읽는 행위가 자신의 초라한 스웨터를 감춰주기라도 한다는 듯이. 하지만 불행하게도 거의 모든 잡지가 그녀에게 별 재미를 주지 못했고, 어떤 것은 단 한 글자에도 집중할 수 없을 정도였다. 그 이유를 그녀의 심리상태나, 혹은 병원 대기실에 있는 잡지—골프나 테니스를 다뤘거나, 혹은 고전음악이나 발레, 라이프스타일과 관련된—가 그녀의 통속적인 취향과 몹시 동떨어져 있었던 것에서 찾을 수도 있겠지만, 사실 그렇게 판단을 내리는 건 좀 부당한 측면이 있다. 왜냐하면 그곳에 있는 잡지들은 너무나 오래된 것들이기 때문이었다. 이 병원의 원장은 잡지를 사는 일을 쓸데없다고 여겨서 수년 전부터 금지한 상태였다. 그녀가 조금이나마 흥미를 느낄 수 있었던 건 『BlueShoe』라는 블루스 음악 전문 잡지였다(이 잡지는 미국에서 1990년대에 발간된 것으로 한국에는 1994년과 1995년에 걸쳐 총 여덟 권이 발간되었지만, 수지가 맞지 않는다는 이유로 발간이 중지되었다. 그녀가 읽은 것은 1995년 여름호였다). 그녀는 블루스가 음악의 한 종류라는 것조차 몰랐고 그저 끈적끈적하고 야한 춤에 불과하다는 인식을 가지고 있었지만, 그날 『BlueShoe』에서 읽은 어떤 블루스 음악의 노랫말을 오랜 후까지 기억했다. "나를 여기에 두지 말아요. 내가 중력을 이기고 날아오를 수 있게 도와주세요. 나는 그렇게 음탕한 여자가 아니랍니다." 잠시 후 레지던트가 수술이 끝났음을 알려주었고, 집도의에게 더 자세한 이야기를 듣는 것이 좋겠으니 따라오라고 했다. 그녀는 읽던 잡지를 가방에 쑤셔넣은 후, 레지던트를 따라 좁은 복도를 천천히 걸어갔다.

*

그들은 빗줄기를 뚫고 구르메 식당에 도착했다. 조금 늦었을 뿐 그들 부부가 구르메 식당 방문을 아예 취소한 건 아니었다. 부부는 매달 마지막 주 화요일 저녁마다 구르메 식당에서 식사를 하곤 했다. 식당 주인인 미스터 장은 비에 젖은 그들을 위해 수건을 건네주며 말했다. "엄청나게 쏟아지는군요. 태풍이 올라오는 중이라고 합니다." 잠시 후, 미스터 장은 절인 올리브가 담긴 그릇과 와인을 들고 그들의 테이블로 다가왔다. 부부는 기숙사가 딸린 중학교로 진학한 아들을 집으로 데려오느냐 마느냐하는 케케묵은 주제로 이야기를 나누는 중이었다. 미스터 장의 등장으로 그들의 이야기는 잠시 끊겼다. 미스터 장은 사십대 후반으로 아직 결혼은 하지 않은 것으로 알려져 있었다. '미스터 장'은 단골들이 지어준 별명이었다.

미스터 장은 와인을 따르면서 지나가는 말투로, 그러나 깍듯한 태도로 질문했다.

"아이가 어디 멀리 있나봅니다."

"이야기한 적 없나요? 우리 아들은 우수한 학생들만 받는 중학교에 다니고 있어요. 기숙사가 딸린 학교죠. 지금은 이학년이에요." 부인이 대답했다.

"많이 보고 싶으시겠습니다."

"네, 아주 많이요. 이번 방학에는 집에 올 거예요."

사람들은 그들이 아주 잘 어울리는 한 쌍이라고 생각했다. 남편은 사십대 초반으로 결코 나이보다 젊어 보인다고 할 수는 없었고, 지쳐 보이는 인상이었지만, 이목구비가 뚜렷하고 신뢰감을 주는 표정을 짓는 남자였다. 아내는 남편보다 다섯 살이 어렸다. 전형적인 미인은 아니었지만 얼굴을 보면 책이 빽빽하게 꽂힌 고급 원목 책장과 반들반들하게 닦인 값비싼 경첩, 혹은 작지만 격식 있는 티테이블이 연상되는 여자였다. 미스터 장은 직업적인 호기심과 관찰력으로, 그녀가 '이번 방학에는'이라고 표현한 것을 알아차렸지만, 역시 직업적인 감각으로 그것에 대해 질문해서는 안 된다는 것 또한 알고 있었다.

식당 문을 닫을 시간이 훌쩍 넘은 뒤에도, 그들 부부는 이야기에 열중해 있었다. 자주 있는 일이었다. 때로 그는 격양된 몸짓을 보였고, 그녀는 이따금씩 두 손으로 냅킨을 쥐어짰다. 직원들을 먼저 퇴근시킨 미스터 장은 그들에게 다가가서 물잔을 채워주었다. 부부는 그제야 식당에 남은 손님이 자신들뿐이라는 것을 알았다.

"우리가 너무 늦게까지 있었군요. 미안합니다. 곧 돌아가겠어요."

"아닙니다. 괜찮습니다. 더 필요하신 거 없습니까?"

미스터 장은 웃으며 그들의 대답을 기다렸다.

"손님도 없는데, 우리랑 한잔하면 어떻습니까?" 그가 말했다.

미스터 장은 잠시 망설이다가 대답했다.

"술은 마시지 않겠습니다만, 영업시간이 끝났으니 그럼 잠깐 앉겠습니다."

미스터 장은 그들 옆에 앉았다. 그녀가 입을 열었다.

"난 어제 밤늦게까지 집에서 혼자 TV 쇼를 하나 봤어요. 이이는 어제 동료 교수들과 늦게까지 술을 마셨거든요." 그리고 무슨 대단한 비밀이라도 누설하는 듯 목소리를 낮추고 "이이는 얼마 전에 전임발령을 받았답니다"라고 덧붙였다. 그가 멋쩍은 듯이 웃었다.

"어쨌든 어제 유명한 여배우가 나왔는데…… 이름이 뭐더라? 얼마 전에 무슨 영화에도 출연한 여자인데…… 우체국의 편지를 훔치는 이야기였는데, 여보 혹시 그 영화 기억해요?"

그는 잘 모르겠다는 듯 어깨를 으쓱거렸다.

"그 여자는 이혼녀인데 말이에요. 자기 아이에게 집중력 장애가 있다는 거예요. ADHD 말이에요. 여덟 살짜리 아이였는데."

"요즘은 그런 애들이 워낙 많으니까." 그가 맞장구를 쳤다.

"그런 이야기를 들으면 걱정되지 않습니까?" 미스터 장이 물었다.

"뭐가요?" 그녀가 물었다.

"내 아이가 저러면 어쩌나, 뭐 그런 생각."

"글쎄요, 우리 아들은 한 번도 우리 속을 썩인 적이 없어요. 공부도 잘하고. 훌륭한 아들이죠."

그가 아내 쪽을 바라보며 말했다. 그녀는 남편의 말에 대꾸하지 않았고, 대신 익살스러운 태도로 미스터 장에게 질문했다.

"우선 결혼부터 하는 게 어떠세요?"

"전 이것저것 걱정이 많은 사람이라서 말입니다."

그녀가 웃으며 말을 받았다.

"사장님은 그런 생각을 할 필요 없어요. 영리하신 분이니까요. 결혼을 하고 애를 낳으면 그 아이도 분명 머리가 좋을 거예요."

"제가 영리한지 그렇지 않은지 부인이 어떻게 아십니까?"

미스터 장이 약간 심술궂은 표정을 하고 물었다.

"난 생긴 것만 봐도 그 사람이 영리한지 아닌지 알아요. 대학 다닐 때 정식으로 관상을 좀 배웠거든요. 남편과 결혼한 이유도 남편의 관상이 좋아서였는걸요."

그가 웃음을 터뜨렸고, 미스터 장도 따라 웃었다.

"여하튼 그 여배우가 말하기를, 자기 애가 옆집에 혼자 사는 노인과 지나치게 친해졌다는 거예요. 거의 매일 그 집에 놀러 가고, 자신이 집에 있어도 옆집에서 놀고 오겠다고 가서는 몇 시간이 지나도 돌아오지 않더라는 거죠. 우리 모두 알다시피 여배우는 매우 바쁜 사람이고 옆집 사람과 친목을 나눌 시간 같은 건 없잖아요. 옆집 노인과 왕래는 없었지만, 가끔 지나가다 본 노인의 모습이나, 오고가며 들은 사람들의 이야기로 판단했을 때, 노인이 별로 마음에 들지 않았던 거죠. 위험하다는 생각을 했나봐요. 그래서 옆집에 가서 자신의 아이와 어울리지 말아달라 부탁했다고 하더라고요. 좀 무례한 행동이지 않나요?"

미스터 장은 고개를 끄덕였다. 하지만 남편은 되물었다.

"여배우가 방송에 나와서 그런 이야기를 했단 말이야?"

"그렇다니까요." 그녀는 대답할 가치도 없다는 듯이 무성의하게 대답했다.

잠시 후 그들 부부가 계산을 하기 위해 일어났다. 어느새 비가 그쳤고, 비냄새가 섞인 늦여름 밤의 아련한 바람이 식당의 열어놓은 문을 통해 들어왔다. 미스터 장이 보기에 그들 부부의 표정은 어딘가 부자연스러웠고, 화가 난 것처럼 보였으며 또 얼마쯤은 슬퍼 보였다. 미스터 장은 차 쪽으로 걸어가는 부부의 뒷모습을 한참 바라보았다.

*

남편이 시력을 잃은 후, 그녀는 별다른 불평 없이 자신의 역할에 충실했다. 집에 돌아오면 좁은 탁자에다 저녁식사를 차렸다. 식사가 끝나면 돈 계산에 열중했다. 그녀는 빨리 빚을 갚고 싶었지만 그녀의 월급과 남편이 받은 퇴직금만으로는 어림도 없었다. 그녀가 계산기와 씨름하는 동안, 남편은 점자책을 읽거나 라디오를 들었다. 그는 게스트들이 우르르 나와서 청취자들이 보내온 웃긴 사연을 읽어주는 걸 좋아했다. 그는 그녀에게 컴퓨터 자판에 점자를 표시해줄 것을 부탁했고, 그녀가 출근해 있는 동안 재미있는 이야기를 자판으로 쳤다. 그리고 그녀가 돌아오면 출력해서 방송국으로 보내줄 것을 부탁했다. 그녀는 그것을 읽어본 적도 없었고, 절반 정도는 방송국으로 보냈지만, 나머지 절반은 잃어버렸다. 어쨌든 남편의 사연이 소개된 적은 단 한 번도 없었다. 어느 날 항상 듣던 채널이 지겹다고 생각한 그는 라디오 채널을 이리저리 돌리다 우연히 자신이 사는 구의 홍보직원이 하는 이야기를 들었다. "우리 구는 구민들의 문화생활 수준을 높이려고 합니다. 그 계획의 일환으로 아주 저렴한 수업료로 다른 구와는 차별화되는 강좌를 열 예정입니다." 구청에서는 '도서관의 역사'라든지, '이탈리아 음식의 격조' '플로베르와 찰스 디킨스'라는 이름의 강좌를 야심차게 열었고, 각 분야의 권위자에게 고액의 강의료를 지불하고 수업을 맡겼다. 구청의 이러한 노력은 지역 뉴스에 '시민과 함께하는 인문학' 내지는 '구민 바로 곁에 있는 격조 있는 문화탐방'이라는 제목으로 대대적으로 홍보되었고, 호평이 잇따랐다. 그는 아내에게 그 강좌에 대해 이야기해줬고, 일주일에 한 번쯤은 이런 강좌를 들어도 좋을 것 같다고 말했다. 결국 그녀가 선택한 강좌는 '미국의 대중음악'이었다. 미국에 대해 좋은 인상을 가지고 있었고, 남편이 시력을 잃은 후에는 라디오를 즐겨 들었기 때문에 대중음악에 대해서도 잘 알고 있었다.

매주 수요일 저녁이 되면 그녀는 자신의 유일한 외투를 걸치고 차가운 바람을 헤치며 집에서 두 정거장 떨어진 구청까지 걸어갔다. 그녀는 강좌를 들으러 걸어가는 그 길과, 강의실의 냄새, 네모반듯한 책상, 그리고 항상 값비싼 캐시미어코트를 걸치고 오는 강사를 좋아했다. 강사는 미국에서 대학과 대학원을 다녔다고 했으며, 그에 걸맞게 미국의 대중음악뿐만 아니라, 영화, 소설, 시, 연극에 대해서도 해박한 지식을 가지고 있었다. 그녀는 노트에 강의 내용을 빽빽하게 기록해두었다가 집으로 돌아오면 남편에게 얘기해주었다. 그는 눈을 감은 채 의자에 앉아 그녀의 이야기를 들었다. 그녀는 아무것도 보지 못하는 그가 눈을 감고 있는 것이 어떤 의미인지 항상 궁금했지만 물어본 적이 없었다.

강좌가 열린 지 석 달쯤 지났을 때, 구청장은 갑자기 각 부서의 책임자를 불러모았고, 장시간의 회의를 거쳐서 강좌들을 모두 없애기로 결정해버렸다. 어느 수요일, '미국의 대중음악' 강사는 이 수업은 더이상 진행되지 않을 것이고, 다음주 이 시간부터는 '생활요가'가 진행될 예정이니 원하는 사람은 계속 수업을 듣고, 아니면 환불을 받으라고 친절하게 설명해주었다. 강사의 얼굴에서는 실망감이나 아쉬움을 찾아볼 수 없었고, 오히려 홀가분해한다는 인상이었다. 수업이 끝난 후, 그녀는 빈 교실에 혼자 우두커니 앉아 있었다. 버림받은 기분이었고, 굴욕적인 느낌이었다. 이십 분쯤 후, 그녀는 벗어두었던 외투를 걸쳐입고 건물 밖으로 천천히 걸어나왔다. 주차장을 통과해서 뒷문 쪽으로 나가면 훨씬 빨리 집에 도착할 수 있다는 것을 알고 있었기 때문에 그녀는 항상 그 길을 통해 집으로 가곤 했는데, '미국의 대중음악' 강사는 그녀가 건물 밖으로 나오던 그 시간에 주차장 한가운데 서서 전화통화를 하고 있었다. 카멜색 캐시미어코트를 걸친 그는 마치 통화를 하고 있는 상대가 바로 앞에 있기라도 한 듯이 흥분해서 주먹을 쥐고 크게 흔들어대고 있었다. 그 바람에 그는 손에 들고 있던 차 키를 떨어뜨렸고, 곧바로 주웠지만, 몇 발짝 가지 못해 다시 주먹을 흔들다가 또 떨어뜨리고 멈춰 서버리는 우스꽝스런 짓을 반복하고 있었다. 그녀는 그 모습을 가만히 바라보았다. 그리고 전화통화가 끝날 때까지 기다렸다가 그에게 다가갔다. "안녕하세요." 강사가 그녀를 알아보는 데까지는 약간의 시간이 필요했다. "저는 선생님의 '미국의 대중음악'을 듣던 학생이에요. 정말 선생님을 존경해요." 그녀는 강사가 자신을 알아보지 못할까봐 불안함을 느꼈고, 그래서 강사가 "아, 안녕하세요"라고 인사했을 때, 안도했다.

*

집으로 돌아오는 차 안에서 그들은 아이에 대한 문제로 또다시 실랑이를 벌였다. 아파트 주차장에 도착했을 때, 아내는 차

문을 소리나게 닫고는 집 안으로 들어가버렸다. 그는 차 안에 남아서 아파트 동 앞에 일렬로 심어놓은 관목의 실루엣과 가로등 불빛에 반짝이는 물웅덩이, 그리고 비에 젖은 보도의 끝을 멍하니 바라보다가 결국 소방차 전용 주차공간으로까지 시선을 옮겼다.

몇 년 전에 집에 불이 난 적이 있었다. 그가 연락을 받고 집에 도착했을 때, 바로 저 자리에서 소방차 몇 대가 돌아갈 채비를 하는 중이었다. 누군가 물었다. "당신이 아이 아버지요?" 당시 열두 살이었던 아들은 멀끔한 모습으로 옆집에 사는 할머니의 손을 꼭 잡고 있었다. 당시 그녀는 혼자 살고 있었는데, 몇 년 전 남편이 심근경색으로 죽고 자녀들은 모두 결혼해서 따로 살고 있었다. 그녀는 가끔씩 그들 부부에게 급한 일이 생길 때마다 아들을 돌봐주곤 했다. 하지만 불이 났던 그날 밤은 아내가 아들과 함께 있기로 되어 있는 날이었다. "다행히 큰불은 아니었어요." 옆집 할머니는 그에게 변명하듯 말했다. 화재 때문에 가장 많은 피해를 본 곳은 아들의 방이었다. 더 정확하게 말하면 그 방을 제외하고는 별 피해가 없었다. "아드님 방에서 불이 시작되었습니다." 소방대원은 그렇게 말했었다. 아들의 앨범이나 옷, 일기장, 상장과 성적표 같은 것들이 다 사라져버렸다. "글쎄, 자꾸 이녀석이 집에 가 있겠다고 하지 뭐겠수. 자기도 다 컸다고 하도 고집을 부리기에, 밥만 먹이고 집으로 보냈는데, 이런 일이 생길지 누가 알았겠수." 할머니가 그에게 설명했다. 그는 아들에게 물었다. "엄마는 어디 갔어?" 아이는 눈을 내리깔고 입술을 앙

다문 채 고개를 흔들었다. 열두 살. 그는 그때 처음으로 이 아이가 '성장하고' 있다는 사실을 깨달았다. 차마 아들의 손을 잡아주거나 안아줄 수 없었다. 할머니가 미소를 지으며 그에게 말했다. "아이가 참 의젓해요." 그녀는 작년에 폐암으로 죽었다. 폐암 진단을 받고 난 후 일 개월도 채 살지 못했다. 이제 그 집에는 그녀의 막내아들 부부가 거주하고 있는데, 그들과는 별로 왕래가 없었다.

화재가 일어난 후 그들 부부는, 아니 그들 가족은 화재에 대해 한마디도 하지 않았다. 다만 그는 가족과 좀더 많은 시간을 보내려고 노력했다. 몇 달 후에 아이는 도시 외곽의 기숙사가 딸린 명문 사립중학교로 진학하고 싶다고 말했다. 학비가 비싸고 우수한 학생들만 들어갈 수 있는 곳이었다. 아이가 일곱 살이 될 때까지 그들 가족은 미국에서 거주했기 때문에 아들은 또래보다 영어를 능숙하게 구사할 수 있었다. 부부는 아들을 적극적으로 지원해주었다. 그 학교에 들어간다면 같은 재단의 고등학교에 입학할 수 있고, 그렇게 된다면 명문대 입학은 따놓은 당상이었다. 아들이 입학시험에 합격했을 때 부부는 부러움의 시선을 한몸에 받았다. 하지만 언제부터였을까? 아내는 아들을 멀리 보낸 것이 잘못된 선택이라고 말하기 시작했다. 그리고 틈만 나면 아들을 집으로 데려와서 근처의 중학교로 전학시켜야 한다고 주장했다. 그럴 때마다 그는 '아들의 미래'를 위해 거기에 두는 것이 올바른 일이라고 아내를 달랬고, 그러면 그녀는 또 그의 말에 수긍하곤 했다. 하지만 또 어떤 때, 그들은 이 문제로 격렬하게 싸우기도 했다. 싸움이 있을 때마다 아내는 문을 '탁' 하고 닫고 어디론가 가버리곤 했다. 그들이 거실에서 싸우고 있었다면 그녀는 침실 문을 탁, 닫고 방 안으로 들어가버렸고, 방 안에서 싸우고 있었다면 다른 방으로 문을 탁, 닫고 들어가버렸으며, 차 안이라면 이런 식으로 차 문을 탁, 닫고 집 안으로 들어가버렸다. 그는 문을 닫는 행위를 통해 아내가 이 사태를 다른 식으로 해석하고 싶어하는 것이라고, 그러니까 단순히 화를 표현하는 것 이상의 의미가 있을지도 모른다고 생각했다. 그래도, 그는 언제나 그 문을 다시 열었고, 그들이 — 그러니까, 그와 아내가 — 닫힌 세계 속에 함께 있도록 만들었다.

잠시 후 그가 집으로 들어갔을 때 아내는 외출복 차림으로 멍하니 침실 화장대 앞에 앉아 있었다. 그 모습 때문에, 그는 어떤 미국소설을 생각해냈다. 한 남자가 오랜 실패 끝에 자신에게 남겨진 가장 큰 보물이 바로 아내라는 것을 깨닫게 된다는 이야기였다. 그는 뭔가 이상한 감정을 느꼈는데, 그게 욕정이라는 것을 깨닫기까지 그리 오랜 시간이 걸리지는 않았다.

"뭐가 잘못됐어?"

"아이가 왔다 갔어요. 빨랫거리를 가져다놓았네요."

아들은 언젠가부터 집에 꼭 들러야 할 일이 있으면 그들이 없는 시간을 골라 몰래 왔다 가곤 했다. 그들은 그것을 어떤 식으로 받아들여야 할지 몰랐다. 잠시 동안 그들 부부는 아무 말도 하지 않으려고 애썼다. 잠시 후 그녀는 어디론가 전화를 걸기 시작했다.

"어디에 전화하는 거야?" 하지만 그는 그녀가 어디로 전화를 거는지 알고 있었다. 전에도 몇 번 이런 일이 있었다. 마지막은 육 개월 전이었다. 그녀는 그의 연구실로 불쑥 찾아와서는, 아이를 데리러 가자고 했었다. 학교와는 이미 이야기가 끝났다고 말했다. 늘 그랬다. 하지만 그들은 단 한 번도 아이를 데리고 오지 못했다. 그는 수화기를 들고 있는 아내의 등을 바라보았다.

"안 돼, 그러지 마. 우리가 이런 짓을 하면 할수록 걔는 우리를 더 싫어할 거야."

그녀는 전혀 상관하지 않았고, 잠시 후 수화기를 내려놓더니 이렇게 말했다.

"이상하네요. 전화를 받지 않아요. 일단 출발해야 할 것 같아요."

그리고 "같이 갈 거죠?"라고 덧붙였다.

*

그날, 그들은 주차장 계단 옆에 서서 자판기 커피를 함께 마셨을 뿐이었다. 그녀는 강의 내용을 필기한 노트를 펼쳐서 보여주었고, 강사는 감탄한 듯 고개를 끄덕였다. 그녀는 문득 남편의 마지막 수술날 잡지에서 읽었던 노래가사를 읊었다. "나를 여기에 두지 말아요. 내가 중력을 이기고 날아오를 수 있게 도와주세요. 나는 그렇게 음탕한 여자가 아니랍니다." 그녀는 『BlueShoe』에 대해 이야기했고, 이 노래를 아느냐고 물었다. 강사는 빈 종이컵의 바닥을 바라보면서 잡지에 제목이 함께 나와 있지 않았느냐고 되물었다. 그녀는 도통 기억이 나지 않았다. "죄송해요. 제가 기억력이 좋지 않아서요. 하지만 노래를 부른 가수나 그 노래에 대해서는 전혀 설명이 없었는걸요. 그냥 노래 제목하고 가사만 있었어요." 그녀는 자신의 얼굴이 빨개졌다고 생각했고, 그것 때문에 속상했다. 강사는 지금 당장은 잘 모르겠지만 어쩌면 나중에 제목이 생각날지도 모르겠다고 말했다. 그리고 『BlueShoe』를 가지고 있느냐고 되물었다. 그녀는 고개를 끄덕이며 원한다면 그 잡지를 드릴 수도 있다고 말했다. 그리고 다시 한번 그에게 진심을 담아서 말했다. "선생님 강의는 정말 유익했어요. 전 정말 많은 걸 배웠답니다."

헤어질 때, 그녀는 노트의 마지막 장을 찢어서 자신의 전화번호를 적어주었다. "혹시 그 노래에 대해 알게 된다면 전화 한 통만 주시겠어요?" 그날 밤, 그녀는 남편에게 그날의 강의노트를 읽어주었고, 강사와 자판기 커피를 마신 이야기를 해주었다. "아주 똑똑하신 분이더라고. 우리는 상상할 수도 없을 정도로 말이야." 하지만 그녀는 강좌가 폐강되었다는 이야기는 하지 않았다. 다음주 수요일이 되었을 때, 강의를 들으러 가지 않는 그녀에게 남편이 무슨 일이 있는 거냐고 물었다. 그녀는 몸이 좋지 않아서 쉬고 싶다고 대답했다. 그들은 함께 저녁을 먹고 라디오를 들었다. 그리고 그녀는 남편이 라디오에 보낼 사연을 자판으로 치는 것을 도와주었다. 그리고 또다시 일주일이 지나고 수요일이 되었을 때에도 여전히 그녀는 집에 있었고, 그 다음주에도, 또 그

다음주에도 마찬가지였다. 하지만 그녀는 여전히 강좌가 폐강되었다는 이야기는 꺼내지 않았고, 남편도 더이상 캐묻지 않았다. 언젠가 저녁을 먹던 그녀가 남편에게 물었다. "내 얼굴이 기억나?" 그는 그녀의 얼굴을 떠올려보았다. 가끔 그녀는 거울 속에 비친 자기의 얼굴을 가만히 바라볼 때가 있었다. 서른세 살에 불과했지만 흰 머리칼이 드문드문 보였고, 볼은 축 늘어져 있었으며, 피부는 거칠었다. 밤중에 자다가 깨기도 했다. 그녀는 좁고 너저분한 방과 음식물 냄새가 진동하는 싱크대, 바퀴벌레가 드나드는 화장실을 둘러보았고, 마지막에는 남편의 잠든 얼굴을 바라보았다. 별다른 일도 하지 않고 집에만 있는 남편의 배와 등에는 지나치게 살이 붙어 있었다. 그녀는 종종 남편이 마지막 수술을 받는 동안 대기실에 앉아 있던 자신의 모습을 떠올렸고, 이유는 알 수 없었지만, 그 때문에 약간의 괴로움을 느꼈다. 겨울이 끝날 무렵, 그녀는 남편이 교통사고로 병원에 있다는 연락을 받았다. 그 당시 그는 지팡이를 가지고 종종 혼자서 외출을 하곤 했다. 그녀가 응급실에 갔을 때, 남편은 왼쪽 다리에 깁스를 한 채 마치 죽은 사람처럼 눈을 감고 누워 있었다. 그녀는 자신의 심장박동이 빨라지는 것을 느꼈다. 남편의 부상은 경미했고 이 주쯤 지나자 완치되었다. 하지만 그녀는 나중에까지 그 느낌 — 가슴속에서 무언가 요동치던 그 느낌 — 을 생생하게 기억했다. 그후로 그는 혼자 외출하는 것을 그만두었고, 항상 집 안에서 자판을 두드리곤 했지만, 사연을 방송국으로 보내달라는 이야기는 더이상 하지 않았다. 그녀는 타자 소리를 들을 때마다 무언가가 부서지는 느낌에 사로잡혔고, 마치 벌을 받는 것 같다는 느낌에 사로잡히기도 했다.

3월의 마지막 주 수요일, 그녀는 전화 한 통을 받았다. 목소리를 듣자마자 그녀는 누구인지 알아차렸다. '미국의 대중음악' 강사였다. 그는 그동안 여행을 다녀왔으며, 문득 생각이 나서 전화를 걸었다고 말했다. "예의에 어긋나는 줄은 알지만, 도대체 그 가사가 어떤 노래인 줄 모르겠어서요. 혹시 그 잡지를 볼 수 있을까요? 『BlueShoe』요." 집으로 돌아온 그녀는 온 집 안을 뒤져서 그 잡지를 찾아내려고 했지만, 결국 찾지 못했다. 하지만 그럼에도 그녀는 강사를 만나러 갔다. 그들은 이번에는 구청 근처에 있는 낡은 카페에서 만났다. 그녀는 잡지는 다음주에 가져다주겠노라고 말했다. 그렇게 그녀는 수요일 저녁마다 다시 외출하기 시작했다. 남편에게는 강좌를 다시 들으러 가는 거라고 말했다. 어떤 면에서 그 말은 완전한 사실이었다. 다음에 만났을 때, 그녀와 강사는 구청에서 멀리 떨어진 카페에서 함께 커피를 마셨다. 강사는 음악, 영화, 소설, 시, 연극에 관한 이야기를 해주었고, 그녀는 그것을 열심히 필기했다. 남편에 대해 말하기도 했다. 남편이 맹인이라고 이야기하자, 강사는 맹인 뮤지션에 대한 이야기를 해주었다. 그날 밤, 그녀는 언제나 그랬던 것처럼 남편에게 강의노트를 읽어주었고 끝에 이렇게 덧붙였다.

"내가 읽어주는 걸 이해할 수 있어?"

*

    비가 다시 내리기 시작했다. 이전보다 훨씬 더 거세진 빗줄기가 차체를 때리는 소리가 차 안을 가득 메우고 있었다. 와이퍼가 쉴새없이 움직였지만, 시야는 계속 흐려지기만 했다. 늦은 시간인데다 비까지 와서 외곽고속도로는 한산했고, 그것이 문득 그를 두렵게 만들었다. 아까부터 그의 아내는 입을 꾹 다문 채 운전을 하고 있었다. 그는 아내가 미친 짓을 하고 있다고 생각했지만, 얘기를 꺼낼 엄두가 나지 않았다. 어떻게든 다시 집으로 돌아가야 했다.

    "걔는 집으로 돌아오려고 하지 않을 거야."

    그가 이렇게 말했을 때, 아내가 물었다.

    "왜 그렇게 확신해요?"

    "저번에 어떤 일이 있었는지 기억 안 나? 우리한테 전화해서 망신스러운 일 좀 당하게 하지 말아달라고 한 거 잊었어?"

    "이번에는 억지로라도 끌고 와야 해요."

    "돌아가자, 비가 너무 많이 와. 사고가 날지도 몰라. 내일 아침에 다시 가도 늦지 않아."

    "난 당장 데려올 거야."

    그는 아내의 옆얼굴을 바라보았다. 그녀는 잔뜩 화가 난 것처럼 보이기도 했고, 감당할 수 없는 슬픔에 잠긴 것처럼 보이기도 했다. 그는 조금 전 느꼈던 욕정은 착각이고, 자신이 느낀 감정은 아내를 때리고 싶었던 건지도 모른다는 생각이 들었다. 그는 어떤 감정의 갈기들이 말 그대로 자신의 몸을 헤집으며 어디론가 끌고 가려고 한다는 것을 알았다.

"걔는 돌아오지 않아. 시간이 필요해."

그가 이렇게 말하자, 그녀가 갑자기 갓길에 차를 세웠다. 그리고 조금 떨리는 목소리로 물었다.

"시간이라고요? 무슨 시간?"

그도 자기가 하는 말이 무슨 의미인지 잘 몰랐다.

"비상등 켜."

그는 그렇게만 말하고 입을 다물어버렸다. 그 이야기를 하려면 어쩔 수 없이 화재가 났던 날 밤으로 돌아가야만 했다. 그는 그녀에게 그날 어디에 갔었느냐고, 왜 아이와 함께 있지 않았느냐고 물어야만 했다. 하지만 그는 묻지 않았다. 그날 그녀가 집에 있었다면 화재는 일어나지 않았을 거라고, 그랬다면 아이는 그런 식으로 우리 곁을 떠나지 않았을 거라고, 혹은 화재가 일어났다 하더라도 아이가 불길 속에 혼자 남겨지는 일은 없었을 거라는 말이 그의 목구멍에서 맴돌았다. 하지만 그는 그런 이야기는 하지 않을 것이다. 그는 아내를 비난하고 싶은 마음이 없었다. 비는 점점 더 거세지고 있었다. 하늘이 번쩍, 했고, 곧 저 멀리서 무언가 무너지는 소리가 들려왔다. 그러다 문득 어쩌면 불을 낸 게 아이 자신이었는지도 모르겠다는 생각이 떠올랐는데, 그것은 무서운 생각이었고 재빨리 버려야 할 생각이었다. 그녀는 핸들에 얼굴을 묻고 있었다. 여전히 비상등을 켜지 않은 상태였기 때문에 그는 비상등을 켜기 위해 손을 뻗었다. 그녀는 여전히 핸들에 얼굴을 묻은 채로 그를 제지했다.

"위험하잖아. 비도 이렇게 오는데 빨리 집으로 돌아가자, 제발."

"상관없어요."

"여보, 제발. 너무 위험해. 죽을 수도 있다고."

"왜 내게 그날, 불이 났던 날 밤 어디에 있었는지 묻지 않는 거죠?"

그녀가 고개를 들고 그에게 물었다. 차 안은 깜깜했지만 가끔 도로 위를 지나는 다른 차들의 불빛이 비쳐들면서 순간적으로 기묘한 무늬가 만들어졌다가 사그라졌다.

그는 빗줄기가 창문을 때리는 소리 때문에 정신이 아득해지는 걸 느꼈다.

"당신을 보호하려고 그랬어."

"나를 보호하려고요? 무엇으로부터요?"

그는 뭐라고 대답해야 할지 몰라 머뭇거렸다. 그녀가 다시 물었다.

"당신의 부정(不貞)으로부터요?"

"그게 무슨 소리야?"

그는 아내를 바라보았다. 무슨 생각을 하는지 알 수 없었다.

"그게 무슨 소리야?" 그는 다시 한번 물었다.

"그날, 집에 불이 났던 날, 내가 어디에 있었는 줄 알아요?"

"어디에 있었는데? 그날 당신이 집에만 있었더라면 걔가 이런 식으로 우리를 떠나진 않았을 거야. 나는 이 말을 하지 않으려고 지난 삼 년간 노력해왔어. 그런데 당신은 지금 나에게 뭐라고 하는 거야?"

어둠 속에서 그녀의 얼굴은 일그러졌고, 잠시 아무 말도 하지 않았다. 그녀의 눈에 눈물이 차오르는 것 같았다.

"그게 무슨 말이죠? 걔가 우리를 이런 식으로 대하는 게 나 때문이라는 거예요?"

"그날 당신이 아이를 버려뒀었잖아."

"당신은요? 당신은 그 아이를 버려두지 않았어요? 나를 버려두지 않았어요?"

"무슨 말이야?"

"난 그날 당신을 따라갔었어요."

그녀는 창문의 빗방울을 걷어내려고 노력하는 와이퍼를 노려보며 다시 한번 말했다.

"당신을 따라갔었다고요."

그녀는 그렇게 말하고 와이퍼를 껐고, 한 손으로 눈물을 닦았다. 이제 아무것도 보이지 않았다. 온통 물뿐이었다.

"세상에, 정말 이 이야기 하고 싶지 않았는데."

그는 어떤 말을 해야 할지 몰랐다. 그녀는 터져나오는 울음을 참으며 말을 이었다.

"그날 밤 당신은 그 여자 집으로 갔죠. 그 여자의 집으로요. 난 건물 앞에 차를 세우고 집 안으로 들어갈까 말까 고민하고 있었어요. 그리고 두 시간 후쯤 당신이 여자와 나오는 걸 보았어요. 그 여자랑요."

*

강사를 집으로 초대하자는 이야기를 꺼낸 것은 그녀의 남편이었다. "똑똑한 선생님의 이야기를 나도 직접 듣고 싶다고." 그녀는 가난하고 초라한 생활을 강사에게 보여주고 싶은 마음이 조금도 없었다. 하지만 불행하게도 그녀의 남편은 이 일을 아주 용의주도하고 섬세하게 다뤘다. 그는 직접 강사에게 전화를 걸었다. 그리고 강사가 초대에 응할 때까지 아주 끈질기지만 한편으로는 예의바르게 굴면서 결국 승낙을 받아냈다. 그녀는 남편이 아주 잔인하게 굴고 싶어한다는 걸 알았고, 어떻게든 이 약속을 취소시키고 싶었지만, 결국은 체념하고 말았다. 그녀는 집을 깨끗이 정리하고, 집 안 구석구석에 살충제를 뿌렸으며, 음식물 쓰레기도 내다버렸다. 그녀의 남편은 그녀가 그런 일들을 처리하는 동안 손 하나도 까딱하지 않았고 그저 라디오에서 들려오는 웃긴 이야기에 귀를 기울이고 또 무언가를 자판으로 쳤을 뿐이었다. 그녀는 꽃집에서 사온 제라늄 화분 몇 개를 선반 위에 올려놓았다. 그녀는 선반과 벽 사이에서 『BlueShoe』를 발견했지만, 그것을 다시 쑤셔넣어버렸다. 저녁식사를 준비하던 그녀는 남편이 매장에서 쓰러져 입원했다가 퇴원했던 때, 남편을 위해서 요리를 하던 일이 떠올랐지만 타자 소리 때문에 그 생각을 그만두었다.

그날 저녁, 강사는 그들의 집으로 왔다. 나중에 이 방문에 대해 무언가 말하도록 아내에게 강요받았을 때, 그가 맨 먼저 떠올린 것은 냄새였다. 불쾌하고 기묘한 냄새. 식사를 하기 전에 그들은 비좁은 탁자에 둘러앉아서 강사가 선물로 가지고 온 CD 몇 장을 차례로 들었다. 스티비 원더나, 다이앤 슈어, 레이 찰스 같은 맹인 뮤지션의 CD였다. "여보, 이 뮤지션들은 모두 눈이 먼 사람들이야." 그녀가 남편에게 말했지만, 남편은 아무런 대꾸도 하지 않았다. 그들이 마지막으로 들은 것은 〈중력에 맞서서defying gravity〉라는 노래였다. 맹인 뮤지션의 곡은 아니었고 〈위키드Wicked〉라는 뮤지컬에 삽입된 노래였다. 강사는 친절하게도 가사를 번역해주었다. "아주 아름다운 가사예요."

한계를 인정하는 건 지쳤어요. 남들이 말했다고 해서 받아들이진 않을 거예요. 내가 바꿀 수 없는 것도 있지만 내가 해볼 때까진 절대 모르는 거예요. 차라리 중력에 맞서겠어요. 난 중력에 맞설 거야. 작별인사를 해줘요. 당신은 날 끌어내리지 못할 거예요.

그리고 이렇게 덧붙였다. "그때 말씀하신 가사와 아주 비슷하죠?" 음악을 듣는 동안 그녀의 남편은 눈을 감고 있었다. 그녀가 남편에게 물었다. "여보, 뭘 듣고 있어?" 그녀의 남편이 대답했다. "노래. 노래를 듣고 있잖아." 그들은 〈중력에 맞서서〉를 리플레이시켰고, 그녀는 준비해놓은 음식을 탁자로 가지고 왔다. 그녀는 강사가 식사하던 도중 남편의 모습을 뚫어지게 바라보는 것을 알고 있었지만, 아무런 말도 하지 않았다.

"그렇게 쳐다보지 마세요."

그녀의 남편이 불쑥 말했다. 그녀가 뭐라고 말하기도 전에 남편이 먼저 입을 열었다.

"선생님은 어떻게 그렇게 똑똑할 수 있습니까? 어떻게 그렇게 모르는 것이 없습니까? 저에게도 좀 알려주세요."

그녀의 남편은 숟가락을 탁자 위에 올려두고, 깍지를 끼고 그 위에 턱을 받쳤다. 아무것도 보이지 않는다는 것이 확실했지만, 그는 마치 무언가 보인다는 듯이 행동하고 있었다. 그녀는 그런 남편을 보자, 그가 교통사고를 당했을 때 죽은 사람처럼 눈을 감고 누워 있었던 모습이 떠올랐고, 그때 느꼈던 감정들이 다시 한번 자신에게 되돌아오는 것을 느꼈다.

"전 똑똑한 사람이 아닙니다. 이 세상엔 저보다 똑똑한 사람들이 훨씬 많아요."

"그렇겠죠. 제가 아무리 재미있는 이야기를 라디오에 보낸다 한들, 그보다 더 재미있는 이야기들이 이 세상에 널리고 널렸다는 것과 마찬가지 이치이겠죠."

"어떤 이야기들을 보내셨습니까?"

"웃기는 이야기들이죠."

"좀 들려주실 수 있으십니까?"

그녀는 옆에서 고개를 절레절레 흔들고 있었다.

"원하신다면."

그녀의 남편은 자신의 웃기는 이야기를 시작했다. 하지만 그날 밤, 저녁식사가 놓인 작은 탁자에 둘러앉은 사람들은 아무도 웃지 않았다. 잠시 후에 강사는 전화를 한 통 받았고, 곧 집으로 돌아갔다. 그녀는 바깥까지 그를 배웅하러 나갔고, 그의 차가 떠나는 것을 지켜보았다. 그녀는 저 멀리 사라져가는 차의 뒤꽁무니를 보면서 지난 몇 년간의 일이 자신에게 어떤 의미가 있는지에 대해 생각해보았다. 집으로 돌아왔을 때, 그녀의 남편은 〈중력에 맞서서〉를 들으며 자판을 치고 있었다. 그녀는 CD플레이어를 꺼버렸다. 그리고 남편에게 말했다. "그분은 어쩌면 그렇게 모르는 게 없을까? 아내분도 아주 공부를 오래 하신 분이래. 아들이 한 명 있는데, 아들도 아주 똑똑하대." 그리고 이렇게 덧붙였다. "여보, 우리가 아이를 낳으면 아이는 똑똑할 수 있을까? 그럴 수 있을까? 아마 우리는 그렇게 똑똑한 아이는 낳을 수 없을 거야. 그렇겠지? 왜냐하면 우리는 멍청하니까." 그녀는 남편의 눈이 먼 것도, 그들이 아이를 낳을 수 없는 형편인 것도, 그리고 그 밖에 그들이 겪고 있는 불행의 모든 원인이 오로지 그들의 멍청함 때문이라는 것을 깨달았으며, 그것이 그들이 가지고 있고, 또 앞으로 가질 수밖에 없는 인생의 한 부분이라는 것도 깨달았다. 하지만 그녀가 그런 생각을 하거나 말거나 그녀의 남편은 계속 자판만 치고 있었다.

*

그는 그날에 대해 생각하고 있었다. 밥을 먹을 때 시력을 잃은 남편의 손놀림은 아주 기묘했지만, 그것을 대하는 아내의 태도는 놀라울 정도로 자연스러웠다. 그는 마치 완전한 정상인 같았다.

"차라리 내게 어디 가느냐고 한 번이라도 물어보지 그랬어? 그럼 당신은 그때 매주 수요일마다 아이를 혼자 놔두고 나를 따라다녔다는 거야?"

"결국 다 내 탓인 거죠."

"돌아가자. 집으로 돌아가야 해."

그들의 차는 여전히 비상등도 켜지 않고, 와이퍼도 작동하지 않은 상태로 갓길에 서 있었다. 비는 계속해서 쏟아지고 있었다.

"여보, 여기에 이렇게 있는 거 너무 위험해. 죽을 수도 있다고."

"상관없어요."

"당신이 생각하는 그런 게 아니야. 그냥 그 여자가 내가 처음 들어보는 노래에 대해 말했어. 그리고 『BlueShoe』에 대해 말했어. 그거 정말 희귀한 잡지잖아. 그걸 한번 보고 싶었고, 그 여자가 말하는 노래가 뭔지도 알고 싶었을 뿐이야. 그래서 그 여자를 만났던 것뿐이야. 당신이 생각하는 그런 게 아냐."

그녀는 아무런 대답도 하지 않았다.

"그 집에 들어갔을 때, 아주 안 좋은 냄새가 났어. 불쾌하고 기괴한 냄새였어. 우리 집으로 당장 돌아오고 싶었다고. 거기엔 그런 의미밖에 없어. 당신이 생각하는 그런 게 아니라고. 거기엔 불쌍한 부부가 있었을 뿐이야."

"알아요, 눈이 먼 남편."

"어떻게 알아?"

"여보, 그 여자랑 잤어요?"

그녀는 입술을 지그시 깨물었다. 어둠 속에서 그녀의 이마와 반듯한 콧날과 그리고 가느다란 목이 그의 눈에 들어왔다.

"당신도 봤을 거 아냐. 못생기고 가난한 여자였어. 나와 어울리지 않아."

그는 어둠 속에서 반짝이는 그녀의 눈을 보았다. 이윽고 그녀가 입을 열었다.

"여보, 어떻게 그런 말을 할 수가 있어요?"

그녀는 다시 핸들 위로 엎드렸다. 그는 폭우와 저 멀리서 들려오는 천둥 번개 소리와 모든 것이 멈춰버린 자신들의 차에 대해 생각했다. 그들의 차는 이 세계의 아주 좁은 곳을 차지하고 있어서, 이대로 사라져버릴 수도 있을 것 같았다.

"그 여자를 만난 건 그때가 마지막이야. 그 집에서 밥을 먹는데 우리 집에 불이 났다는 연락을 받았고, 난 곧바로 돌아왔어. 그게 다야."

그녀는 핸들에 얼굴을 묻은 채로 물었다.

"그 여자에게 다시 연락한 적도 없어요?"

"그래."

하지만 그건 거짓말이었다. 며칠 후 전화해보았지만 그 여자는 전화를 받지 않았다. 그리고 몇 달 후 그는 그 집을 직접 찾아갔지만, 결국 초인종을 누르지 못하고 돌아왔다.

"좋아, 우리 아들을 데리러 가자, 당장 데리고 오자."

그는 이제 그저 이곳을, 이 자리를 벗어나서 원래의 자리로 돌아가고 싶다는 생각이 간절했다. 하지만 그녀는 차를 출발시키지 않았다. 그는 어쩌면 지금이야말로 그녀를 정말로 때려야 하는 순간인지도 모른다고 생각했다.

그때 그녀가 말했다.

"그애는 우리에게 돌아오지 않을 거예요. 나도 알고, 당신도 알고 있죠. 우리는 그애를 영영 잃어버렸어요."

그들의 차는 아주 오랫동안 거기, 그런 식으로, 잠시 이 세계에서 사라져 있었다.

*

부부가 돌아간 뒤, 미스터 장은 테이블을 정리하기 시작했다. 우선 부부가 먹은 디저트 접시, 와인잔, 포크와 스푼 등을 주방으로 가져가서 싱크대에 넣어두었다. 식탁보를 걷어냈고, 새로운 식탁보를 덮고 빳빳해질 수 있도록 분무기로 물을 좀 뿌려두었다. 그리고 모양을 만들어놓은 새 냅킨을 세워두었다. 마지막으로 그들이 앉았던 의자를 테이블 안으로 잘 밀어넣었다. 그는 매장의 전등 스위치를 모두 내리고 나서 주방으로 돌아와서 설거지를 시작했다. 설거지를 다 끝낸 뒤 미스터 장은 할로겐 등만 남겨놓고 주방의 다른 전등불을 꺼두었다. 인스턴트커피 한 잔을 만들고, 싱크대 앞에 간이의자를 끌어와서 앉았다. 비가 쏟아지고 있었고, 간간이 천둥 번개가 치고 있었다. 미스터 장은 자신과 상관없는 이 세상의 불행들, 이를테면 갑자기 불어난 물 때문에 떠내려가는 사람들과 부서진 간판의 파편이나 나무 때문에 다친 사람들, 혹은 들이친 물 때문에 집을 잃거나, 자동차를 잃어버린 사람들을 생각했다. 또한 이 시간에도 어디선가 일어나고 있을 범죄와 아이를 잃어버린 부모, 부모를 잃어버린 아이, 병으로 쓸쓸하게 죽어가는 사람들, 원치 않은 아이를 낳고 있는 여자들에 대해서도 생각했다. 그리고 폭우 속에서 슬픔과 분노 때문에 멈춰버린 사람들에 대해 생각했다.

미스터 장은 인스턴트커피를 한 모금 마셨고, 자신이 누리고 있는 이 평안한 삶에 깊이 감사했다.

"중력을 넘어서"

　처음에 구상했던 소설의 제목은 '중력을 넘어서'였다. 나는 이 제목을 꽤 오랜 시간 진지하게 고려했기 때문에 나중에는 '중력을 넘어서'와 '중력을 거슬러', 혹은 '중력을 넘어서서'와 '중력을 거슬러서' 사이에서 고민하는 지경에 이르렀다. 이미 알고 있는 이들도 있겠지만 〈중력을 넘어서〉는 미국의 뮤지컬 〈위키드〉의 삽입곡 중 하나이다. 이 노래를 처음 들었을 때의 감상은 참 좋다, 정도였다. 이 곡을 소설에 써먹을 생각은 하지 못했다. 오히려 나는 좀 오랫동안 이 노래에 대해서는 잊어버리고 있었다. 이 노래를 떠올린 건 몇 달 후였다. 그 당시 나는 「담요」로 막 등단을 한 후였고 주위의 반응, 이를테면 "참 재밌네요" 등의 반응 때문에 약간은 어리둥절한 상태였다. 사실 「담요」는 몇 년 전에 쓴 소설이었는데, 당시 이 소설을 읽었던 거의 대부분의 사람들로부터 쓴소리를 들었기 때문이다. 나에게는 그때나 지금이나 나를 변함없이 지지해주고 응원해주는 친구들이 몇 명 있고, 그 친구들은 「담요」가 비록 단점이 많을지언정, 재미있는 점도 많은 소설이라고 말해주었다. 나는 그것이 어디까지나 나에 대한 애정에서 비롯된 것이지 소설에서 비롯된 것은 아니라는 것을 잘 알고 있었다. 그래서 내 친구들이 아닌 다른 사람들에게서 「담요」에 대한 호평이 날아들어왔을 때는 뭔가 일이 잘못되어간 다거나, 혹은 불운의 징조라는 생각을 멈추기가 힘들었다. 내가 생각하는 불운 중에는 이런 것이 포함되어 있었다. 내 다음 작품을 보고 많은 사람들이 나에게 실망하고 등을 돌리는 것.

지난해 2월에 나는 매일 아침 눈을 뜨면 노트북을 들고 시내의 프랜차이즈 카페에 앉아서 소설을 쓰려고 노력했다. 내 인생의 몇 안 되는 아주 부지런한 시기이다. 어느 날 밤 꿈을 꾸었는데, 꿈속의 나는 외국의 작은 도시를 관광하고 있었다. 거기에는 중력을 거스르는 지역이 있었고, 나는 바로 그곳을 찾아가는 중이었다. 중력을 거스르는 지역은 아주 좁은 땅덩어리였고, 그 앞에는 높은 건물이 있어서 사람들은 그 건물에서 창문을 통해 중력을 거스르는 지역으로 뛰어내렸다. 중력이 없기 때문에 아무도 추락하지 않았다. 그런데 나는 추락하고 말았다. 지은 죄가 많아서 중력의 영향을 받아야 한다고 누군가 말했다. 잠에서 깨자마자, 나는 이 꿈의 내용이 한 편의 근사한 소설이 될 수 있으리란 걸 알았고, 그날부터 '중력을 넘어서'란 제목의 소설—혹은 '중력을 거슬러서', 혹은 '중력을 넘어서서'—을 시작했다.

뚱뚱해져서 더이상 춤을 추지 못하는 전직 발레리나가 중력을 거스르는 지역에서, 날아오르기 직전에 쓴 편지가 도입부였다. 아마도 이런 시작이었다. "난 지금 중력을 넘어설 겁니다. 이건 아주 단순한 문제입니다." 며칠 지나지 않아 나는 또다른 설정을 추가하였고, '장님의 블루스'라는 부제를 붙였다. 그리고 일주일쯤 지났을 때, 원고지 오십 매를 완성할 수 있었다.

이 글을 읽고 있는 사람들은 다 알겠지만, 결국 그 소설은 완성되지 못했다. 대신 엉뚱한 소설—「폭우」—이 완성되었다. 중간의 지루한 과정을 다 생략하고 설명하자면 「중력을 넘어서」는 한계에 부딪혔고 나는 다른 식의 활로를 찾기로 결심했다. 이상한 점은 원고지 오십 매 이상의 세 가지 버전의 이야기가 있던 「중력을 넘어서」를 완전히 망쳤음에도 불구하고 별로 실망하지 않았다는 점이다. 등장인물 중 한 명이 장님이라는 설정 이외에는 전혀 다른 이야기이지만 이 두 소설 사이에는 전체적인 분위기랄까, 인물들이 담고 있는 정조랄까 하는 유사성이 있다. 이를테면 「폭우」의 눈이 멀고 뚱뚱한 남편이 나는 처연하면서도 동시에 유머스럽기를 바랐는데, 그건 「중력을 넘어서」의 발레리나의 성격과 유사하다. 여하튼, 처음에 눈이 먼 남편과 그 남편을 보살피는 아내의 이야기를 구상했을 때까지만 해도 여전히 이 소설의 제목은 '중력을 넘어서'였다. 그런데 어느 날—나는 이 날을 떠올리면 「폭우」가 정말 멋없는 소설처럼 느껴진다—샤워 후 젖은 머리를 말리다가 문득 어떤 이야기가 떠올랐다. 무슨 연관관계가 있는지는 잘 모르겠지만, 그건 내가 무지개를 처음 본

날과 관련된 기억이다. 아주 오래전에, 비오는 밤의 국도를 운전하는 커플에 대한 이야기를 들은 기억이 났고, 그것을 소설에 써먹으면 좋을 것이라는 생각을 했다. 그렇게 이 소설의 가장 중요한 부분 중 하나라고 할 수 있는 부부의 운전 장면이 떠올랐고, 순식간에 하나의 이야기가 완성되었다(물론 쓰는 과정은 전쟁의 연속이었지만). 소설을 절반쯤 썼을 때, 이 소설의 제목으로는 '폭우'가 어울릴 거라는 생각을 하게 되었다.

「폭우」에 대해 이야기할 때 빠뜨리면 안 되는 작가가 한 명 있다. 바로 레이먼드 챈들러이다. 사실 이 소설을 발표할 때, "챈들러에게"라는 문구를 넣어야 하는지에 대해 고민했다. 「폭우」의 미스터 장에 대해서, 특히 마지막 장면에 대해서 어떤 사람들은 좋다고 했고, 어떤 사람들은 싫다고 했지만, 이 장면은 소설을 쓰기 시작한 초반에 이미 마련되어 있었다. 내 지인들은 미스터 장의 성격이 나를 닮았다고 한다(나는 이런 이야기를 들으면 좀 뜨악해진다. 나는 미스터 장처럼 시니컬한 사람이 아닌데). 미스터 장의 캐릭터는 바로 필립 말로를 참고한 것이다. 남자 중의 남자 말로를 요리사로 만든 것은 좀 미안하지만, 아이를 가지고 싶어하지 않는 모습이라든지, 남에게 적당히 거리를 두려는 설정을 그에게서 가져왔다. 특히 마지막 장면은 레이먼드 챈들러의 마지막 작품 『기나긴 이별』을 내 나름대로 오마주한 것이다.

나는 소설에 이런 오마주 같은 게 들어가도 괜찮다고 생각하지만, 다른 사람들은 의아하게 혹은 나쁘게 생각할지도 모른다. 하지만 나로서는 이게 굉장히 자연스럽게 이루어져서 전혀 특별한 것이 아니었다. 돌이켜봤을 때, 이런 생각은 내가 소설을 대하는 근본적인 태도에서 비롯되는 것 같은데, 그게 무엇인지, 남들과 어떻게 다른 건지는 잘 모르겠다. 설령 나에게 나만의 스타일이라는 게 있어서, 그게 「폭우」에서 꽤 성공적으로 발휘되었다 하더라도, 과연 그것이 올바른 것인지 아닌지도 확신이 없다. 더군다나 위에서 말한 대로, 폭우를 쓰는 과정 자체가 마치 어두운 동굴 속에서 촛불 하나만 들고 걸어가는 것처럼, 순간순간 불이 꺼지지는 않을까, 다음 모퉁이를 돌아서면 길이 막혀버리거나 심지어 바닥없는 구멍이 나오는 건 아닐까 하는 불안과 혼란의 연속이어서, 그것이 나만의 것이고, 올바른 작법이라 해도 반복하는 게 가능할 것 같지도 않다. 물론 내가 바라든 바라지 않든, 가능하든 가능하지 않든, 나는 어쩌면 그런 식으로밖에 쓸 수 없을지도 모를 일이다.

한숨이 나올 만한 결론이지만, 내가 바라는 것은, 다음번에는 초가 아니라 횃불이거나, 하다못해 충분한 양의 초가 있었으면 하는 것이다. 또한 내게 필요한 것은, 아주 단순한 생각이다. 즉, 써야 한다는 것이다. 내가 「폭우」를 쓰면서 배운 것은 이러니저러니 해도 그것뿐이다. 헤밍웨이처럼 "쓰는 것은 마치 영원과 마주하는 것과 같다"라는 식의 비장한 각오는 아니더라도, 작품을 완성시키기 위해서는 바로 앞이 칠흑 같은 어둠이더라도 멈추지 말고 어쨌든 써야 한다는 것. 그렇게 억지로라도 쓰다보면 언젠

가는, 저 멀리 신선한 바람이 불어오고 빛이 새어들어오는 입구
가 보이기 시작하리라.

세속의 예언과 성취

이소연

　인생의 한 부분, 진실의 한 단면을 집약해서 표현할 수 있는 방법은 많지 않다. 세상은 너무도 복잡하고 이 속에서 살아가는 인간들의 정체성은 허약하기 짝이 없다. 우주의 혼돈 속에서 삶의 진수를 건져올릴 수 있다면, 실체를 가늠하기 어려운 진실의 그림자라도 흘낏 보게 할 수 있다면. 예술가들은 언제나 이러한 불가능한 꿈 주변을 맴돈다. 들끓는 욕망을 고요히 잠재우고, 한 편의 이야기 안에 인생의 축도를 옮겨담아야 하는 소설가의 운명은 언제나 예정된 실패에 가깝다. 더욱이 제한된 분량과 씨름해야 하는 단편소설의 경우 그 힘겨움의 강도와 밀도는 더욱 커질 수밖에 없다. 그러나 빈번히 돌아오고 마는 그 실패의 자리조차도 영락없는 삶의 한 형국이기에, 소설의 실패는 실패한 소설과 결코 같을 수가 없는 것이다.

손보미의 단편은 잘 빚어진 항아리처럼, 꼬이고 꼬인 삶의 풍경과 이 가운데 드러나는 진실의 모습을 완미하게 보여준다. 그러나 현실은 이렇게 반듯하게 구조화되어 있지도, 아름답지도 않다. 그의 소설은 현실의 모습을 있는 그대로 모방하려는 목표를 애초에 접어둔 것처럼 보이기도 한다. 등장인물들은 개성을 잃고 흐릿하게 비실체화되어 있으며, 곧잘 '그' 혹은 '그녀'로 호명되는 것으로 그친다. 각각의 사건들, 이미지와 메타포 들은 지나치게 잘 맞물려 있으며, 한 치의 빈틈없이 작동하면서 하나의 커다란 밑그림을 완성하는 데 기여한다. 이러한 방식으로 손보미의 소설은 최대한 경제적인 단위들을 사용해 인간세계에서 벌어지는 갈등과 욕망을 투사해나간다. 신성한 예언과 고상한 가르침이 깨어진 세계에서, 소설은 세속세계가 돌아가는 법칙을 보여주는 현대인의 예언서 역할을 하는지도 모르겠다. 손보미의 단편 「폭우」는 순전히 우연으로 시작된 불행이 어떻게 돌이킬 수 없는 필연으로 종결되는지, 섬세하게 짚어가고 있다. 이렇게 소설은 실패를 거듭한 나머지, 마침내 욕망의 형질을 드러내는 유전자 지도로 진화해간다.

이제 이 지도에 담겨 있는 비밀을 풀어줄 독법을 선택할 차례다. 롤랑 바르트는 『S/Z』에서 텍스트를 분석하기 위해 다섯 가지의 코드를 사용한 바 있다. 이들 가운데 서사를 해석하는 데 필수적인 코드는 두 가지이다. 하나는 기대와 행위를 다루는 데 사용되는 행동적 코드요, 다른 하나는 질문과 답변을 가능하도록 만드는 해석적 코드다. 우리는 하나의 서사를 읽을 때, 어떤 식으로 이야기가 전개될 것인지, 무엇보다도 어떻게 끝날 것인지 기대감을 갖게 된다. 물론 그 기대는 만족스럽게 충족되기도 하고, 실망스럽게 저지되기도 한다. 대부분의 서사는 이러한 기대를 이용하여 의미를 만들어나가고, 또 나름대로 구조화되기 마련이다. 다른 하나, 질문에 관련된 코드도 마찬가지로 서사에 일관된 흐름을 부여하는 데 큰 역할을 한다. 끊임없이 의문을 품고, 답변을 구하는 과정이 없다면, 서사는 독자에게 어떤 의미도 전달할 수 없을 것이다. 소설의 결을 섬세히 들여다보면, 예외 없이 가장 중심적이면서도 매력적인 두 가닥의 코드를 짚을 수 있다. 손보미의 텍스트에 담긴 비밀도 바로 거기에서부터 풀려 나온다.

기대 : 결국 파탄으로 끝날 것인가?

그렇다면 손보미의 「폭우」는 독자에게 어떤 기대를 불러일으키는가? 그것은 이 이야기가 종내는 돌이킬 수 없는 '파탄'을 맞게 되리라는 예감과 함께 작동한다. 이 소설은 한 남자가 자신이 근무하던 매장에서 갑자기 넘어지는 장면으로 시작한다. 우연히 닥쳐온 재난으로 인해 평온하게 지속되는 일상의 흐름은 단번에 깨져나가고 만다. 더욱이 한번 생긴 균열은 서로 붙어 아물지 않고 점점 더 벌어져서 걷잡을 수 없이 번져나간다. 그리고 이러한 불행이 기어이 회복되지 못하고 파탄으로 끝나고 말 것이라는 불안한 예감은, 수많은 은유와 모티프 등을 통해서 시시때때로 강화되어간다. "그날 저녁 내내 그녀는 조금 들뜬 상태였지만 문득 문득 불길한 예감이 들었을 때가 있었다. 그러나 그녀는 그것을 대수롭지 않게 생각했다. 그 바람에 그녀는 이 이야기를 구성해내는 중요한 사건의 면면(……)은 보지 못했거나, 혹은 보고도 못 본 척했다." 언제 산산조각날지 모르는 불안한 정조를 쌓아올리는 솜씨는 흠잡을 데 없이 능숙하다. "그녀는 타자 소리를 들을 때마다 무언가가 부서지는 느낌에 사로잡혔다"는 진술은 바로 다음 장에 이어지는 날씨에 대한 묘사와 정확히 호응한다. "비는 점점 더 거세지고 있었다. 하늘이 번쩍, 했고 곧 저 멀리서 무언가 무너지는 소리가 들려왔다."

이 소설의 중심인물은 각각 부부관계에 있는 두 쌍의 남녀이다. 각각의 커플들은 서로 상이한 배경과 입장에 처해 있다. 소설은 각각의 커플을 둘러싸고 벌어지는 사건들을 한 장면씩 교차하는 방식으로 진행된다. 한쪽은 어느 정도 재력이 있는 것처럼 보이고 다른 한쪽은 가난과 불운에 찌들어 있다. 한쪽은 교양과 지성을 지니고 있는가 하면 다른 한쪽은 저급하고 (등장인물 자신의 표현을 빌리자면) "멍청하다". 그러나 이 소설이 갖고 있는 가장 중요한 특징은, 각각 별개로 진행되는 것처럼 보이는 이 사건들 사이에 적어도 몇 년에 걸친 격차가 존재한다는 점이다. 굳이 플래시백이나 플래시포워드 같은 기법을 빌리지 않고, 과거에 일어난 사건과 그것이 계기가 되어 벌어진 몇 년 뒤의 사건을 같은 평면 위에 배치함으로써 소설은 묘한 긴장관계를 형성한다. 몇 년 후의 불행을 예고하는 과거와 몇 년 전에 흘러간 불운한 사건을 회고하게 만드는 현재가 함께 교차하고 경쟁하면서 만들어낸 것, 그것은 결국 비참한 '파탄'으로 종결되는 이야기의 구조 혹은 패턴 같은 것이리라. 이때 독자에게 각인되는 것은 섬세하게 직조된 기대의 구조가 한꺼번에 무너짐으로써 성취되는 장면이다.

작가는 전체 아홉 개의 장 가운데 여덟 개의 장을 연대기적 순서가 아니라, 작가가 배치한 담화의 순서대로 연결시키고, 마지막 한 장을 미스터 장이라는 외부인의 시선에 할애하고 있다(이 마지막 장은 이러한 비참한 장면을 소설 공간 안에서 목격하고 있다는 사실을 일깨우면서, 허구의 지위를 기억하게 만듦으로써 독자를 안심시키는 역할을 한다). 소설가는 「폭우」를 통해 '파탄에 이를 운명'이라는 세속의 예언이 성취되는 가능세계적 공간을 구축한다. 한편, 소설을 읽어가면서 얻은 정보를 마음속에서 정렬하면서 사건의 순서를 재구성하는 일은 독자의 역할이다. 그리고 이 과정에서 진한 인생의 아이러니가 발생한다. 또한 이때, 이야기의 골조가 지나치게 굳어 있거나 상식적인 패턴에 갇혀 있으면, 소설은 상투적인 형식과 부자연스러운 클리셰로 흐르게 될 위험성이 있다. 이는 손보미의 소설이 빠질 수 있는 함정이면서, 동시에 더 세련된 형질을 얻기 위해 극복해야 할 진화의 문턱이라고 할 수 있다.

질문 : 왜 파탄에 이르고 마는가? 이들은 무엇을 원하는가?

그러나 이어지는 사건들의 구조를 아무리 꼼꼼히 따져봐도 몇 가지 의문은 여전히 풀리지 않고 남아 있다. 그것은 '왜 이들은 그토록 모질게 파탄으로 치닫고 마는가?' 하는 것이다. 과연 이들의 운명에는, 재난과 우연의 탓으로만 돌리기엔 석연치 않은 무언가가 있다. 작가는 소설의 다른 곳에서는 매우 치밀한 서술과 섬세한 문장을 구사하면서도, 정작 이러한 질문에 실마리가 될 만한 지점에서는 교묘히 서술을 피하고, 틈으로 남겨둔다.[1] 왜? 어차피 진실은 말해질 수 없는 것이기 때문이다. 이것이 바로 표상 불가능한 실재를 서술하는 손보미만의 방식이라고 할 수 있다. 그 대신 그는 분명하게 말로 표현할 수 있는 사실들, 입증할 수 있는 행위를 중심으로 사건의 추이를 짚어나간다. 이러한 서술방식은 매우 절묘한 효과를 불러온다. 성긴 서술 사이에 존재하는 틈을 자연스럽게 메우는 사이에 독자는 진실을 글로 읽는 것이 아니라 마치 체험하는 것처럼 보고 느끼게 되는 것이다. "여보, 그 여자랑 잤어요?"라는 아내의 물음에 대한 답변은 영원히 주어질 수 없다. 왜냐하면 그 당사자는 절대 이에 대한 진실을 입 밖에 낼 수 없기 때문이며, 설령 고백하더라도 아무도 그의 말을 믿어주지 않을 것이기 때문이다. 과연 맹인의 아내와 교수는 정말 불륜을 저질렀던 것일까? 아니면 단순한 오해에서 비롯된 갈등인가? 이 소설에는 그밖에도 답을 얻을 수 없는 수많은 암흑지점들이 곳곳에 존재한다. 맹인의 남편이 교수를 바

---

1) 이러한 특징은 여러 평자들의 통찰을 통해 고루 입증된 바 있다. 백지은과 신형철은 "메우는 게 아니라 비우는 공학"(「웰컴」, 『문학동네』 2011년 겨울호, 435쪽), "말로 '규정'하지 않고 침묵으로 '환기'하는 이 스타일의 효과"(심사평, 『문학동네』 2012년 봄호, 96쪽)에 대해 각각 온당하게 지적한다.

라보며 느낀 감정은 증오일까, 질투일까, 절망일까, 아니면 비열한 쾌감일까? 미묘한 감정의 흐름과 관계 속에서 작동하는 정념의 화학작용을 어떻게 말로 간단히 번역할 수 있을 것인가?

말로 표현하기 힘든 진상에 최대한 가깝게 접근하기 위한 의도와 노력은, 그의 건조하고 간결한 문체와 잘 어울린다. 지극히 이성적인 서술 사이에 자연스럽게 감정과 직관이 스며들게 하는 것, 그것은 분명 손보미만이 구사할 수 있는 힘이다. 그리고 '어떤 불순한 계기'가 틈입했다는 사실을 깨닫게 만드는 것은 소설 공간에서나 가능한 일이다. 그런 면에서 손보미의 소설은 파탄을 지시하는 것이 아니라 '매개'한다고 할 수 있다. 결국 독자가 깨닫게 되는 것은 연약하기 짝이 없는 인간들이 상대를 향해 투사하는 '선망' '질투' '경쟁심' 같은 원한감정(ressentiment)들의 메커니즘이다. 그리고 이들이 목격하는 것은 자신들이 잃어버린 향유를 타인이 소유하고 있다는 헛된 환상으로 인해 함께 몰락하고 마는 평범한 인간들의 비극이다.

인간사가 흔히 그러하듯, 답변은 알고 보면 간단하다. 애초에 서로에 대한 애정으로 결합했던 부부가 파멸에 이르는 이유는 서로에 대한 사랑을 상실했기 때문이다. 그리고 자신이 갖고 있지 못한 것에 대해 부질없는 원한을 가졌기 때문이다. 그리고 훌륭한 작가에게 있어, 인간사에 대한 통찰은 소설의 서사구조와 행복하게 교합한다. 그런 점에서 「폭우」는 그 자체로 하나의 스타일이라고 할 수 있다. 이때 '스타일'은 수전 손택이 "예술작품 안의 결정 원칙이요, 예술가가 자필로 서명한 의지"라고 말한,

바로 그것이다. 기대의 충족과 질문에 대한 답변은 각각 별개의 층위에서 형성된 의미의 단위들이다. 이들을 하나의 스타일로 육화시키는 일이야말로 소설이 도달할 수 있는 하나의 정점이 될 것이다. 이러한 작품에 보낼 수 있는 가장 아름다운 찬사는 이것이 아닐까. "별처럼 반짝이는 텍스트."[2]

2) Roland Barthes, *S/Z*, trans. Richard Miller, New York : Hill and Wang, 1974, p.13.

이소연
연세대 영문과와 동대학원 졸업. 서강대 국문과 박사과정 수료.
2009년 『현대문학』에 평론이 당선되어 등단.

김미월

프라자 호텔

·
·
·
·
·

작가노트 새벽 네시 프라자 호텔
해설 황예인_내려다보고 뒤돌아보며 꾸는 꿈

© 김장현

김미월

2004년 세계일보 신춘문예를 통해 작품활동을 시작했다. 소설집
『서울 동굴 가이드』『아무도 펼쳐보지 않는 책』『옛 애인의 선물 바
자회』, 장편소설『여덟번째 방』, 중편소설『일주일의 세계』등이 있
다. 신동엽문학상, 2010년, 2013년 젊은작가상, 오늘의 젊은 예술
가상을 수상했다.

프라자 호텔

목적지를 정하는 것은 아내 몫이었다. 이번에는 프라자로 가자고 그녀가 말했다. 나는 즉각 컴퓨터 전원을 켰다. 목적지에 예약을 하는 것은 나의 몫이었으므로.

아내가 처음 호텔 이야기를 꺼낸 것은 사오 년쯤 전이었다. 다가올 여름휴가를 시내 호텔에서 보내고 싶다는 말에 나는 코로 웃었다. 명색이 휴가 아닌가. 어디 괜찮은 휴양지의 리조트도 아니고, 매일 아침저녁 출퇴근하며 가로지르는 도심 한복판의 호텔에 가자니. 대체 거기 가서 뭘 하자는 말인가.

하지만 나는 결국 아내의 말을 따랐다. 생각해보니 코웃음칠 일만은 아니었다. 집에서 낮잠이나 늘어지게 자고 그동안 놓친 프리미어리그 중계나 실컷 보는 것이 최상의 휴가라고 믿는 나로서는 사실 먼 휴양지보다 가까운 호텔에 다녀오는 게 훨씬 덜 귀찮은 일이었기 때문이다.

　그렇게 시작된 우리 부부의 호텔 나들이. 어쩌다보니 그것은 해마다 연례행사인 양 이어져왔다. 쉐라톤 워커힐, 소공동 롯데, 신라, 밀레니엄 힐튼…… 아내는 한 번 간 호텔에는 다시 가지 않았다. 오히려 휴가 때마다 이번에는 어느 곳으로 갈지 고르는 과정을 즐겼다. 옆에서 보는 내가 혹시 그녀가 진짜로 원하는 것은 단순히 호텔에서 휴가를 보내는 것이 아니라, 무술 고수가 도장 깨러 다니듯 더이상 정복할 곳이 없을 때까지 이 호텔 저 호텔 두루 투숙을 해보는 것이 아닐까 의아해할 정도였다.

　객실 중 가장 낮은 등급인 슈피리어룸과 그보다 한 등급 높은 디럭스룸의 요금 차이는 사만원이었다. 마우스 포인터가 자연스럽게 디럭스룸 예약 버튼으로 향했다. 등뒤에 서 있던 아내가 내 오른쪽 어깨에 손을 올렸다.

　"근데 있지, 자기 좀 변한 거 알아?"

　"내가 뭘?"

　나는 모니터에서 눈을 떼지 않았다.

　"옛날엔 늘 불평했잖아. 호텔 같은 델 뭐하러 가냐고."

　일박에 삼십이만원. 세금과 봉사료를 포함하면 사십만원 가까이 지불해야 했다.

　"기억 안 나? 세상에서 제일 아까운 게 호텔비라 그랬었잖아."

　그랬었나. 그랬었던 것 같다. 호텔 시설이 어떠니 서비스가 저떠니 해봐야 결국은 잠자러 가는 거 아닌가. 잠자는 건 어디서 자나 똑같이 자는 것일 뿐인데 쓸데없이 거금을 들여야 하는 이유를 사오 년 전에는 납득하지 못했을 것이다.

"맞아. 그땐 그랬지."

나는 천천히 고개를 끄덕였다.

"진짜 아까운 건…… 호텔비 같은 게 아닌데 말이야."

그러자 문득 내가 아주 많이 늙어버린 것 같은 기분이 들었다.

스무 살 때는 세상에서 가장 아까운 것이 택시비라고 생각했다. 대학 진학을 위해 상경하기 전까지 택시 기본요금이면 읍내 어디든 다 가는 손바닥만한 고향땅을 벗어나본 적이 없던 나는, 서울에서는 술 마시다가 버스가 끊겨 택시 타고 집에 갈 때 요금이 무려 이삼만원씩 나올 수도 있다는 사실에 경악했다. 하여 택시비 아끼자고 버스 첫차가 다니는 새벽까지 술을 마시다보면 결국 술값이 택시비보다 더 많이 나왔다. 그래도 그건 안 아까웠다. 먹는 게 남는 거니까. 취업 후 차를 직접 몰고 다니면서부터는 주차비가 그렇게 아까울 수가 없었다. 아무것도 하지 않고 차만 잠시 세워놓는 건데 돈을 내라니 도둑놈이 따로 없다고 느껴졌던 것이다. 예컨대 술을 마시면 술이 뱃속에 남고 책을 읽으면 책이 머릿속에 남는다. 하지만 차를 잠시 세워두었다고 남는 건 전혀 없지 않은가. 그런 비논리적인 논리로 나는 술값 십만원은 턱턱 내면서도 주차비 만원에는 벌벌 떨었다.

그리고 이제 어느덧 삼십대 중반. 지금 나에게 가장 아까운 것이 무엇인지 일부러 따져본 적은 없다. 하지만 택시비는 분명 아니었다. 주차비도 아니고 호텔비도 아니었다. 그렇다면 무엇일까.

"여긴 사실 월드컵 때 갔어야 하는데."

무슨 소리인가 싶어 아내를 빤히 바라보았다.

"그럼 시청 앞을 가득 메운 붉은 악마를 한눈에 내려다볼 수 있었을 텐데."

시청 앞이라니. 잠깐. 호텔 이름이 뭐였지. 다시 모니터로 눈을 돌렸다. 그랬다. 예약을 하면서도 미처 깨닫지 못했는데 이번 휴가의 목적지는 그곳이었다. 시청 부근을 지날 때면 누구나 한번쯤 올려다보게 되는, 차도 건너 서울광장을 호위하듯 늠름하게 서 있는, 서울 프라자 호텔. 나는 마른 코를 들이마셨다. 갑자기 매서운 겨울바람이 코끝을 스치는 것 같았다. 차고 맑은 대기 속으로 흩어지던 구세군 냄비 종소리가 귓가에 선했다.

선배들은 어이가 없다는 표정이었다. 입학식도 아니고 예비소집일에 정장을 입고 온 신입생이 셋이나 되었기 때문이다. 셋의 공통점은 모두 지방에서 올라온 유학생이라는 것. 처음부터 촌놈티를 냈다는 사실이 부끄러웠지만 나는 그래도 내 양복이 가장 비싸리라는 확신으로 어깨를 폈다. 대입 합격자 발표날 아버지가 읍내에 하나뿐인 양복점에서 맞춰준 정장은 조끼를 빼고도 가격이 삼십만원이나 했던 것이다. 그러나 선배들의 관심을 끈 것은 다른 녀석의 양복이었다.

"아르마니구나. 진품 같은데?"

"그럼 얼마야, 이백?"

이백이라니. 두보 친구 이백은 아닐 테고.

"아뇨. 백만원 조금 넘어요."

녀석의 대답을 듣고서야 나는 그게 가격을 말한 것이었음을 알아차렸다. 세상에 그렇게 비싼 옷이 있다니. 그런 옷을 사입는 인간이 있고 그걸 또 알아보는 인간이 있다니. 기가 죽었다기보다 기가 막혔다. 지방 유지의 아들이라는 녀석에게 선배들이 보인 반응은 뜻밖에도 냉랭했다. 이 캄캄한 절망의 시대에 명품이라니 창피한 줄 알라며 대놓고 비난하는 선배도 있었다. 캄캄한 절망의 시대가 뭔지, 명품이 뭔지는 몰라도 어쨌거나 대학생이 된 후 나의 첫 깨달음은 그거였다.

아, 서울은 정말 놀라운 곳이구나.

놀라운 것은 그뿐이 아니었다. 대학에는 담임선생도 없고 정해진 수업시간표도 없었다. 신입생들은 전산실에 우르르 몰려가 각기 수강신청을 했다. 내가 듣는 수업을 내가 고른다는 이 난생 처음 획득한 학생으로서의 권리를 최대한 행사하고자 나는 느긋하게 강의 목적과 커리큘럼을 비교해가며 어떤 수업이 흥미로울까 저울질했다. 그런데 어느 순간 주위를 돌아보니 전산실에 남은 신입생이 셋밖에 없었다. 셋 다 양복을 입고 있었다. 알고 보니 수강신청이라는 것이 빨리 하지 않으면 금세 정원이 차서, 다들 후닥닥 끝내고 밥 먹으러 간 것이었다. 결국 우리 양복쟁이들은 아무 수업이나 닥치는 대로 신청해서 간신히 19학점을 채웠다. 신입생 수가 서른 명이고 수업 정원도 서른 명인데 왜 빨리 신청하지 않으면 자리가 모자라 수강이 불가능한지 이해할 수 없었지만, '철학입문'이라든가 '인문학개론' 등 뭔가 지적으로 느껴지는 과목명들을 보고 있자니 스스로 지성인이 된 것 같아 금세 우쭐해졌다.

학생식당에는 먼저 도착한 신입생들이 탁자 여러 개를 하나로 길게 이어붙이고 마주 앉아 밥을 먹고 있었다. 나도 끄트머리에 끼어앉았다. 앉고 보니 옆에도 여자, 앞에도 여자였다. 학생 전원 남자, 교사도 전원 남자인 중고교를 다닌 나는 지난 육 년간 여자와 반경 일 미터 이내의 거리에 있어본 적이 한 번도 없었다. 고개도 못 들고 국이 짠지 밥이 진지도 모르는 채, 아무도 아무 말하지 않아 젓가락 부딪치는 소리만 탁자 위를 떠도는 가운데 내 젓가락 소리를 슬며시 보탰다. 그때 앞자리 여자애가 말했다.

"애들아, 콩나물 먹지 마. 쉬었어."

나는 마침 콩나물무침을 한 젓가락 집어 입에 욱여넣던 참이었다. 그녀와 나의 눈이 마주쳤다. 순간 무슨 말이든 해야겠다는 생각이 들었다.

"어, 난 잘 모르겠는데. 괜찮은 거 같은데."

주장을 뒷받침하려는 건 아니었는데 나도 모르게 입에 든 것을 꿀꺽 삼켰다. 곧이어 사방에서 어쩐지 맛이 이상했다느니, 쉰 거 처음부터 알았다느니, 한입 먹고 뱉었다느니 하는 소리들이 들려왔다. 젠장.

"너 콩나물 처음 먹니?"

말투는 새치름했지만 그녀는 웃고 있었다. 갑자기 젓가락을 쥔 손의 힘이 풀렸다. 여자가 웃는 얼굴을 그렇게 가까이에서 본 것은 처음이었다. 그녀는 얼굴이 조막만했다. 피부는 희고 눈동자는 새카맣고 입술은 붉었다. 한마디로 백설공주 같았다. 이렇게 예쁜 여자가 내 앞에 앉아 있었다니. 예비소집일에 양복 입고 온 촌놈에다 수강신청도 엉망으로 한 얼뜨기에다 콩나물 쉰 것도 구분 못 하는 등신에게 웃어주는 윤서를, 나는 그렇게 만났다.

재수를 했다는 그녀는 스물한 살이었다. 생일이 빨라 일곱 살 때 초등학교에 입학한 나는 열아홉 살. 그런데도 그녀는 학번이 같으니 말을 놓자고 했다. 윤서야. 윤서야. 그녀의 이름을 부를 때마다 나는 거스름돈을 더 받은 것처럼 소박한 횡재를 한 기분이었다. 하지만 횡재란 게 원래 그렇듯 기회가 흔치 않았다. 윤서는 툭하면 수업에 빠졌다. 찾아보면 과방이나 학교 앞 술집에 죽치고 앉아 있기 일쑤였다. 주위에는 늘 재수한 스물한 살짜리 남학생들이 어슬렁거리고 있었다. 현역 동기들을 은근히 애 취급하며 저희만 어른인 척 폼을 잡던 그들 때문에 나는 윤서에게 다가가기가 쉽지 않았다.

새끼들. 재수 없게, 재수한 게 뭐 자랑이라고.

정작 그들 앞에서는 말도 못 꺼낼 거면서 나는 애꿎은 길가의 돌멩이만 찼다.

언제 갔는지도 모르게 정신없이 봄날이 갔다. 이 서클 저 서클 기웃거리던 나는 아무 곳에도 들어가지 않았고, 아무 곳에도 관심 없을 줄 알았던 윤서는 교내 방송국 피디가 되었다. 교정에서 우연히 방송을 듣게 되면 나는 잠시 그 자리에 서서 눈을 감아보곤 했다. 그녀의 목소리가 나오는 것은 아니지만, 아나운서가 읽는 원고를 윤서가 썼다고 생각하면 스피커에서 흘러나오는 문장들 뒤에 그녀의 얼굴이 떠다니는 듯했던 것이다. 그렇게 어쩌다 한번 들어놓고 윤서만 보면 방송 좋았네 멘트가 신선했네 선곡이 탁월했네 떠들어댔으니 열혈 청취자로 보였을 내게 그녀가 출연을 제의한 것도 무리는 아니었다.

"방송에? 내가? 어떻게?"

"딱 십 분만. 녹음방송이니까 부담 가질 거 없어. 부탁할게."

최근에 프로그램 개편을 하면서 학우들에게 좀더 친근하게 다가가기 위해 일주일에 한 번씩 학우와의 대담 코너를 기획했다는 것이었다. 누구 부탁인데 거절하겠는가. 나는 당장 그날부터 매일 한 개씩 날달걀을 먹었다. 신청곡은 김건모의 〈잘못된 만남〉과 룰라의 〈날개 잃은 천사〉와 R.ef의 〈이별공식〉 중 어느 것으로 할지 고민도 했다. 녹음 당일에는 약속시간보다 십 분이나 먼저 가는 성의도 보였다.

그러나 내가 출연한 부분은 통째로 편집되어서 단 일 초도 방송되지 않았다. 이해했다. 소풍 가는 기분으로 간 곳에서 세계무역기구 출범이니 재벌가의 변칙세습이니 학원 자유화니, 말하자면 캄캄한 절망의 시대에 대한 질문을 받고 쩔쩔매던 나는 누가 봐도 쪼다 같았을 테니까. 심지어 교수 뺨치게 나이들어 보이던 국장이라는 자는 깨진 그릇 보듯 딱한 표정으로 나를 향해 혀까지 찼다. 그날 내 신청곡 대신 선곡된 것은 노찾사의 〈마른 잎 다시 살아나〉라는 노래였다.

말이 돼? 마른 잎이 어떻게 다시 살아나? 예수야?

방송을 들으면서 나는 또 애먼 길가의 돌멩이를 찼다.

이튿날, 대담 내용을 미리 알려주지 못한 것에 대해 사과하러 온 윤서에게 데이트 약속을 얻어냈으니 사실 불발로 그친 방송 건은 결과적으로 내게 박씨 물고 온 제비와도 같았다. 우리는 명동에서 돈가스를 먹고 생맥주를 한 잔씩 마신 후 좀 걷기로 했다. 복잡하게 얽힌 명동의 골목들을 윤서는 요리조리 잘도 빠져나갔다. 겟 유즈드, 닉스, 보이 런던 등 유명 메이커 상점들이 즐비한 거리는 보는 것만으로도 눈이 즐거웠다. 초고층 빌딩, 화려한 쇼윈도, 삼삼오오 몰려다니는 젊은 남녀들. 내게는 내딛는 걸음걸음이 다 신세계였다. 고향에서라면 십 분 전이나 십 분 후나 걷고 있는 길의 풍경이 똑같을 텐데, 이곳은 일 분마다 바뀌지 않는가. 을지로입구역을 지났다. 시청 쪽으로 계속 걸었다. 그 어디에도 아는 얼굴이 전혀 없다는 것 역시 신기한 일이었다.

아, 서울은 정말 놀라운 곳이구나.

나는 속으로 다시금 부르짖었다. 그리고 무엇보다 지금 이 시간 이 세계가 온전히 윤서와 나 둘만의 것이라는 데 흥분하여 쉴 새없이 찧고 까불었다. 중학교 때는 반공 웅변대회에 나갔다 하면 일등이었다는 둥, 고등학교 때는 야영 가서 손으로 뱀을 잡은 적이 있다는 둥, 엿으로도 못 바꿀 변변찮은 전력들을 그녀는 웃으며 들어주었다. 그러나 속으로는 딴생각을 하고 있었는지 내 말이 끝나자 뜬금없는 소리를 했다.

"난 옛날부터 저기에 꼭 한번 가보고 싶었어."

"저기라니, 어디?"

딴소리가 서운한 와중에도 호기심이 동했다. 윤서가 손끝으로 가리킨 시청 앞 교차로의 분수대 건너편에는 고층빌딩이 서 있었다. 꼭대기 좌측에 부착된 문자 간판이 조명을 받아 황금빛으로 번쩍였다. SEOUL PLAZA HOTEL.

방은 십육층 복도의 왼쪽 끝에 있었다. 문을 열자 전면의 통유리창이 먼저 눈에 들어왔다. 유리에 틴팅이 되어 있는 것인지 아니면 밖에 비가 오고 있어서인지, 하늘이 특수필름으로 촬영한 사진처럼 비현실적인 보랏빛을 띠고 있었다. 아내가 슬리퍼로 갈아신기도 전에 창 앞으로 가더니 탄성을 질렀다.

"어머, 여기서 덕수궁도 보여!"

그녀가 덕수궁을 보고 있는 동안 나는 방 안을 둘러보았다. 대충 봐도 구조며 가구와 집기 들이 이제껏 가본 호텔들과 별로 다를 것이 없었다. 침대에 걸터앉았다. 맞은편 화장대의 거울에 휴가 첫날을 맞은 직장인의 얼굴이 비쳤다. 이곳에서 보낼 시간이 최근 바빠서 보다 만 〈프리즌 브레이크〉 시리즈를 마저 보는 것보다 결코 흥미롭지도 가치 있지도 않으리라는 것을 잘 안다는 듯한 얼굴이었다.

그도 그럴 것이, 호텔에서 보낸 휴가들이란 항상 뻔했다. 체크인을 한다. 호텔 레스토랑에서 저녁을 먹는다. 스카이라운지 바에서 술을 마신다. 방으로 돌아와 섹스를 하고 잔다. 그게 다였다. 이튿날도 방을 나가봐야 스파를 하고 피트니스클럽이나 수영장에 들르는 게 고작이었다. 그러니 특별히 기억에 남을 게 없었다. 호텔도 작년에 간 곳이나 재작년에 간 곳이나 냉장고 속의 달걀들처럼 다 그게 그거 같기만 했다.

매트리스는 탄성이 좋았다. 시트는 보송보송했고 햇볕에 바싹 마른 수건 냄새를 풍겼다. 나는 아예 드러누웠다. 에어컨 바람에 적당히 차가워진 공기가 얼굴이며 팔뚝 위로 기분좋게 내려앉았다. 눈을 감았다. 완벽한 온도, 완벽한 습도, 완벽한 청결상태, 완벽한 서비스, 완벽하게 대접받는다는 느낌. 호텔을 계속 찾게 되는 것은 바로 그 완벽의 느낌이 좋아서 아닐까. 돈을 주고 완벽을 산다니 그거야말로 자본주의의 축복이 아닌가.

아내가 화장대 위에 소지품을 늘어놓았다. 하룻밤 짧은 나들이를 갈 때도 보부상처럼 짐을 한 보따리씩 꾸리곤 하던 그녀답지 않게 이번에 챙겨온 화장품들은 제법 단출해 보였다. 결혼하고 나서 내가 가장 놀란 것 중 하나가 여자 화장품의 가짓수였다. 그게 그토록 다양하게 세분화되어 있을 줄은 몰랐다. 스킨과 로션과 크림. 거기까지는 나도 알고 있었다. 에센스니 세럼이니 하는 것들도 이해할 수 있었다. 그러나 그것이 다가 아니었다. 아이크림, 넥크림, 핸드크림, 풋크림, 보디크림, 립크림 등등, 무한 증식하는 화장품의 종 앞에서 인체는 낱낱이 분절되고 해체되었다. 넥이나 핸드나 풋이나 다 보디의 일부인데, 그렇게 구분해놓으니 풋크림을 넥에 바르면 큰일이라도 날 것 같지 않은가. 그것들이 기초화장품이고 색조화장품이 또 따로 있다는 얘기를 들었을 때는 더이상 알고 싶지도 않아 손을 내저어야 했다.

살림살이도 마찬가지였다. 가습기에 에어컨에 히터에 공기청정기, 정수기, 보풀제거기, 음식물쓰레기 건조기에 식기세척기에 비데에 칫솔살균기까지, 필요한 것들은 점점 늘기만 했다. 없이 살아도 괜찮았던 것들이 언젠가부터 있으면 좋거나 꼭 있어야만 하는 것들로 바뀌었다. 앞으로는 점점 더 그렇게 될 것이다. 그러니 잠시나마 그런 잡다한 살림살이들로부터 떨어져 있을 수 있다는 점에서라면 호텔에 온 것도 휴가는 휴가였다.

눈을 뜬 것은 사방이 너무 고요해서였다. 아내의 뒷모습이 보였다. 화장대 정리를 끝냈는지 그녀는 팔짱을 낀 채 다시 창밖을 보고 있었다.

"뭘 그렇게 보고 있는 거야?"

"노무현."

"뭐?"

나는 몸을 일으켰다. 아내는 덕수궁 대한문 쪽을 내려다보고 있었다.

"노무현 생각하고 있었어. 저기 분향소가 있었잖아."

불과 몇 달 전의 일이었다. 아침부터 노무현 대통령 서거 소식이 온오프라인 세상을 완전히 장악했던 그날, 아내는 저녁 늦게까지 집에 들어오지 않았다. 종일 통화도 되지 않았다. 내가 아내를 본 것은 텔레비전 아홉시 뉴스에서였다. 그녀는 덕수궁 담장을 따라 길게 늘어선 조문행렬 속에 흰 국화꽃을 들고 서 있었다. 클로즈업 화면 속에서 손등으로 눈물을 훔치고 있는 그녀는 슬프다기보다 어쩐지 고단해 보였다. 나중에 듣자 하니 조문을 위해 꼬박 다섯 시간 줄을 서 있었다던가. 고단하기도 했을 것이다.

바짓주머니에서 담배를 꺼냈다. 라이터가 손에 잡히지 않았다. 아까 집에서 나올 때 분명히 챙긴 것 같은데. 주머니 말고 가방에 넣었던가.

"혹시 내 라이터 봤어?"

아내는 내게 눈을 흘기더니 구석에 치워놓은 짐가방들을 뒤지기 시작했다. 창밖으로 펼쳐진 지상 십육층 높이의 하늘은 여전히 보랏빛이었다. 발밑 저 까마득한 아래 인도에서 색색의 우산들이 만났다가 헤어졌다. 의외로 검은색 계통의 우산이 제일 많았다. 빗줄기가 수그러들고 있는 것일까. 서울광장 입구에 우산 없이 서성이는 한 무리의 사람들이 눈에 띄었다. 그들은 일부러 맞춘 듯 모두 검은 옷을 입고 있었다.

"못 찾겠어. 프런트에 성냥 좀 갖다달라고 할까?"

"어, 그래. 그러면 되겠네."

아내는 전화기로 다가갔다. 그녀의 어깨 너머로 시청에서부터 광화문까지 길게 뻗은 태평로가 건너다보였다. 익숙한 건물, 낯익은 거리, 눈 감고도 떠올릴 수 있는 풍경들. 나는 가방에서 우산을 꺼내들었다.

"아냐. 내가 나가서 사올게. 바람도 좀 쐴 겸."

아내가 수화기를 내려놓으며 반색을 했다.

"잘됐다. 그럼 들어올 때 아이스 아메리카노 한 잔만 사다줘."

협탁 위 디지털시계의 숫자가 십칠시 십사분에서 십오분으로 막 넘어가고 있었다.

호텔 앞 횡단보도. 그 한가운데 미처 신호를 받지 못한 관광버스 한 대가 엉거주춤 정차해 있었다. 승객들이 다들 차창에 머리를 기대고 졸고 있는 것이 보였다. 언제부터였을까, 세상 사람들이 항상 피곤해 보인다고 느끼게 된 것은. 왜일까. 우산을 폈다. 빗줄기가 제법 가늘어져 있었으나 우산 없이 다닐 정도는 아니었다. 덕수궁 옆과 을지로 방향 쪽 건물들을 살폈다. 평소에는 발에 차이던 그 많은 편의점들이 하나도 보이지 않았다. 호텔 뒤편으로 가보는 게 낫겠다 싶었다. 걸음을 옮기면서 나는 피곤한 승객들로 가득한 버스를 무심히 곁눈질했다. 그 뒤에 교차로가 있고 분수대가 있고…… 시청 건물이 있고 지하철역이 있고…… 그 어딘가에 윤서와 내가 있을 것 같았다.

첫 데이트 후 우리는 한 차례 더 둘만의 시간을 보냈다. 때는 5월. 광주민주화운동의 진상 규명을 요구하는 시위에서였다. 평소 내게 잘해주던 학생회 형이 하도 권해서 마지못해 따라간 자리였다. 사람들에 섞여 학교 정문을 나설 때까지는 뭐 그러려니 했다. 그러나 명동에 도착하자 입이 딱 벌어졌다. 서울 시내 대학생이 다 모인 듯 규모가 어마어마했던 것이다. 도중에 눈치껏 빠져나오려 했지만 스크럼이 빡빡하여 그것도 쉽지 않았다. 몇 번의 시도 끝에 가까스로 대열을 이탈했다. 시위대를 구경하는 시민들로 붐비는 인도에 발을 디뎠을 때였다. 별안간 등뒤에서 거대한 함성이 일었다. 귀가 얼얼할 정도였다. 방금 전까지 앉아 있던 차도로 고개를 돌렸다. 까마득히 먼 대열의 선두에 짚으로 만든 실물 크기의 전두환 인형이 등장해 있었다. 살인마의 화형식을 거행하겠다고 누군가 외쳤다. 등줄기에 식은땀이 흘렀다. 구경하던 시민들이 더 잘 보려고 앞다투어 발돋움을 했다.

나는 인파를 헤치며 지하철역으로 향했다. 땀범벅이 된 몸을 어서 씻고 싶다는 생각뿐이었다. 그리고 대열 후미에 이르렀을 때 낯익은 얼굴을 발견했다. 교수라 해도 믿을 듯 나이들어 보이던 예의 그 방송국 국장. 카메라를 든 남학생 둘. 그들 옆에 서 있는 여학생 하나.

"윤서야! 이윤서!"

그녀가 나를 돌아보고, 최루탄이 터지고, 전경들이 밀어닥치고, 스크럼이 무너지고, 비명이 난무했다. 어느 것이 먼저였는지는 모르겠다. 정신을 차리고 보니 나는 윤서의 손을 잡고 미친 듯이 달리고 있었다. 다리가 풀려 더는 꼼짝할 수 없어 멈춘 곳은 헌혈의 집 앞. 거친 숨을 몰아쉬며 무턱대고 안으로 들어갔다. 어서 오세요. 환영합니다. 간호사가 상냥하게 웃으며 우리를 맞았다. 실내는 아늑하고 평화로웠다. 바깥과 완전히 다른 세상. 서울은 과연 놀라운 곳이었다.

우리는 둘 다 헌혈 불가 판정을 받았다. 하기야 죽을힘을 다해 뛴 직후니 혈압이 정상으로 나올 리가 없었다. 윤서의 혈액형은 A형이었다. 나는 O형. A형 여자와 O형 남자 궁합이 그렇게 좋다던데. 생각만으로도 얼굴이 훅 달아올랐다. 윤서는 말이 없었다. 핏방울이 맺힌 검지 끝을 알코올 솜으로 문지르기만 했다. 한참을 그러더니 불쑥 물었다.

"우리도 나중에 더 나이들면, 아까 그 시민들처럼 될까?"

"무슨 소리야? 시민들이 뭘 어쨌는데?"

"나도 왕년에 철없던 시절 데모 좀 했지, 하면서 느긋하게 구경만 하게 될까?"

"설마. 그런 식으로 생각하는 사람 없을 거야."

"아냐. 내가 아까 들었어. 어떤 아저씨가 그러더라. 어린 학생들이 뭘 안다고. 어차피 졸업하고 사회 나가면 다 잊어버릴 거면서 왜 자꾸 데모질이냐고. 그래봐야 차만 막히지 세상은 안 바뀐다고."

윤서는 착잡한 얼굴로 피 묻은 솜을 쓰레기통에 버렸다. 탁자에 놓인 초코파이 포장지를 뜯으며 이번에는 내가 물었다.

"전두환 말이야, 진짜로 죽일 수 있을까?"

"진짜로 못 죽이니까 짚인형을 태우는 거잖아."

"그러니까 내 말은, 만약 진짜로 죽일 수 있다면, 넌 어떡할 거야?"

"난…… 못해. 사람을 어떻게 죽여?"

"맞아. 사람을 어떻게 죽이겠어."

"……"

윤서도 초코파이를 집었다. 헌혈도 안 하는 주제에 간식이나 축내면서 위험천만한 대화를 주고받는 두 대학생을 간호사들은 내쫓지 않았다.

그날도 우리는 시청역까지 걸었다. 한국은행 앞을 지날 때 윤서는 오늘 처음 만난 사람인 양 내게 서울생활은 할 만하냐고 물었다. 그러고 보니 서울살이 어느새 석 달째였다. 어린 시절 조용필의 〈서울 서울 서울〉이나 이용의 〈우리의 서울〉 노래를 들으면서 품었던 환상 속의 서울과는 좀 달랐지만 그래도 나쁘지는 않았다. 윤서는 서울이 고향이라고 했다.

"난 여기가 싫어. 사람도 너무 많고 너무 시끄러워. 보이는 건 똑같이 생긴 아파트들밖에 없고 공기는 탁하고. 밤에도 너무 밝아 잠을 잘 수가 없어."

사람이 많고 시끄러워서 나는 오히려 좋았다. 나까지 덩달아 흥이 났으니까. 서울은 어디를 가도 똑같은 곳이 한 군데도 없고 마음만 먹으면 일 년 삼백육십오 일 데이트 코스를 삼백육십오 가지로 짤 수도 있었다. 밤에도 밝으니 혼자 있어도 덜 외로운 것처럼 느껴졌다. 하지만 굳이 윤서에게 반대의견을 내놓을 필요는 없었다. 아니, 윤서에게라면 무엇이든 그녀 뜻대로 설득당해도 좋았다. 저만치 프라자 호텔의 측면이 보였다.

"너 그때 저긴 왜 가고 싶다고 했어?"

윤서의 표정은 진지했다.

"예컨대, 내가 이십 년 전 부모에게 버림받고 외국으로 입양된 고아인데……"

"니가? 진짜?"

"아이참, 예를 들어서 말이야."

그녀의 목소리는 나직했다. 조금 전에 우리가 최루탄 연기 가득한 명동 거리를 뛰어다녔던 것이 아주 오래된 일처럼 느껴졌다. 하늘에는 별도 없고 땅에는 꽃도 없었지만 나는 그녀와 함께 걷는 이 밤길이 영영 끝나지 않았으면 좋겠다고 생각했다.

"스무 살이 되고 나서 처음으로 고국을 찾았어. 친부모를 만나러 온 거지. 그래서 프라자 호텔에 묵어. 서울 한복판에 있으니까 상징적이잖아. 시청 바로 앞이기도 하고 포인트제로도 가깝고. 아무튼 그래서 부모님을 만나기로 한 전날 밤, 호텔에서 고국의 수도 야경을 내려다보며 상념에 잠기는 거야."

윤서는 말끝에 하늘을 쳐다보았다.

"그런데? 그게 끝이야?"

"응. 그게 어떤 심정일지 궁금해서 가보고 싶었어."

"하지만 예를 든 거라며. 넌 입양아가 아니잖아."

"그런 상황에서 바라보는 서울은 굉장히 낯설고 새롭겠지. 내가 한 번도 본 적 없는 곳 같을 거야. 이십 년간 부대끼며 살아온 익숙한 고향땅이 아니라 난생처음 보는 어떤 매혹적인 이방의 땅. 하지만 나를 버린 비정한 도시. 그걸 보고 싶은 거야."

나는 걸음을 늦추었다. 뭔가 도움이 되어주고 싶었다. 그녀의 소망을 이루어주고 싶었다. 프라자 호텔에서 하룻밤 묵는 비용은 얼마나 될까. 까짓것, 비싸봤자지. 돈이야 모으면 될 것이다. 나는 목청을 가다듬었다.

"너 크리스마스 때 뭐할 거야?"

그녀는 큰 소리로 깔깔거렸다. 크리스마스까지는 무려 일곱 달이나 남아 있었으니까. 나는 웃지 않았다. 천천히 주먹을 쥐었다 펴보았다. 손바닥이 땀으로 척척했다.

"별일없으면…… 그날 나랑 만날래?"

나로서는 일생일대의 용기를 낸 것이었다. 흡사 청혼을 하는 것 같은 기분이었달까. 윤서의 대답을 기다리는 그 몇 초의 시간이 끔찍하게 길게 느껴졌다.

"좋아. 그러자."

그녀는 환하게 웃었다. 학생식당에서 처음 만났을 때 그랬듯이. 터져나오는 기쁨의 외침을 참으려 나는 이를 꽉 물었다. 발부리에 걸리는 돌멩이를 찼다. 그것은 아주 멀리까지 날아갔다.

일회용 라이터 가격은 한 개에 삼백원. 정말 오랜만에 사보는 것이었다. 요새도 삼백원으로 살 수 있는 게 있다니. 껌도 한 통에 오백원씩 하는데. 투명한 초록색 라이터를 새삼스럽게 내려다보았다. 그럼 옛날에 대학 다닐 때는 백원쯤 했다는 얘긴가. 그래도 그때는 세상에서 가장 아까운 게 어쩔 수 없이 사게 되는 라이터값이었을 것이다. 당구장이며 술집을 뻔질나게 드나들던 시절이라 그곳에서 하나씩 집어온 색색의 일회용 라이터가 책상 서랍에 서른 개쯤 들어 있을 때도 있었으니까.

다시 호텔 앞으로 돌아왔다. 이제는 아이스 커피를 살 차례였다. 아내는 상표를 가리지 않았지만 커피빈의 아메리카노를 제일 좋아했다. 언젠가 파이낸스센터 근처에서 커피빈 매장을 보았던 것이 떠올랐다. 나는 빨간불이 켜진 신호등 아래에 섰다.

횡단보도 맞은편 서울광장 입구에 검은 옷을 입은 사람들이 우산도 없이 서 있는 것이 눈에 띄었다. 가만히 보니 아까 호텔 방에서 창문으로 잠깐 내려다보았던 그 사람들 같았다. 엉성하게 줄을 맞춘 대열의 맨 앞에는 여자들이 서 있었다. 그녀들이 입은 것은 상복이었다. 여자들의 왼쪽에 선 사람은 야당 정치인인지 시민운동가인지 어디서 많이 본 듯한 얼굴의 사내. 그리고 그들 뒤에는 흰 수염이 덥수룩한 노인이 사제복을 입고 지팡이에 몸을 의지한 채 서 있었다. 노인이 펼쳐든 현수막의 문구가 빗속에서도 선명했다.

대통령은 유족 앞에 사과하고, 용산 참사 해결하라!

용산 참사라니, 새해 벽두에 있었던 그 일이 여태까지 해결 안 되었단 말인가. 철거민이 다섯인가 여섯인가 하여튼 여러 명 사망한 그 사건을 기억하는 것은 공교롭게도 내가 그날 저녁 아내와 함께 사고현장을 지나갔기 때문이다. 아내의 친정이 있는 이촌동에 가는 길이었다. 경찰버스와 무장 전경 들과 취재진들이 진을 친 신용산역 일대는 차가 몹시 막혔다. 아내는 승용차 안에서 '어떡해, 어떡해'를 연발했다. 그게 용산 참사를 어떡하느냐는 것인지 차가 막혀서 어떡하느냐는 것인지는 알 수 없었다. 그날 우리는 예정보다 한 시간이나 늦게 목적지에 도착했다.

멀리 시청사 외벽의 대형시계가 다섯시 삼십분을 가리켰다. 상복 입은 여자들이 난데없이 땅바닥에 엎드렸다. 정치인으로 보이는 사내와 흰 수염 사제와 예닐곱 명의 시민들이 옆에서 뒤에서 함께 발을 내디뎠다. 세 걸음 걷고 한 번 절하고. 다시 세 걸음 걷고 한 번 절하고. 그들은 삼보일배를 하고 있는 것이었다.

신호등에 파란불이 들어왔다. 순간적으로 하늘이 요동을 치는가 싶더니 폭우가 쏟아졌다. 곧바로 돌풍이 휘몰아쳤다. 나는 횡단보도를 건너다 말고 서서 마구 뒤집히는 우산을 간신히 바로

잡았다. 광포한 빗줄기에 가려 앞이 잘 보이지 않았다. 누군가 상복 입은 여자들에게 우비를 건넸다. 여자들은 그것을 받지 않았다. 폭우 속에서 우비도 우산도 없이 그들은 세 걸음 걷고 한 번 절하며 광장을 돌았다. 함께 행하는 이도 몇 안 되지만 구경하는 이도 몇 없는 초라한 풍경이었다. 나는 횡단보도 중간쯤에서 그만 되돌아섰다. 이 비를 뚫고 다녀오기에 커피빈은 너무 멀었다. 그리고 아내는 커피 선택에 까다롭지 않으니 덕수궁 옆 던킨의 아메리카노도 좋아할 것이었다.

흠뻑 젖은 소매와 바짓단에서 물이 뚝뚝 떨어졌다. 눈치 빠른 도어맨이 마른 수건을 건네주며 웃음을 지었다.

"콘니찌와."

일본인이 아니라고 해명하기 귀찮아서 나도 수건을 돌려주며 응수했다.

"아리가또오 고자이마스."

설마 한국인 남성이, 한여름 서울 한복판의 호텔에서, 휴가를 보내고 있으리라고는 생각하지 못할 터였다. 업무상 지방에서 출장 온 한국인으로 보일 수도 있겠지만, 야자수 무늬가 그려진 하늘색 셔츠와 반바지, 맨발에 가죽샌들을 걸친 내 모습은 열에 아홉 일본인 관광객으로 오해하기 쉬웠다.

호텔 로비에 들어서자 내 집에 온 듯한 안락함이 나를 감쌌다. 악 소리가 나올 만큼 덥고 습한 바깥과 달리 이곳은 앗 소리가 나올 만큼 서늘하고 쾌적했다. 엘리베이터 문이 닫혔다. 혼자가 되자 나는 일없이 한숨을 내쉬었다. 손에 아이스 커피가 들려 있지 않음을 깨달은 것은 십육층에 막 내렸을 때였다. 로비에서 수건으로 몸의 물기를 닦는 동안 컵을 잠시 옆에 내려놓았다가 깜빡 잊고 두고 온 것이었다. 다시 엘리베이터를 향해 돌아섰다. 이미 늦었다. 15, 14, 13…… 운행 층을 알리는 램프에 내림차순으로 불이 켜졌다. 나는 주위를 흘깃거렸다. 복도에는 아무도 없었다. 언젠가 텔레비전 〈주말의 명화〉에서 본 외국영화의 한 장면이 떠올랐다. 아무도 없는 호텔 복도에서 어느 뚱뚱한 사내가 벽을 향해 전속력으로 달리던 장면.

"내가 바로 나라는 걸 보여주겠다!"

사내는 그렇게 외쳤다. 그리고 벽에 부딪치는 순간 그것을 뚫고 나갔다. 나는 사내의 몸이 빠져나간 구멍을 들여다보듯 눈앞의 벽을 응시했다. 정확히는 그 앞에 놓인 탁자를, 더 정확히는 그 위의 전화기를. 수화기를 들면 어떤 말이 흘러나올지 알고 있었다. 오래전에 이미 한번 들었다 놓은 적이 있으니까. 감사합니다. 무엇을 도와드릴까요? 그 비슷한 내용이었을 테지만 수화기 너머의 프런트 직원이 구사한 일본어를 그때의 나는 전혀 알아듣지 못했다. 그래서 차라리 다행이었다. 대화를 하고 싶었던 게 아니니까. 나는 단지 이 세상에 나 혼자만 있는 게 아님을 확인하고 싶었던 것뿐이니까.

하필 기온이 급강하한 날이었다. 시청사 앞에는 나처럼 누군가를 기다리는 사람들이 예닐곱 명쯤 되었다. 손이 곱고 몸이 떨리고 이가 위아래로 맞부딪쳤다. 그래도 실실 웃음이 나오는 것은 어쩔 수 없었다. 내 생애 열아홉번째 크리스마스였다. 조금 있

으면 그녀 생애 스물한번째 크리스마스를 맞는 여자가 올 것이었
다. 이 순간을 얼마나 오래 공들여 준비해왔던가. 좋아하는 사람
을 기다리면서 바라보는 서울의 야경은 놀랍도록 차고 맑고 아름
다웠다. 행인들이 시청 앞 인도 한쪽에 놓인 구세군 자선냄비에
돈을 넣고 지나갔다. 제복 입은 남자가 흔드는 종소리가 12월의
찬 공기 속으로 투명하게 흩어졌다.

"널 위해 프라자 호텔을 예약했어."

윤서를 깜짝 놀라게 해줄 크리스마스 선물은 그거였다. 물론
호텔에 나도 함께 가겠다는 얘기였지만 다른 뜻은 없었다. 그녀
에게 손끝 하나도 대고 싶지 않았다면 거짓말일 터. 하지만 내가
진짜로 원하는 것은 그런 게 아니었다. 내 바람은 호텔방에서 그
녀가 이십 년 만에 처음으로 고국을 찾은 입양아의 심정을 경험
해볼 수 있었으면, 그 눈에 비친 낯선 서울의 풍경을 오래 기억
할 수 있었으면 하는 것이었다.

약속시간이 삼십 분 지났다. 그녀의 집으로 전화를 걸었다. 휴
대폰이 없던 시절이라 공중전화부스에서 전화를 걸면서도 나는
그새 윤서가 와서 길이 엇갈리면 어쩌나 연방 뒤를 돌아보았다.
한 시간이 지났다. 여전히 아무도 전화를 받지 않았다. 삼십 분
이 더 지났다. 마침내 전화를 받은 것은 그녀의 어머니였다. 윤
서는 점심 때 이미 친구들과 어울려 밖으로 나갔다고 했다. 나와
의 약속을 까맣게 잊어버린 것이었다. 혼자 호텔까지 터벅터벅
걸었다. 숙박 예약을 취소할 수도 있다는 생각을 그때는 왜 하지
못했을까.

십육층 창밖으로 내려다보는 서울의 밤. 시청에서부터 광화문 방향으로 쭉 뻗은 태평로를 라이트를 밝힌 차들이 계속해서 달려가고 달려왔다. 하얀색 차가 가장 많았다. 좋아하는 사람에게 바람맞고 나서 바라보는 서울의 야경은 여전히 차고 맑고 아름다웠다. 그리고 쓸쓸했다. 칠 개월 동안 갖은 아르바이트를 하며 모은 돈으로 산 하룻밤은 그렇게 지나갔다. 나는 그날 일을 아무에게도 말하지 않았다. 호텔방에 혼자 있었다고. 내내 창밖만 보다 잠들었다고. 새벽에 깨어서는 고국에 처음 와본 입양아처럼 불현듯 외롭고 서럽고 막막하여 복도를 서성였다고. 그러다가 엘리베이터 앞 탁자에 놓인 전화기를 발견했고 프런트 직원의 목소리를 들었다고.

　나중에 윤서에게도 시청 앞에서 추위에 떨며 그녀를 기다렸다는 이야기는 했지만 호텔 이야기는 하지 않았다. 그 밤의 기억을 그때는 그냥 혼자만 간직하고 싶었다. 어차피 이야기했어도 믿지 않았을 것이다. 당시 호텔 하룻밤 숙박비가 내 자취방 월세 석 달치와 맞먹는 거금이었으니 말이다.

　십수 년의 세월이 흐른 지금 그 이야기를 한다면 그녀는 믿을까. 그때의 일을 기억이나 할까. 내가 바로 그때의 나라는 걸, 우리가 바로 그때의 우리라는 걸, 증명할 수 있을까.

　빗속을 뚫고 가서 사온 아이스 커피를 건네며 슬쩍 얘기해봐야겠다고 나는 생각했다. 아내가 믿지 않아도 기억하지 못해도 상관없었다. 그런 건 사실 중요하지 않았다. 이제 겨우 휴가의 첫날. 우리에게는 아직 여러 날이 남아 있었으므로.

새벽 네시 프라자 호텔

어느 날 벗에게서 문자메시지가 왔다.

'토요일 저녁 여섯시에 프라자 호텔 로비로 나와.'

로비에서 만난 벗은 세계 각국의 병맥주들이 가득 든 바구니와 패밀리 사이즈 피자와 초밥 세트를 피난민처럼 이고 지고 들고 있었다.

"자, 이제 방으로 올라가자."

방으로 올라가자니, 무슨 방? 나는 영문을 몰라 우두커니 서 있기만 했다.

"너 여기서 자보고 싶다고 했었잖아."

벗은 앞장서서 엘리베이터 쪽으로 향했다.

"남극 기지도 아니고, 이집트 피라미드도 아니고, 겨우 서울 시내 호텔에서 자고 싶다는데, 내가 십칠 년 절친 너한테 이 정도 선물도 못 해주겠니?"

아 하고 나는 입을 벌렸다. 세상에 이렇게 호사스러운 선물이 다 있다니. 게다가 그렇다면 벗은 오래전 내가 들려준 어느 날 밤의 이야기를 여태 기억하고 있었다는 것이 아닌가.

큰 눈이 오시던 밤이었다. 내가 탄 버스는 시청 앞 도로 한복 판에서 오도 가도 못하고 서 있었다. 차창 밖 흩날리는 눈발 사 이로 프라자 호텔이 보였다. 버스는 십 분 이십 분이 지나도 움 직일 줄을 몰랐고 할 일 없던 나는 하릴없이 호텔을 쳐다보았다.

순간 캄캄하던 어느 객실 창 하나에 불이 반짝 켜졌다. 그리고 곧 창가에 누군가의 실루엣이 어른거렸다. 그 실루엣은 창가에 선 채 오랫동안 꼼짝도 하지 않았다. 나 역시 꼼짝도 하지 않고 숨죽인 채 그를 올려다보았다. 문득 그가 어쩌면 퍽 쓸쓸한 얼굴 을 하고 있을지도 모르겠다는 생각이 들었다. 왜냐하면 그는 이 십 년 전 갓난아기 때 해외로 입양되었다가 오늘 난생처음으로 친부모를 만나기 위해 고국을 방문한 참이었기 때문이다.

그러니까 그는 지금 제가 태어난 나라의 수도 야경을 내려다 보고 있는 거야. 이 도시가 의외로 무척 아름답다는 사실에 기쁘 다기보다는 서글프다는 생각을 하면서 말이지. 그는 손에 쥔 관 광안내지도를 펼쳐서 제가 있는 곳의 주소를 찾아봐. 그리고 떠 듬떠듬 소리내어 읽어. 서, 울, 특, 별, 시, 중, 구, 소, 공, 로……

나는 불현듯 그가 되어보고 싶었다. 그의 눈으로 호텔방에서 서울의 야경을 내려다보고 싶었다. 그래서 마침내 도로 정체가 풀리고 버스가 천천히 움직이기 시작할 때까지 그 창문에서 눈을 뗄 수가 없었다.

벗은 내가 프라자 호텔에서 자보고 싶다고 한 것은 기억했지만 왜 자보고 싶다 했는지는 기억하지 못했다. 아니, 당시 내가 그것까지는 말하지 않았는지도 모르겠다. 일기장에나 쓰고 말 법한 허황한 이야기였으니까.

어쨌거나 그리하여 우리는 그날 프라자 호텔에 투숙했다. 밤 늦게까지 나는 피자를 먹고 벗은 맥주를 마시고 나는 초밥을 먹고 벗은 또 맥주를 마셨다. 그러고 나서는 객실에 구비되어 있던 닌텐도 위 게임을 했다. 게임이라고는 테트리스와 지뢰찾기밖에 모르는 나를 위해 벗이 시범을 보여가며 요령을 일러주었다. 우리는 테니스를 치고 권투를 하고 볼링을 쳤다. 늦게 배운 도둑이 날 새는 줄 모른다고 나는 지나치게 열심이었다. 그래도 아무렴, 스승을 꺾지는 못했다.

둘 다 지쳐 쓰러지듯 잠든 것은 몇 시쯤이었을까. 깜빡 눈을 뜨니 새벽 네시. 벗은 스탠드 불빛을 왼뺨으로 받으며 곤히 잠들어 있었다. 나는 어둠이 눈에 익기를 기다렸다가 침대를 빠져나왔다. 그러나 창가에 서서 이십 년 만에 처음 고국을 찾은 입양아의 시선으로 서울 거리를 내려다보는 대신 발소리를 죽여 객실 밖으로 나갔다. 아무도 없는 복도의 이쪽 끝에서 저쪽 끝까지 걸었다. 다시 저쪽 끝에서 이쪽 끝까지 걸었다. 계속 걸으면서 호텔 밖에 펼쳐져 있을 서울 풍경을 떠올려보았다. 머릿속은 그저 뿌옇기만 했다. 어쩐지 새벽 네시 프라자 호텔 복도에서는 서울도 서울이 아닌 것 같고 나도 내가 아닌 것 같았다.

다른 사람의 입장이 되어본다는 것은 얼마나 어려운 일인가. 누군가의 내면을 상상한다는 것은 얼마나 막막한 일인가. 타인을 이해한다는 것은 과연 가능한 일인가.

새삼스레 나는 회의했다. 그럼에도 그 어렵고 막막하고 당최 가능할 것 같지도 않은 일을 한번 해보겠다고 소설을 쓰고 있거니 생각하자 부끄러워지기도 했다.

그 부끄러움을 어쩌지 못하고 나는 새벽 네시 호텔 복도를 걷고 또 걸었다.

내려다보고 뒤돌아보며 꾸는 꿈

황예인

다 알아요, 1995년 어느 봄날 당신은 시무룩한 표정을 짓고 있었죠?

　당신이 쉰 콩나물을 뱉지 않고 그냥 꿀꺽 삼켜버렸을 때, 그러면서도 어쩐지 맛이 이상했다고 웅성대는 아이들의 말에 저절로 귀가 활짝 열리면서 젠장, 속엣말로 욕을 내뱉을 때 저는 다 알아버렸어요. 이 사람 지금 잔뜩 주눅이 들어 있구나. 그런데 그걸 들키고 싶지 않아서 일부러 모든 상황이 마음에 들지 않는 것처럼 입꼬리를 내린 채 팔짱을 끼고 있구나. 지금 일어나고 있는 모든 상황에 관심이라곤 요만큼도 없는 것처럼 고개를 휘휘 저으면서. 자존심을 지키느라 일부러 시무룩한 표정을 짓고 있는 열아홉 살 청년의 얼굴, 저는 그 귀여운 얼굴을 상상해봐요. 그럼 마음이 풀어지며 웃음이 나죠(재수 없는 서울내기의 호기라고는 생각하지 말아줘요. 저도 어느 봄날, 그런 표정을 짓고 있었던 사람들을 알고 있거든요). 당신이 어느 지역에서 올라왔는지는—이 말도 참 재미있죠. 저의 지방 친구들은 늘 이 말에 예민하게 반응하곤 했어요. 서울은 전국에서 고도가 가장 높은 지역인가. 왜 항상 우리들은 서울에 올라와야만 하는 것인가 하고요—모르겠지만 윤서의 눈에 당신은 딱 촌사람으로 보였을 거예요. 아니 더 솔직하게 표현하자면 촌놈이요. 그건 읍내 양복점에서 당신의 아버지가 맞춰준 양복 때문이 아니라 바로 그 시무룩한 표정 때문이겠죠. 유창하고 세련된 선배들의 모습과 서울 시내의 화려한 풍경들에 놀라면서도 당신은 애써 그 감정을 감추고 있었잖아요. 감정을 피워내는 일에 영 서툰 당신, 어쩐지 그 마음을 알 것도 같아요.

왜 먼저 말하지 않았나요? 당신의 첫사랑 윤서가 바로 현재의 아내라는 사실을요.

2009년, 이제 서른세 살이 된 당신은 십사 년 전에 그랬던 것처럼 가장 중요한 사실을 숨긴 채 자신의 이야기를 하고 있네요. 그때처럼 역시나 시무룩한 얼굴을 하고서요. 저는 처음에 그것이 두려움 때문일 거라고 생각했어요. 내가 이렇듯 생생하게 기억하고 있는 과거의 사건들을 아내가 잊었으면 어쩌나, 그러니까 혼자 추억에 잠긴 얼굴을 하고서 그걸 아내에게 들려줬을 때, 아내가 그 일은 기억나지만 그때의 감정은 하나도 모르겠다는 낯선 얼굴을 하고서 나를 바라보면 어쩌나, 하는 그런 두려움이요. 그렇잖아요. 어느 순간, 매서운 과거의 발톱에 뒷덜미를 채여 곧장 저 뒤로 끌려갈 때, 나 혼자만 그 과거의 한복판에 던져져 거짓말처럼 모든 과정을 다시 살 때, 우리는 누군가가 사무치게 그리워져요. 내 앞에서 새치름하게 웃던 흰 얼굴의 아가씨는 물론 폼을 잔뜩 잡고서 그 아가씨의 마음을 사로잡으려고 애쓰던 놈들까지도. 어째서 우리는 그 시절로 다 함께 돌아갈 수는 없는 걸까요? 왜 날카로운 과거의 발톱은 우리를 동시에 들어다 그 시절로 데려다주지 않고 이렇게 나 혼자만 채어가는 걸까요. 혼자 비 오는 거리를 헤매면서 십사 년 전 자신의 모습을 발견하는 일이란 얼마나 황홀하고도 쓸쓸한 일인가요. 그래서 당신이 좋아졌어요. 아내에게 십사 년 전의 우리가 기억나지 않느냐며 이런저런 이야기를 건네는 대신, 당신은 아내의 흔적을 소중하게 수집하지요. 내가 얼마나 열렬히 과거를 그리워하는지 목소리를 높이고 그때 우리가 얼마나 아름답게 빛났는지 자랑스럽게 읊는 대신에, 당신은 아주 조심스럽게 희미한 가능성들을 모아요. 2009년 5월, 잠시 이 나라의 대통령이었던 이가 스스로 몸을 던진 어느 날, 그를 추모하기 위해 흰 국화꽃 한 송이를 들고 오래도록 분향소 앞에 줄을 서 있던 아내. 뉴스에 나온 아내의 모습을 보며 당신은 무심한 척 그녀의 지친 기색만을 읽어냈지만, 사실 곧바로 그 순간이 떠올랐잖아요. 시위 대열이 무너져서 함께 숨을 헉헉 거리며 뛰어와 피를 뽑기 위해 혈액검사를 하던 그때, 유난히 빠르고 뜨겁게 돌던 피 때문인지 갑자기 가까워지고 또 진술해져서는 아무리 누군가를 증오할지라도 차마 죽일 수는 없을 거라고 유순하게 이야기하던 그 순간 말예요. 그날 두 사람은 느꼈을 테죠. 무뚝뚝한 촌놈 안에, 새침한 서울내기 안에 순하디순한 청춘이 부끄럽게 눈을 들어 마치 처음 보는 것처럼 아주 낯설게 하지만 눈부시게 서로를 바라보고 있는 모습을요.

그러니까 당신은 두려웠던 게 결코 아니었나봐요. 그저 내가 나라는 사실을 말로 늘어놓는 방법, 가장 확실하지만 진실에서는 가장 멀고 쓸모없는 방식 대신, 그냥 가만히 들여다보고 아주 조심스럽게 넘겨다보는 방식을 택했던 거예요. 하지만 당신, 궁금하죠? 그렇게 하는 것만으로 한때 당신의 가슴을 뛰게 하고 얼마간 횡재한 듯 불렀던 그 이름, 윤서, 당신의 아내도 함께 그때의 과거로 돌아갈 수 있는 것인지.

내가 말해줄게요, 지금 서로가 서로의 뒷모습을 가만히 바라보고 있어요.

사실은 잘 모르겠어요. 내가 꾸는 꿈은 언제나 혼자만의 것으로 그치고 함께 꾼다고 믿는 순간은 아주 잠시 동안만 지속될 뿐, 곧바로 큰 배신감 혹은 좌절감으로 이어지곤 하니까요. 그러면서 생각하죠. 당신처럼 시무룩한 얼굴을 하고선, 우리는 늘 체념만 배운다고요. 오늘 체념하면서 어제 한 체념이 다가 아니었음을 깨닫고 그러면 내일도 체념하겠구나 생각해요. 체념의 한도를 늘려가면서 자꾸 체념을 반복하죠. 이게 타락일까요? 우리는 점점 가망성 없는 사람이 되어가는 걸까요? 과거에 품었던,

온기를 머금은 빛 같은 건 영영 사라진 걸까요? 기분이 몹시 나쁜 날이면 그것조차 착각이라고, 그런 것은 존재한 적도 없었다고, 우리는 언제나 글러먹은 놈들이었다고 억지를 부리곤 해요. 도대체 십수 년 전에 품었던 빛을 떠올리는 게 무슨 의미가 있겠어요? 하지만 그러면서도 자꾸 과거에 곧장 접속되곤 해요. 왜냐면요, 그건 누군가 내 뒷모습을 바라볼지도 모른다는 생각 때문이에요.

그러니까 당신은 몰랐을 테죠. 당신이 컴퓨터 앞에 앉아 프라자 호텔을 예약할 때 당신의 아내가 당신의 뒷모습을 가만히 바라보고 있었다는 사실을요. 마치 당신이 십육층 위에서 덕수궁을 내려다보던 아내의 뒷모습을 조용히 바라보던 것처럼. 당신은 당신이 혼자 꿈에 빠져 있을 때, 누구도 그 안으로 들어올 수 없다고 생각했을 거예요. 그런데 말예요, 누군가 그 안으로 들어오고 싶어한다는 사실에 대해서는 생각해본 적 없나요? 당신이 윤서의 뒷모습을 바라볼 때, 또 윤서가 당신의 뒷모습을 바라볼 때 어떤 기웃거림을 느낄 수 있어요. 촌놈과 서울내기 안에 웅크리고 있던 순하디순한 청춘이 아직 사그라지지 않은 어떤 온기와 빛을 품고서 서로를 비춰보는구나, 그런 확신이 들어요.

당신들은 참 이상해요. 뒤돌아보고 내려다보며 꿈을 꾸잖아요.

그리고 보면 당신과 당신의 아내, 당신들은 참 이상한 방식으로 꿈을 꾸고 있네요. 기껏 십육층에 올라와서는 마치 그러기 위해 높이 올라온 것처럼 집요하게 아래를 내려다보고요. 떠밀린 적도 있겠지만 시간의 물결을 헤치고 겨우 지금 여기로 왔으면서도 기어코 십사 년 전의 그날을 뒤돌아보네요. 그렇게 당신들은 내려다보고 뒤돌아보면서 꿈을 꾸고 있어요. 다들 저 멀리 앞을 보고 높이 하늘을 보며 꿈을 꾸잖아요. 그런데 당신들은 말없이 서로의 뒤통수를 바라보며, 그렇지만 절대 돌려세워서 마주보지는 않고, 내려다보고 또 뒤돌아보네요. 그 순간 당신들은 빛을 모으는 렌즈라도 되는 걸까요? 그것이 서로의 마음에 남은 작은 불씨를 되살려내기라도 하는 걸까요? 당신은 윤서에게 크리스마스날에 만나지 않겠느냐며 용기를 내던 십사 년 전의 그날처럼, 다시 씩씩해져요. 우리의 휴가는 아직 여러 날이 남았으니 아내에게 "슬쩍" 이야기해봐야겠다고 다짐하잖아요. 돌을 발로 멀리 날려보내던 그날의 기쁜 마음으로, 그렇지만 아주 슬쩍. 오늘 종일 시무룩한 얼굴을 하고 있는 당신이 어쩐지 그 순간만은 살짝 웃었을 것 같아요.

황예인
서울대 국문과 석사과정 수료.
계간 『문학동네』 2011년 겨울호에 평론을 발표하며 등단.

황정은

양산 펴기

. . . . .

작가노트 아르바이트라고요 아저씨
해설 노대원_선물

황정은

2005년 경향신문 신춘문예를 통해 작품활동을 시작했다. 소설집 『일곱시 삼십이분 코끼리열차』『파씨의 입문』『아무도 아닌』, 장편소설 『百의 그림자』『야만적인 앨리스씨』『계속해보겠습니다』, 연작소설『디디의 우산』『연년세세』가 있다. 한국일보문학상, 신동엽문학상, 2013년 젊은작가상, 2014년 젊은작가상 대상, 현대문학상, 이효석문학상, 대산문학상, 김유정문학상, 만해문학상 등을 수상했다.

양산 펴기

아르바이트하기로 했다.

하루 일정으로 열리는 바자회에서 양산을 팔 것이다. 녹두에게는 비밀이다. 우리는 얼마 전에 다퉜다. 장어 때문이었다. 장어를 먹고 싶다고 녹두가 말했다. 어디서 알아냈는지 특별한 소스와 숯을 사용해서 쫄깃하고도 담백하게 장어를 구워주는 집이 있다며 그 집으로 장어를 먹으러 가자고 졸랐다. 가격을 물으니 일 인분에 삼만원이라고 대답했다. 돈이 어디 있어, 라고 말하자 깡통에 모아둔 돈을 쓰자고 졸랐다.

깜짝이야.

그 돈에 관해서라면 나도 따로 생각하는 것이 있었다.

전부터 지구본을 하나 가지고 싶었다. 어중간한 것은 가지고 싶지 않았다. 너무 작은 것은 눈에 들어오지도 않았고 너무 큰 것은 너무 크고 너무 비싸서 가지고 싶다는 생각도 들지 않았다. 여러 가지로 알아보고 적당한 것을 눈여겨봐두었다. 지름이 삼십 센티미터쯤 되는 매끈한 지구본으로 고정대나 받침이 안정적이었고 기울기도 왠지 보기 좋았다. 어두운 청색 바다에 대륙과 섬 들은 은색으로 표현되어 있었다. 내 눈엔 그게 무척 아름다워 보였고 그 아름다운 것이 내게 무척 필요했다. 지구본을 보고 돌아온 날에 나는 동전을 모아둔 깡통을 들어보았다. 가득 차면 삼만원 정도 되려나. 거기에 조금 보태면 여유롭게 지구본을 살 수 있을 거라고 생각했다. 좋았어, 하며 깡통을 제자리에 내려두었다. 그날부터 이따금 무게를 가늠해보며 깡통이 차오르길 기다리고 있는 중이었다.

그런데 장어라.

장어와 지구본을 비교하면 아까웠다. 장어는 한 끼로 순식간에 사라지지만 지구본은 남는다. 파손되지만 않는다면 두고두고 볼 수 있다. 뉴질랜드라거나 벨라루스 같은 나라들이 어디쯤인지 궁금할 때 짚어볼 수도 있으니 보람도 있다. 판단은 빠르게 유물적으로 마쳤다. 제정신이냐고 물었다.

우리 형편에 말이지.

생각보다 무뚝뚝하게 말해버렸다고 생각했는데 대꾸가 없었다. 뒤를 돌아보니 녹두가 입을 꼭 다물고 눈물이 맺힌 모습으로 이쪽을 보고 있었다.

좀 먹자고 했을 뿐인데 뭘 그렇게까지 얘기해.

뭘.

제정신이냐며.

그뒤로 더는 말 나누지 않고 밤엔 등을 돌리고 누웠다. 그게
전부였으니 다퉜다기보다는 다쳤다고 해야 하나. 감정이랄까 자
존심이랄까 어딘가 손쓰기 어려운 심층적인 부분을. 말도 없는
사람을 등으로 의식하며 깡통의 윤곽을 바라보았다. 텔레비전
위로 두더지 머리처럼 볼록 솟아 있었다. 찻잎을 담았던 것으로
주먹 두 개를 겹친 것보다 조그만 물건이었다. 그뿐인데 녹두도
나도 당분간 손댈 수 없는 불편한 물건이 되고 말았다. 이런저런
생각을 하며 누워 있다가 지구본에 관한 의욕마저 시들어 나는
나대로 시무룩해졌다. 서로 속이 상해 며칠 미묘했다.

오전 열시부터 오후 다섯시까지 일곱 시간 일하고 일당은 오
만원.

금요일에 일할 사람이 다급하게 필요하다며 사촌누이가 전화
를 걸어왔다. 기본적으로는 판매대를 지키는 일이고 양산을 사려
는 손님에게 양산값을 받고 상황에 따라 거스름돈을 내주는 정도
의 일이라 초보자라도 할 수 있다는 제안이었다. 반나절 일해서
오만원이면 나쁘지 않잖아, 라고 누이가 말했다. 나쁘지 않았다.
이번 달 네 차례 휴일 가운데 한 번을 썼으니 사흘이 남아 있었
다. 그 가운데 하루를 쓸 수 있을 것 같았다. 나가볼까, 생각했다.

좋아.

녹두에게 장어를 사먹이자.

금요일이었다. 자고 있는 녹두를 내버려두고 조용히 우유와

빵을 챙겨 먹고 집을 나섰다. 날씨가 좋았다. 매미가 맹렬하게
울어대는 나무 밑에서 버스를 기다렸다. 아홉시 반쯤 바자회 장
소라는 구청 앞에 도착했다. 임대 안내 딱지가 붙은 상점을 등지
고 보도를 약간 침범한 형태로 천막이 설치되어 있었다. 양산이
며 놋그릇이며 속옷이며 생활용품이며 물건을 잔뜩 담은 박스들
이 천막 안쪽에 어지럽게 쌓여 있었고 바자회에 동원된 사람들
이 박스 사이를 분주하게 돌아다니고 있었다. 도착하자마자 사
촌누이에게 이끌려 양산 디스플레이를 도왔다. 박스에 담긴 양
산들을 간이테이블에 무작정 쏟아붓고 형태를 구분해 차곡차곡
쌓아두었다. 봉고에 실려 더 많은 박스들이 도착했다. 어디에 뭐
가 모자라고 뭐가 넘치고 뭐가 잘되고 잘못되었는지 확인하려는
사람들로 정신을 못 차리게 떠들썩했다. 열시가 넘어 대강이나
마 정리된 상황을 보니 일곱 가지 물품에 품목당 두 명씩 총 열
네 명이 동원된 행사였다. 사촌누이와 내가 담당할 품목은 양산
과 소량의 스카프였다. 양산과 스카프의 소유주는 배 부분이 팽
팽하게 늘어난 폴로셔츠를 입고 반바지에 샌들을 신은 남자였다.
그는 아무렇게나 뭉친 손수건으로 땀을 닦으며 박스를 날랐다.
그대로 물건들을 남겨두고 자리를 뜨려는 그를 붙들고 그의 물건
들에 대한 정보를 물었다. 정보가 있어야 손님들에게 설명하고
팔 수 있을 것 아닌가. 내 말을 듣고 그가 쾌활하게 대답했다.

그냥 팔아요.

그냥 어떻게요.

그냥 팔면 된다니까.

양산과 스카프의 소유주가 그냥, 하며 쾌활하게 가버린 뒤 사촌누이는 양산 하나를 양산 더미 곁에 샘플로 펼쳐두었다. 나는 그걸 집어서 라벨을 살펴보았다. 다섯 단 접이 양산에 우산 겸용이라는 설명을 비롯해 몇 가지 정보가 적혀 있었다. 라벨을 뒤집어보니 삼만칠천원이라고 적힌 가격에 이만오천원 가격표가 덧붙어 있었다. 기둥이 짧고 굵었다. 우산보다 천이 질기고 두꺼운 듯했다. 손잡이 쪽에 뭉툭하게 솟은 버튼을 누르자 팟, 소리를 내며 양산 살이 접혔다. 뜻밖에 기운차서 놀랐다. 양산 위쪽을 잡고 아래쪽으로 당겨보았다. 저항력이랄까 힘이 상당해서 잘 되지 않았다. 간신히 손잡이 근처까지 끌어내려서 양산 살을 가지런히 정돈한 뒤에 똑딱 단추를 채웠다. 한 뼘도 되지 않는 길이에 납작했다. 뒷주머니에 넣고 다닐 수도 있을 것 같았다. 똑딱 단추를 풀고 자동 단추를 누르자 만만치 않은 압력으로 펼쳐졌다. 자동 단추를 눌러 살을 접고 다시 끝까지 접어보았다. 펼칠 때는 편해도 접을 때가 쉽지 않았다. 이렇게 애를 먹이는 양산이라면 누구라도 구매를 망설일 듯했다. 제대로 시범을 보이려고 연습했다. 펼칠 때는 이렇게 팟, 접을 때는 이렇게 착.

팟. 착. 착. 착.

펼치고 접고 펼치고 접고.

포인트는 콤팩트.

콤팩트한 사이즈와 양산 우산 겸용, 자동, 할인을 강조하자.

대강 방향을 잡고 양산을 도로 펼쳐 테이블에 놓아두었다. 속옷을 진열해둔 옆 테이블에는 벌써 손님이 들어 물건을 뒤져보고 있었다. 그 밖에 정리를 마치고 개시를 한 곳도 있었고 한창 마무리 정리 중인 곳도 있었다. 자신이 직접 제작한 물건을 들고 나왔다는 속옷 담당자를 제외하고는 모두 일당을 받고 고용된 사람들이라고 사촌누이가 내게 속삭였다. 바자회가 시작되었다.

다섯 단 접이 양산.
양산 우산 겸용입니다. 삼십 퍼센트 할인된 가격 이만오천원.
이따금 외치며 손님도 들지 않는 판매대 곁에서 무료하게 오전 시간을 보냈다. 워낙 오가는 사람이 없었다. 곰 같은 것이 곰 같은 표정으로 버티고 있으니 들던 사람도 나겠다며 누이에게 등짝을 얻어맞은 뒤로는 샘플 양산을 머리 위로 받쳐들고 천막 곁에 서 있었다. 누군가 지나가면 가급적 정중하게 양산을 들어 보이며 로베르따 디 까메르노 양산 우산 겸용입니다, 라고 말했다.
날이 맑았다. 횡단보도 줄무늬 위로 구름 그림자가 엷게 흐르는 것을 양산을 쓰고 바라보았다. 오후가 되면 무더울 것 같았다. 두고 봐, 라는 느낌으로 거듭거듭 맑아지고 있었다. 양산 손잡이를 빙글 돌리며 길 건너편을 바라보았다. 깨끗한 외벽을 가진 구청 건물이 사층 높이로 솟아 있었다. 유리를 박아넣은 서쪽 측면이 햇빛을 받고 청동처럼 반짝 빛났다. 도로를 향해 활짝 열린 정문 왼쪽으로 녹색 라인이 들어간 버스 두 대가 서 있었다. 조금 더 왼편으로는 넓은 사거리가 있었고 내가 서 있는 방향에서 오른편으로는 도로 중앙에 버스정류장이 있었다. 사거리 쪽에서 트럭 한 대가 경적을 울렸다. 차들이 매끄럽게 도로를 지나가고 정류장에 도착한 버스에서 소수의 사람들이 내렸다. 붉은 신호를 받고 차들이 멈췄다. 등산복을 입고 묵직한 가방을 멘 아주머니들이 바자회 천막을 향해 다가왔다. 양산, 하고 나는 말했다.

삼십 퍼센트 할인된 가격 이만오천원.

점심은 중식으로 결정되었다. 사촌누이가 음식점 전화번호가 적힌 메모지를 들고 다니며 각 판매대의 메뉴를 물었다. 점심값이 따로 제공되지 않아 일당에서 공제될 예정이었다. 열량은 높고 값은 싼 음식을 고민하다가 자장면으로 결정했다. 자장면 짬뽕, 하며 주문이 이어졌다. 철가방 하나는 뒷좌석에 얹고 나머지 하나는 손에 든 배달원이 오토바이를 타고 도착했다. 기왕 먹는 것 한자리에 모여 먹자고 속옷공장 사장이 제안했다. 싫다며 손을 젓는 두 명을 제외하고 어색하게 모여 앉아 먹기 시작했다.

학생 성씨가 뭔가, 그릇을 담당하는 노부인이 내게 물었다.

김씨요.

김씨 김씨 학생은 원래 이런 일 하러 다니나.

글쎄요 저요 엔지니어인데요 기계 고쳐요.

오늘은 안 고치나 기계.

쉬는 날인데요 모르겠어요 하하 다른 일을 찾아볼까 생각중예요.

아니 왜 보수가 적나.

여유가 너무 없어요 머슴 보듯 얕잡아보는 손님들도 많고요 기계 똥꼬나 쑤신다고요.

똥꼬 똥꼬라니 똥꼬 같은 매너를 가진 양반들일세.

하하하.

그럼 대학은 나왔나.

공대 나왔습니다.

아이코 반갑네 우리 아들이 공대 다녀 우리 아들 곧 졸업인데 취직이 되지 않아 걱정이 이만저만 아니야.

그러네요 취업이 걱정이겠네요 어디를 나와도 마찬가지겠지만 공대라니 정말로.

걱정이시겠어요, 라고 말하려는데 위쪽에서 투둑, 소리가 들려왔다. 모두 먹던 것을 멈추고 천막을 올려다보았다. 후둣 투둑, 하며 굵은 실밥이 터지는 듯한 소리가 이어졌다.

어머 비.

사촌누이가 그릇을 쥐고 벌떡 일어서자마자 후두두두 쏟아지기 시작했다. 앞이 불투명하게 보일 정도로 굵고 조밀하고 세찬 비였다. 자리가 모자라서 양산 판매대는 절반 정도쯤 천막 바깥으로 노출되어 있었다. 테이블 위의 양산들이 젖었다. 그릇을 바닥에 내려두고 누이와 둘이서 이쪽저쪽으로 뛰며 양산과 스카프를 옮겼다. 다른 팀도 천막 바깥에 놓인 물건이 많아 그것들을 안전한 곳에 들여놓느라고 법석이었다. 아니 날벼락같이 웬 비, 하며 천막 바깥을 내다보았다. 길 건너편에서도 갑작스러운 비를 만나 혼비백산한 사람들이 빵집 차양 아래 모여 있었다. 구청 앞엔 여전히 녹색 버스들이 정차되어 있었다. 동그란 투구를 쓰고 검은 제복을 입은 경찰 두 명이 방패로 하반신을 가리고 이쪽을 향해 서 있었다. 아유 저 사람들 비를 다 맞고 있네, 하며 사촌누이가 그쪽을 보고 얼굴을 찡그렸다. 먹다 놓아둔 그릇으로 빗물이 들이쳤다. 대강 엎어둔 양산들이 무너져내리지 않도록 정리하고 있을 때 비가 그쳤다. 하늘은 오전보다도 맑은 기세로 푸르렀다.

비 그친 것을 확인하고 판매대를 본래 형태로 복구했다. 천막 안쪽으로 밀어두었던 테이블을 끌어내고 바닥이 비탈져 기우뚱거리는 쪽에 납작한 콘크리트 조각을 받쳐두었다. 양산과 스카프를 고루 쌓아두고 접어두었던 샘플 양산을 펼쳤다. 땀이 흘렀다. 햇볕이 뜨거워 빗물에 젖었던 보도블록이 금세 말랐다. 한차례 비를 거친 뒤로 거리를 오가는 사람이 늘었다. 다섯 단 접이 자동 양산.

양산 우산 겸용입니다. 삼십 퍼센트 할인된 가격 이만오천원.

구조는 이렇게 생겼으니 디자인만 골라서 보세요 로베르따 디 까메르노.

사촌누이와 둘이서 외치며 반시간 만에 양산 다섯 개를 팔았다. 이만오천원이면 싼 가격은 아니라고 생각했는데 사촌누이는 양산을 구경하는 손님들에게 양산 가격이 이만하면 싸지 않느냐고 진지하게 묻고 있었다. 싸긴 싸지, 하며 손님들도 고개를 끄덕이다가 결국은 집어갔다. 반시간 만에 양산 여덟 개를 더 팔았다. 스카프는 전혀 팔리지 않았는데 사촌누이가 하나를 집어 포장을 북 뜯고 목에 두른 뒤로는 하나씩 팔렸다. 나는 감탄하며 누이를 지켜보았다. 누이는 이런 기술을 대체 어디서 배웠을까.

　스카프 두 개 양산 네 개가 한꺼번에 팔린 뒤로 문득 손님이
끊겼다. 누이가 챙겨온 얼린 보리차를 마시며 판매대 뒤쪽에서
숨을 돌렸다. 무진장 덥네. 속옷공장 사장이 종이를 접어 만든
부채로 부채질하며 외쳤다. 지나가던 아주머니가 그쪽 판매대로
다가가서 속옷들을 만져보았다. 아저씨 이거 어디 거예요 공장
에서요 내가 내 공장에서 직접 만들었어요 제품 좋아요, 하며 오
가는 대화를 듣고 있다가 소란스러운 소리를 듣고 길 건너편을
바라보았다. 어느 틈엔가 사람들이 잔뜩 모여 있었다. 머리에 띠
를 두른 사람 노란색으로 투쟁이라고 적힌 조끼를 입은 사람 확
성기를 든 사람 들이 구청 주변에 보드를 늘어놓고 분주하게 무
언가를 준비하고 있었다. 오늘 여기서 무슨 일 있느냐고 누이가
내게 물었으나 내가 알 리 없었다. 속속 사람들이 도착하고 카메
라도 나타났다. 삽시간에 상당히 많은 수의 사람들이 모여 집회
가 시작되었다. 노점상연합 공무원노조 철거민연합이라고 적힌
현수막 세 개가 올라가고 바위처럼 살아가보자는 노래가 시작되
는 상황을 어리둥절해서 지켜보았다. 매년 하는데 올해엔 사람
이 적네. 속옷공장 사장도 그쪽을 바라보며 말했다.

　깜짝 놀랐다.

　집회를 저렇게 매년 하나요?

　내가 묻자 무슨 말이냐는 듯 그가 나를 보았다.

　아니 바자회를.

자동 양산.

다섯 단 접이 우산 겸용입니다 삼십 퍼센트 할인된 가격 이만 오천원에 모시고 있습니다 로베르따 디 까메르노 이태리 메이커에 제조는 중국입니다.

오후엔 바자회를 둘러보는 사람들이 늘어서 본격적으로 양산을 팔았다. 양산 양산 로베르따 디 까메르노, 말할수록 리듬이 붙어 매끄럽게 읊었다. 날은 여전히 맑았으나 때때로 거세게 바람이 불어 천막이 울렁였다. 한두 번은 바람에 날아간 비닐백을 잡느라 도로 가장자리까지 달려나갔다가 돌아왔다. 길 건너편에서는 사람들이 북을 두드리며 목소리를 모아 구청장을 부르고 있었다.

나와라.

나와라.

노조 사무실 야밤 급습이 웬 말이냐 호화 청사 웬 말이냐 노점상 철거민 생존권 보장 비리 구청장 물러나라.

실크 팔십 퍼센트 스카프 만원.

양산.

양산도요 자외선 차단 안 되는 게 있어요.

나와라.

로베르따 디 까메르노 웬 말이냐 자외선 차단 노점상 됩니다 안 되는 생존 양산 쓰시면 물러나라 기미 생겨요 구청장 한번 들어보세요 나와라 나와라 가볍고 콤팩트합니다 방수 완벽하고요.

아줌마 빤스는 국산이 좋아 국산 사세요.

지상파 방송 로고가 찍힌 카메라를 든 사람이 이쪽으로 길을
건너와서 바자회 천막을 등지고 건너편을 향해 카메라를 들었
다. 셔츠 등판에 땀자국이 선명했다. 잠깐 그걸 지켜보는 틈에
테이블에서 새 양산을 집어 펼쳐보려는 아주머니를 말리고 여기
샘플 있어요 이걸로 보세요 디자인은 다 똑같고요 색깔하고 무
늬만 달라요 이거 보고 고르세요 이렇게 펼치고 이렇게 접고, 하
며 분주한 와중에 조만간 있을 지방선거에서 한 표 당부한다며
건네는 홍보전단까지 몇 장 받아들었다. 오늘이 무슨 날이냐 정
말 날이로구나, 누이가 땀을 닦으며 말했다. 빗방울이 한두 방울
떨어졌으나 비로 쏟아지지는 않았다. 잿빛 먹구름이 빠른 속도
로 머리 위를 지나가고 있었다.

안녕하십니까.

불쑥 들어선 사람들로 천막 안쪽이 갑자기 어두워졌다. 방송 카
메라 한 대도 그들을 따라 불쑥 천막 안으로 들어왔다. 구청장 후
보 위모입니다. 하며 건네는 손을 얼떨떨해서 맞잡았다. 일행 가
운데 풍채가 가장 좋고 느긋해 보이는 사람이었다. 기호가 적힌
넓은 띠를 사선으로 가슴에 두르고 있었다. 그가 부드러운 미소를
띠고 내 눈을 들여다보며 행사 취지를 물었다. 모르겠다고 대답도
못 하고 있는데 곁에서 그의 보좌관인 듯한 남자가 대답했다.

이웃돕기 바자회인데요 매년 이 자리에서 열리고 있습니다.

좋은 일 하시네요, 하며 구청장 후보가 나를 향해 부드럽게 웃
었다. 그러면 이 행사에서 나오는 이익금은 어떻게 쓰십니까 나
라에서 단체 지원금은 좀 나옵니까, 하고 그가 내게 물었다. 곁

에 있던 남자가 또 나서서, 작년엔 이 단체가 구청에서 지원을 받았는데 올해는 어떤지 모르겠습니다, 라고 대답했다. 구청장 후보가 고개를 끄덕이며 그 말을 들었다. 그가 다시 나를 향해 물었다. 우리 유권자께서는 어떤 계기로 이 바자회에 참여하게 된 건가요.

저요 그냥 아르바이트하는 건데요 돈 벌려고요 녹두에게 장어 먹이려고요. 그렇게는 말 못 하고 카메라도 신경쓰여 어물거리고 있다가 말했다.

판매 도와주러 왔는데요.

아 그럼 자원봉사 하시는 겁니까.

……

오늘 여기서 자원봉사 하시는 분들은 어떤 분들입니까.

옆에서 듣고 있던 누이가 무뚝뚝하게 답했다.

그냥 알바예요.

알바?

아르바이트라고요 아저씨.

팔뚝에 빗방울이 탁 떨어졌다. 밝은 색으로 마른 보도블록 위로 소리도 없이 검은 반점들이 돋아나더니 비가 쏟아졌다. 정오쯤 내린 비보다 거칠고 짧았다. 양산을 옮기느라고 천막 안팎을 오가다가 머리와 어깨가 젖었다. 물건을 전부 옮기기도 전에 비는 그쳤다. 양산을 한아름 들고 어이없어 하늘을 올려다보았다. 마지막 빗줄기들이 햇빛을 받고 반짝반짝 빛났다. 더 내릴까, 내리지 않을까. 하늘을 바라보며 근심하다가 판매대를 복구했다.

오줌 마려웠다.

어디로 가야 하느냐고 누이에게 물었더니 구청에서 싸고 오라며 길 건너편을 가리켜 보였다. 한산한 틈에 길을 건넜다. 나와라 나와라, 하며 여전히 구청장을 부르고 있는 사람들 앞을 지나 건물 안으로 들어갔다. 등뒤로 문이 찰딱 닫히자 나와 더불어 밀려들었던 바깥의 소리며 더운 공기들이 차단되었다. 실내는 서늘하게 밀폐되어 있었다. 높다랗게 솟은 천장엔 구(球) 모양으로 구현된 철편 조형물이 어디선가 불어오는 시원한 바람에 흔들리며 잘랑거리는 소리를 내고 있었다. 거대하게 자란 고무나무와 홍콩야자가 진열된 로비를 가로질러 걸어갔다. 왼편으로는 공무를 담당하는 사람들이 접수를 받는 장소와 구청에 볼일을 보러 온 사람들이 번호표를 뽑아 대기하는 장소가 있었고 오른편으로는 커피숍과 놀이방이 마련되어 있었다. 플라스틱 놀이기구들을 넣어둔 놀이방은 비어 있었고 커피숍에선 다리를 예쁜 모양으로 포개고 앉은 사람들이 둥근 탁자에 찻잔을 놓아두고 이야기를 나누고 있었다.

화장실을 찾지 못해 커피숍 쪽으로 나왔다. 반대쪽으로 로비를 가로질렀다가 출입구로 돌아나왔다. 중앙의 넓은 계단을 올라가서 이층 복도를 따라 무작정 걷다가 자판기 곁에서 화장실 표지판을 발견했다. 깔끔하게 닦인 타일 벽을 바라보며 볼일을 보고 거품비누로 손을 씻었다. 거울을 보니 얼굴은 붉고 빗물과 땀을 고루 먹은 셔츠는 다갈색으로 어깨에 달라붙어 있었다. 냄새도 나는 것 같았다. 종이타월로 젖은 부분을 두드려 물기를 얼마간 제거하고 아래층 로비로 내려왔다. 딩동, 하고 벨이 울리자 노란 천을 씌운 소파에 앉아 있던 남자가 접수처를 향해 걸어갔다. 딩동, 하고 다음 구민을 호출하는 소리를 등지고 바깥으로 나섰다. 조금 전 비로 머리가 젖은 사람들과 투구를 쓰고 방패를 든 사람들 사이를 걸어 횡단보도 앞에 섰다. 마이크를 쥔 남자가 탁하게 쉰 목소리로 어떻게 살란 말이냐고 묻고 있었다. 뒤통수가 징징 울렸다. 횡단 신호를 기다리며 길 건너편 바자회 장소를 바라보았다. 뾰족하게 솟은 천막 아래 무더운 그늘에서 바자회에 동원된 사람들이 물건을 팔고 있었다. 물건을 보거나 사려는 사람들이 천막 안팎을 들락거렸다. 다홍색 샘플 스카프를 목에 두른 사촌누이가 손님에게 양산을 집어 보이며 무언가를 설명하고 있었다. 천막 아래 걸린 바자회 현수막이 바람에 나부끼자 누이가 그쪽을 향해 얼굴을 들었다. 나는 길을 건넜다.

국산 빤스 나와라 양말 세 켤레 구청장 오천원 전통 있고 몸에도 좋은 우리 생존권.

양산.

나와라.

양산.

우산 겸용입니다. 오늘처럼 비 내리고 개고 비 내리는 날에 딱 적당하게 콤팩트한 사이즈 가방에 넣고 다니세요 자외선 차단되고요 에이에스 됩니다. 다른 목소리들에 묻힐까 열심히 외쳤다. 소리를 낼 때마다 바늘이 서는 듯 목이 따끔따끔했다. 그 정도 성량으로 종일 스스로의 목소리를 들은 탓인지 머리도 울렸다. 어디 한번 해보자고 목소리를 더욱 높였더니 기침이 터졌다. 누이가 건네준 보리차를 마셔도 멈추지 않았다. 통증과 내압 때문에 얼굴이 달아올랐다. 조금 쉬라며 밀치는 대로 천막 그늘 끝에서 양산을 펼치고 섰다.

　양산 속에서 멍하니 길 건너편을 바라보았다. 그쪽엔 오전보다도 사람이 늘어서 그 가운데 적지 않은 사람들이 도로로 내려와 있었다. 나오라는 사람은 나오지 않는데 불러내려는 사람은 늘고 깃발도 늘고 함성은 높아서 금방이라도 무슨 일인가 벌어질 듯했다. 어느 틈엔가 녹색 버스도 늘어서 더 많은 경찰들이 도로 가장자리를 따라 늘어서 있었다. 횡단보도 건너편에서 밀짚모자를 쓴 남자가 팻말을 목에 걸고 이쪽을 향해 서 있었다. 팻말에 적힌 글자가 너무 조밀하고 두꺼워서 유달리 크고 네모지게 적힌 생존이라는 단어 말고는 이쪽에서 제대로 읽을 수 있는 것이 없었다. 상당한 시간 목에 걸고 다닌 듯 그의 생존이 너덜너덜했다. 내가 그를 보는 것을 그도 보았는지 그가 나를 보았다. 아마도 그런 것 같았다. 한동안 서로 바라보았다. 버스가 신호를 받고 멈춰 서며 그를 가렸다. 다시 바위처럼 살아가보자는 노래가 시작되고 있었다. 신호가 바뀌고 버스 지나간 자리를 보니 그는 사라지고 없었다.

　연두색 풍선 하나가 북쪽 방향으로 고요하게 떠갔다. 저물 무렵 햇빛을 받고 불룩 빛나며 솟구치고 있었다. 새끼손톱보다도 작았다. 고개를 들고 더욱 멀어져 보이지 않을 때까지 지켜보았다. 배고팠다. 왜 고플까 생각해보니 밥도 제대로 먹지 못했구나 지랄 같고 오늘 같은 날씨 로베르따 디 까메르노 이태리 메이커 다섯 단 접이 양산 우산 겸용입니다 오늘 하루만 삼십 퍼센트 할인된 가격 이만오천원입니다 자외선 차단 안 되는 우산 쓰시면 기미 생겨요 콤팩트한 사이즈 들어보세요 가볍습니다 아줌마 여행 갈 때도 편해 가방에 쏙 로베르따 이태리 메이커에 제조는 중국입니다.

비는 더 내리지 않았고 구름은 깨끗한 빛깔로 부풀고 있었다. 해맑은 날씨에 마음이랄까 어딘가가 유리처럼 자꾸자꾸 얇아지는 듯했다. 이태리 메이커에 제조는 중국이라면 어디 산(産)이라는 걸까 도대체 이태리 메이커에 제조는 중국이라니 이 무슨 정체불명의 물건일까 어쨌거나 이것을 팔고 일당 오만원씩 한 달을 꼬박 일하면 지금 버는 것보다 훨씬 버는구나 오십만원 정도를 더 버는 셈인가 그 정도 여유가 있었더라면 장어나 지구본을 두고 녹두와 다툼하는 일은 없었을 텐데 그까짓 걸 가지고 그런 정도로 속이 상해버리는 일은 없었을 텐데 정말로 그만둘까 지금 하는 일 그만두고 다른 걸 찾아볼까 하더라도 당장 생계 생존 생계 이것도 저것도 뭔가 서글프고 공허해서 양산, 양산만 외치고 있는데 마직 저고리와 치마를 곱게 차려입은 할머니가 양산 판매대를 들여다보았다. 부드럽게 주름진 작은 손으로 양산을 들어보고 내려두고 들어보길 반복하다가 파란색 장미가 그려진 것을 손에 쥐고 내게 물었다.

이건 에이에스 되나.

돼요.

되나.

됩니다.

부러지면 새걸로 바꿔주나.

그 말에 할머니, 하고 정색하고 대답했다.

살살 쓰면 되지 왜 부러져 살살 쓰세요.

여섯시에 양산 한개를 팔고 장사를 마쳤다. 양산과 스카프의
소유주가 쾌활하게 봉고를 끌고 나타나 판매 실적을 물었다. 사
촌누이와 나는 백만원에서 조금 모자란 금액을 보고하고 구김
덕분에 성글게 부푼 돈다발을 넘긴 뒤 봉고에 물건 싣는 것을 도
왔다.

해 질 무렵이었다.

저물어가는 햇빛에 잠겨 불그스름한 빛깔을 띤 일당을 건네받
았다. 내 몫은 오만원권으로 한 장, 누이의 몫은 만원권으로 다
섯 장이었다. 누이는 그 돈을 받자마자 장사를 접고 정리를 하느
라 어수선한 다른 판매대 앞을 서성이며 물건을 둘러보았다. 바
닥이 오목한 사기접시 하나 아이들 속옷 두 벌 타이즈 한 벌 자
매들에게 나눠줄 덧신 세 켤레, 이렇게 물건 값으로 사만오천원
을 지불하고 오천원 남았으니 점심값을 제하면 또이또이네, 라
고 말하며 그녀가 내 곁으로 돌아왔다. 흘렀다 마른 땀으로 누이
의 얼굴이 반들반들 빛났다. 바자회는 끝났다. 봉고를 타고 떠나

기 전 양산과 스카프의 소유주는 누이와 나를 불러 양산을 하나
씩 건네주었다. 누이 것은 노란 동백무늬가 있는 것 내 것은 흰
바탕에 검은 물방울무늬가 있는 것으로 가장자리에 짧은 프릴이
달려 있었다. 이것은 녹두에게 주어야겠다고 생각했다. 그런데
이게 참 콤팩트한 사이즈에 펼치기는 쉬울지 몰라도 접는 것이
만만치 않은데 녹두의 악력으로 가능한가 하면 또 가능하지 않
을 것은 뭐냐 이렇게 연습해보면 되지 않을까 팟 이렇게 착.

양산을 펼쳤다가 꼼꼼히 접어 주머니에 넣고 봉고를 배웅했
다. 사촌누이를 먼저 버스에 태워 보내고 정류장에서 버스를 기
다렸다. 구청 앞에 모인 사람들은 이제 바닥에 앉아 노래를 부르
고 있었다. 방송용 카메라 몇 대가 남아서 그 광경을 촬영하고
있었다. 그쪽으로 비스듬하게 몸을 돌리고 눈에 띄는 카메라를
세어보았다. 하나 둘 셋. 오늘 하루 목격한 카메라만 네 대나 어
쩌면 다섯 대. 그들 가운데 어느 프레임엔 결국 내 모습이 찍혔
을지도 모르겠다는 생각이 들었다. 나, 방송에 나오는 거냐.

버스를 타고 바자회 장소를 떠났다. 발등이 저렸다. 이를 닦고
싶었고 깨끗한 물로 손과 머리를 씻고 싶었다. 예상보다 더한 강
도로 피로한데 이상하게 잠은 오지 않아 눈을 말똥하게 뜨고 실
려가는 길이었다. 맑은 노을이 들어 눈부셨다. 뒷주머니에 넣었
던 양산이 거슬려 무릎에 올려두었다. 저물어가는 빛 속에서 얼
굴을 붉히고 앉아 텔레비전에 내가 나온다면, 하고 생각했다.

정말로 나온다면.

나와라, 외치는 사람들 사이를 걸어 오줌을 누러 가는 뒷모습

그러니까 누구도 정체를 궁금해하지 않을 뒤통수라거나 사람 좋
아 보이도록 웃는 정치인의 어깨 너머에서 양산을 외치는 모습
이라거나 무심하게 카메라를 응시하고 있는 모습이라거나.

어느 것이든 가장자리쯤에 어쩌면 지직거리며 동원되었을 조
그만 얼굴을 생각하자 찜찜하고 왠지 자존심 상했다. 찍어도 괜
찮겠느냐고 한 번 정도는 물을 수 있는 것 아니었냐 씨발 놈들
아, 어쩌고 생각하며 양산을 만지작거리고 있었다. 버스가 신호
를 받고 멈췄다. 보리갯떡 보리갯떡, 하는 소리가 뒤로부터 다가
오더니 엔진 소리 요란한 트럭 한 대가 내가 앉은 자리에 나란히
멈춰 섰다. 짐칸에 실린 아마도 보리개떡이 담겼을 스티로폼 상
자들을 내려다보았다. 보리갯, 떡, 보리갯, 떡, 보리떡, 보리떡,
보릿, 떡, 하며 놀듯 노래하듯 확성되는 소리와는 다르게 운전석
에 앉은 남자는 피로에 눌린 듯한 모습으로 앞을 보고 있었다.
다른 말도 없이 보리갯, 떡, 보릿, 떡, 하고 반복되는 소리를 노
곤하게 듣고 있다가 눈물이 글썽 고인 채로 집까지 실려갔다.

어둑어둑할 무렵, 집에 당도했다. 녹두는 텔레비전을 틀어두
고 거실 바닥에서 졸고 있었다. 양산을 신발장에 얹어두고 곁에
드러누웠다. 쉬는 날인데 어디 다녀왔어, 녹두가 투덜거리며 내
게 파고들었다. 녹두의 머리에서 목화를 닮은 낮잠 냄새가 났다.
그 냄새를 맡고 있자니 하루가 왠지 아득했다. 텔레비전에 내 작
은 머리통이 나타났을까. 뉴스를 확인해야겠다고 생각하면서도
전기처럼 바작바작 번져나가는 피로감에 늘어져 있었다. 가물가

물 눈을 뜨고 있다가 얕게 잠들었을 때였다.

잠꼬대를 한다며 녹두가 나를 흔들었다.

뭐라는 거야 그거, 시(詩)야?

내가 뭐라고 했어?

로베르따 어쩌고 이태리 메이커에 제조는 중국입니다.

아아 그거.

노래, 라고 잠결에 대답했다.

아르바이트라고요 아저씨

선물

노대원

  연인 황정은 소설에는 자주 두 사람의 연인이나 친구가 나옵니다. 우리는 크고 작은 사건들이 아니라 두 사람이 맺는 관계의 세목에 더 주목하며 소설을 읽게 됩니다. 세상의 많은 소설들은 어떤 사건들 때문에 두 사람이나 그 이상의 사람들 사이가 흔들리거나 변모하는 과정을 보여줍니다. 그런데 황정은의 소설은 두 사람이 서로를 바라보는 눈짓과 서로에게 건네는 낮은 목소리 그 자체의 여리고 맑은 떨림과 울림을 독자에게 전달하기 위해서 그 작은 사건들이 벌어지는 것처럼 여겨집니다.

  대화 사랑을 예찬한 어느 철학자는 사랑을 일러 "둘이 등장하는 무대"라고 말합니다. 그것은 낭만적 예술의 신화에서 말하는 동일성의 사랑이 아닌, 차이로부터 시작되는 '둘'의 관점이 만나는 사랑입니다. 황정은 소설미학의 가장 빛나는 부분이 두 인물의 대화라는 점은 바로 이 측면에서 조명되어야 합니다. 사소하고 담담한 말들이 대화를 이루는데도 그토록 독자의 마음을 건드리는 까닭은 무엇일까요? 뜨겁게 하나가 되는 열광적인 사랑과 대화가 이제는 오히려 낡고 닳은 것으로 느껴지기 때문일까요? 열정적인 하나됨은 사랑의 속도와 강렬함을 쉬이 증명할 수는 있어도 그것만으로는 사랑의 진정성과 깊이를 온전히 드러낼수 없으니까요. 화려한 사랑의 몸짓이 없어도, 그리고 자신의 주체적인 목소리를 지울 만큼 서로에게 동화되지 않는다 해도, 서로의 작은 목소리에 귀 기울이고 서로의 눈빛을 맞추려는 조심스러운 배려심이 황정은의 연인들이 나누는 조용하고 느린 대화속에는 잘 그려져 있습니다. 우리는 단순히 말의 오고감이 아니라, 말을 주고받는 과정을 통해 서로의 몸과 마음의 자리를 바꿔나가는 것을 대화라 부릅니다. 사랑은 대화이고, 사랑의 대화는 대화 안의 대화입니다.

이름 「양산 펴기」에서 유일하게 이름을 가진 사람은 주인공 김의 연인(또는 친구), 녹두입니다. 그렇습니다. 녹두의 이름은 연인의 이름입니다. 녹두가 진짜 이름인지 김만이 부르는 애칭인지 알 수 없습니다. 녹두가 실명이든 아니든, 연인에게 불린다는 점에서 분명 애칭이며, 그런 의미에서 '진정한' 이름인 것은 틀림없습니다. 황정은 소설에서 인물들의 이름이 별명이거나 애칭에 가깝게 들리는 것은 그래서입니다. 어떠한 고유명사보다도 더 특별한 이름, 바로 연인의 이름입니다. 그런데 이 소설의 주

인공은 "김씨"라 불립니다. "김씨"나 "김씨 학생"으로 불리는 그
는 이 시대 젊은이의 보편적인 초상입니다. 이때의 보편성은 물
론 인구학과 통계학의 평균값을 뜻하지 않습니다. 그것은 김과
녹두로 대신 말해진, 지금 젊은 세대의 삶들이 저마다 껴안고 있
는 어떤 서글픔과 온정, 피로와 사랑, 노동과 일상, 정치와 경제
의 한 특정한 모습입니다. 누구든 가까이 다가갈 수 있는 정서적
감응장치(=소설) 안에서만 가능하며, 그 안에서만 존재하는 그
런 종류의 특별한 보편성입니다. 그러므로 김과 녹두는 연인의
이름이면서 바로 나의, 그리고 당신들의 이름입니다.

돈 돈 이야기를 좀 해야겠습니다. 돈 때문에 일어난 이야기니
까요. 연인이 아니라 장어와 지구본이 돈을 두고 싸웁니다. 제정
신이냐는 말도 던집니다. "그뒤로 더는 말을 나누지 않고 밤엔
등을 돌리고 누웠다. 그게 전부였으니 다퉜다기보다는 다쳤다고
해야 하나." 돈 때문에, 우리가 그토록 아끼는 대화가 단절됩니
다. 사랑을 사랑하는 진리의 철학자는, 사랑의 적은 경쟁자가 아
니라 바로 이기주의라고 말합니다. 내 사랑의 주된 적은 타인이
아니라 바로 나, 자신의 세계를 강요하려는 자라는 것입니다.
연인의 사랑을 상업화의 좋은 수단으로 삼는 소비지향적 자본주
의 세상에서 가난한 연인들은 아마 자주 다투고 다치는 일이 많
을 것입니다. 김은 연인의 다친 마음을 달래고 어루만져주자고
생각합니다. 슬프게도, 그 일에도 돈이 필요합니다. "녹두에게
장어를 사먹이자." 아르바이트 일당이 오만원이라니 그럭저럭

할 만합니다. 그런데 김의 마음속 계산기는 거기서 멈추지 않습니다. "열량은 높고 값은 싼 음식을 고민하다가 자장면으로 결정했다." 가난한 김에게는, 하루에도 얼마나 많은 셈이 필요한 걸까요?

노동 "펼칠 때는 이렇게 팟, 접을 때는 이렇게 착." 김이 양산을 펴고 접는, 경쾌한 "팟. 착. 착. 착." 소리가 귓가에 오래 남습니다. 김은 사촌누이가 퉁을 놓은 것처럼 곰처럼 우직하게 일합니다. 하지만 양산 펴고 접기를 신중하고 진지하게 반복적으로 연습하는 것처럼, 김은 사랑과 노동도 연습처럼만, 제대로 되길 바랍니다. 김의 아르바이트는 연인을 위한 사랑의 노동이지만, 화창한 아름다움만 가득한 그런 가짜 이야기는 아닙니다. 이 소설을 읽으면서 맑고 산뜻한 기운을 느낄 수 있다면, 단지 밝은 햇빛과 부풀어오른 구름만이 아니라 미처 예기치 않게 거칠게 쏟아지는 빗줄기 덕분이기도 합니다. 우산 겸용 양산을 접고 펴듯이, 희망과 불안을 자꾸만 접었다 펴는 김의 청춘을 생각하게 됩니다. 김이 "우리 형편에"라고 말한 그 처지에 연인과 맞난 장어를 먹으려면 휴일에도 일해야 합니다. "로베르따 디 까메르노 이태리 메이커에 제조는 중국"을 반복적으로 외치는 고단한 일과 속에서 그는 아르바이트 일당과 본래 급여를 비교해보고 이직까지 고민하기에 이릅니다. 생활의 달인이 된 사촌누이의 활력과 억척, 그리고 보리개떡 장사꾼의 피로 사이 어느 중간쯤에 김이 위치합니다.

정치　"국산 빤스 나와라 양말 세 켤레 구청장 오천원 전통 있고 몸에도 좋은 우리 생존권." 오늘, 구청 앞은 노동의 공간이고 정치의 현장입니다. 자선 바자회에 자원봉사가 아니라 날품을 파는 김의 하루치 '생계'가 이곳에 달려 있는가 하면, 노점상연합·공무원노조·철거민연합의 '생존의 투쟁'이 벌어집니다. 게다가 비리 구청장 물러나라는 시위 구호와 구청장 선거에 한 표 당부한다는 홍보가 한자리에서 뒤섞입니다. 구청 앞은 왁자지껄한 정치의 광장이고 시장이지만, 또한 언제나 다름없는 일상과 생활의 거리입니다. 일상 속에 정치가, 정치 속에 일상이 서로 스며들면서 더이상 구분이 불가능해집니다. 이 복잡한 곳에서 김은 집회에 참여한 한 남자와 잠시 시선을 교환합니다. "상당한 시간 목에 걸고 다닌 듯 그의 생존이 너덜너덜했다. 내가 그를 보는 것을 그도 보았는지 그가 나를 보았다. 아마도 그런 것 같았다. 한동안 서로 바라보았다." 두 사람은 각자 너덜너덜해진 생존에 대해 침묵으로 공감했는지도 모릅니다. 집으로 가는 길에 김은 "텔레비전에 내가 나온다면", 하고 상상합니다. "가장자리쯤에 어쩌면 지직거리며 동원되었을 조그만 얼굴"을 생각하자 괜히 자존심 상하고 분합니다. 중심으로부터 배제된 자, 배경으로 밀려나 목소리를 상실한 자의 울분이라는 점에서 이때의 김과 시위대의 출발점은 동일할 것입니다.

선물　김의 일당, 아니 김의 하루는 녹두를 위해 바쳐질 것입니다. 비밀처럼 사라진 그의 하루는 연인을 위한 선물입니다. 덤으로 받은 양산까지도 뜻밖의 선물이 될 것입니다. 그럼 녹두는 그저 받기만 하는 걸까요? "쉬는 날인데 어디 다녀왔어. 녹두가 투덜거리며 내게 파고들었다. 녹두의 머리에서 목화를 닮은 낮잠 냄새가 났다. 그 냄새를 맡고 있자니 하루가 왠지 아득했다." 녹두는 아무런 다툼도, 다침도 없었던 것처럼 그에게 파고들어 연인의 체취를 선사합니다. 소설의 마지막에, 김의 고단한 노동은 시(詩)가 되고 노래가 됩니다. 물론 그저 되지는 않습니다. 녹두가 김의 호객 타령을, 하루의 피로가 진득하게 들러붙은 이 잠꼬대를 시로 오인할 때 비로소 시가 되고 노래가 되는 거지요. 그러니 더없이 반가운 오인이 아닐 수 없습니다. 녹두의 마술적인 주문 덕분입니다. 어쩌면 김이 녹두를 위해, 목소리를 다해 타령을 불렀던 그 순간부터 이미 시였고 노래였는지도 모릅니다. 졸음에 겨운 두 연인의 품 안에서 삶의 어떤 구호라도 노래가 되기를, 저는 희원합니다.

그리고 양산과 우산 황정은 소설의 두 인물이 짝이 되어 등장하는 것처럼, 어떤 소설은 다른 소설과 짝을 이룹니다. 제가 보기에, 이 소설은 작가의 다른 단편 「디디의 우산」과 좋은 짝입니다. 두 소설을 함께 읽으면 감흥은 더 오래가고 의미도 더 풍성해질 것입니다. 「디디의 우산」에서 디디는 어린 시절에 자기 우산을 가져본 적이 없었다고 고백합니다. 이때 디디가 말하는 우산은, 「양산 펴기」의 양산처럼, 어떤 식으로든 사랑과 가난 모두에 의미를 걸어두고 있는 무척 상징적인 소재입니다. 디디는 도도라는 옛 동창과 함께 우산을 쓰고 걸은 뒤 연인이 됩니다. 실은, 디디는 도도가 아주 오래전에 빌려준 우산을 돌려주지 못했는데 이제 둘은 함께 우산을 쓰는 사이가 된 거죠. 세계라는 험난한 풍파에 맞서는, 둘이 함께 쓰는 우산. 디디와 도도는 서로에게 언제까지나 돌려주지 못할 선물을 안겨준 셈입니다. 두 소설에서 연인의 선물인, 햇빛을 가리는 양산과 빗줄기를 피하게 해주는 우산은 다름아닌 바로 연인들 자신일 것입니다. 격앙된 열정이 아니라 담담하고 다정한 온기로 말해지는 이 가난한 사랑에 우리가 만약 감동한다면, 그것은 이 소박하고도 놀라운 진실을 잘 알고 있기 때문일 것입니다.

노대원
서강대 국문과 박사과정 수료.
2007년 대산대학문학상과 2011년 문화일보 신춘문예에 평론이 당선되어 등단.

김이설

부고

. . . . .

작가노트 일 년이 지난 후
해설 정실비_감염의 기술

김이설
2006년 서울신문 신춘문예를 통해 작품활동을 시작했다. 소설집 『아무도 말하지 않는 것들』『오늘처럼 고요히』『잃어버린 이름에게』, 경장편소설 『나쁜 피』『환영』『선화』『우리의 정류장과 필사의 밤』이 있다.

부고

역한 비린내가 났다. 정액 냄새라고 생각했는데, 비 때문이었다. 창턱이 빗물로 흥건했다. 전화벨이 울렸다. 시계를 보니 새벽 세시였다.

—네 엄마가 죽었다.

엄마는 담담했다. 아버지가 같이 오라신다. 나는 팬티를 입는 상준을 쳐다봤다. 와이? 상준이 소리를 내지 않고 물었다. 내 표정이 이상했는지, 상준이 다가와 내 어깨에 손을 올렸다. 무슨 일이니?

"엄마가 죽었대."

상준이 나를 껴안았다. 맨살에 닿는 상준의 몸은 여전히 뜨거웠다.

"슬프겠다, 은희."

엄마는 지난 이태 동안 식구들의 짐이었다. 당뇨 후유증으로 온몸이 썩어들어갔다. 시력을 잃고 다리를 절단하고도 생을 연명했다. 나는 슬프지 않았다.

"그런데 어떤 엄마가 죽은 거니?"

죽은 엄마는 나의 생모였다. 부고를 알린 건 나를 키워준 엄마였다. 나는 바닥에 벗어놓은 티셔츠를 입었다.

"커피 줄까?"

나는 고개를 끄덕이고 컴퓨터 앞에 앉았다. 다음날까지 보내야 할 논문을 아직 끝내지 못한 상태였다. 이미 한 번 미뤘던 원고였다. 한글 창을 열 엄두가 나지 않았다. 나는 원용 선배에게 전화를 걸었다.

—이제 와서 무슨 소리야.

엄마가 죽었다는 말을 못했다. 내게는 살아 있는 엄마도 있다. 설명하자면 길었다.

—너 아니고도 사람 많아.

—일주일만 미룰게요.

—이 바닥 좁다 너.

제 할말만 한 원용 선배가 먼저 전화를 끊었다. 상준이 커피를 내밀었다. 어떻게든 일을 마쳐야 했다. 원용 선배의 눈 밖에 나면 안 되었다. 원용 선배만큼 대필 논문을 대줄 사람이 없었다. 상준이 방문 앞에서 말했다.

"혼자 있고 싶지? 난 내 방으로 갈게."

"아버지가 같이 오래."

"나?"

나는 고개를 끄덕였다. 상준의 얼굴이 굳어졌다.

"한국 장례식은 어렵지?"

"예전에는. 지금은 병원에서 하니까 그냥 있으면 될 거야. 사실, 나도 잘 몰라."

모니터로 고개를 돌렸다.

"엄마가 죽었는데 일을 하겠다고? 슬퍼서 그러니?"

"원고 못 보내면 돈 못 벌어. 단순한 이치야."

"이치?"

"단순한 원리, 단순한 상황이라는 뜻이야."

상준은 침대에 걸터앉아 나를 쳐다봤다. 나를 불쌍하게 여기는 표정 같기도 했고, 이해하는 표정 같기도 했지만, 그건 너의 일이니 알아서 하라는 방관처럼 보이기도 했다. 그럴 때면 어쩔 수 없이 상준은 외국인처럼 보였다.

생모를 찾아 한국으로 온 게 십 년 전이라고 했다. 삼 년 만에 생모를 찾았지만 그쪽에서 재회를 원하지 않았다. 미혼모로 상준을 낳았던 생모는 새 가정을 이뤄 잘 살고 있었다. 스물세 살의 상준은 생모를 이해할 수 없었다. 그런 이별을 방치한 한국사회가 더 이해되지 않았다. 그래서 한국에 눌러앉았다. 스스로 납득할 시간을 갖고 싶었다고 했다. 상준을 만난 건 학원에서였다. 이미 외국어 강사 경력이 쌓인 상준은 한국어에 능숙했다. 나는 한 번도 상준과 영어로 대화한 적이 없었다.

좋은 아침입니다. 상준이 자기 손에 든 커피잔을 살짝 들어 보였다. 나도 모르게 자리에서 일어나 상준을 향해 깍듯하게 목례를 했다. 학원의 강사들은 내게 먼저 인사를 건네지 않았다. 나는 안내데스크에서 수강신청을 받고 상담전화를 받았다. 상준은 유일하게 먼저 인사를 건넨 학원 사람이었다.

상준과 나의 유일한 공통점은 엄마가 둘이라는 사실이었다. 그런데도 상준은 나를 이해한다고 했다. 엄마가 둘이라는 이유로 같이 사는 사람들이 세상에 몇이나 될까. 상준은 그런 건 아무 의미가 없다고 했다. 중요한 건 너와 나가 사랑한다는 사실이야. 상준은 내가라는 말 대신 나가라고 했다. 나는 그때마다 고개를 끄덕였다. 사랑한다는 말만큼은 진짜 같았다.

나는 모니터를 응시하며 뜨거운 커피를 마셨다. 매일 마시던 커피 맛이 달랐다. 엄마가 죽었다. 사람은 누구나 죽는다. 엄마는 투병중이었다. 슬플 이유가 없었다. 여하튼 남편을 떠나고 어린 나와 오빠를 버린 사람이었다. 속이 메스껍고 자꾸 생목이 올라왔다. 기분이 나빴다. 나는 논문 원고를 열었다. 근대문학사에 관한 연구였다. 마지막으로 퇴고를 한번 더 봐야 할 일이었다. 어떻게든 저녁때까지 마쳐야 했다.

병원 입구에서 상준은 내 팔을 붙잡았다.

"이 정도면 되니?"

귀걸이를 빼고, 감색 양복을 입은 상준은 말끔했다. 서른 살의 상준은 이십대 중반으로밖에 보이지 않았다. 상준에 비하면 서른다섯의 나는 너무 늙은 여자 같았다.

장례식장에는 사람이 없었다. 그럴 거라고 생각했지만, 모양새가 좋지 않았다. 귀퉁이에 앉아 있던 엄마가 자리에서 일어났다. 멀리 영정사진이 보였다. 젊은 여자였다. 저렇게 생긴 여자였구나. 예순이 다 된 사람의 영정으로 쓰기에 마땅한 사진은 아니었다. 모르는 사람이 보면 요절했다고 여길 만한 사진이었다. 어디서 저런 사진을 구했는지, 끔찍했다. 엄마서. 상준이 허리를 굽혀 인사를 했다.

"이런 자리에서 만나서 미안해요."

"아닙니다. 상심이 크시겠습니다."

상심이 크겠다니. 무슨 뜻인지도 모르고 인터넷에서 알아온 말이었을 것이다. 아버지가 자리에서 일어섰다. 아버지에게도 상준은 똑같은 인사를 건넸다.

"절해라."

아버지는 상준을 쳐다보지 않았다. 나는 절을 했다. 자네도 하게. 상준이 어색하게 몸을 숙였다.

엄마가 밥과 국, 술을 갖다주었다.

"불쌍한 사람이라고, 아버지가 장례를 치러주자 했다."

엄마는 상준 앞으로 수저를 놓아주며 말을 이었다.

"죽은 사람이 알던 사람들까지 찾아서 부르고 싶진 않더라."

"잘하셨어요."

"네가 서운할지 모르겠다만, 나는 할 만큼 했다, 은희야."

엄마가 내 이름을 부를 때는 진심을 담은 말이라는 걸 나는 알고 있었다. 엄마의 눈가가 기미로 거뭇했다. 수저를 들었다. 국은 짜고 매웠다. 메스꺼웠던 속이 좀처럼 가라앉지 않았다.

*

죽은 엄마가 집을 나간 건 내가 초등학교에 들어가기 전이었
다. 예닐곱 살 즈음이니 기억이 있을 법한데도, 떠난 엄마의 기
억은 전무했다. 대신 어둑한 방 가운데 우두커니 앉아 있던 아버
지만 선명하게 기억이 난다. 자다 깨보면, 어김없이 아버지가 엄
마의 빈 자리를 노려보고 있었다. 그런 아버지를 본 것만으로 큰
잘못을 저지른 것 같았다. 아버지의 검은 실루엣을 목도할 때마
다 가위에 눌린 것처럼 숨이 턱 막히곤 했다.

내가 중학생이 될 때까지 아버지 혼자 남매를 건사했다. 아침
은 아버지가, 저녁은 오빠가 차렸다. 세 살 위인 오빠가 중학생
이 된 이후에는 내가 상을 차렸다. 얼마 지나지 않아 쌀을 안칠
수 있었다. 소시지나 감자를 식용유에 볶고, 고춧가루와 참기름
으로 단무지를 무쳤다. 김치찌개나 된장찌개도 끓였다. 상차림
뿐 아니라 청소와 빨래도 내 몫이었다. 다른 아이들이 고무줄을
뛰어넘고, 친구 집으로 몰려가 숙제를 하는 것처럼 집안일은 나
에게 당연한 일이었다. 오빠 대신 언니가 있었으면 했다. 그러면
언니가 나 대신 일하고, 언니가 나처럼 살았을 테지. 그럼 나는
지금과 다르게 살고 있을 것이었다.

아버지는 초등학교 교사였다. 집에 돌아온 아버지는 제일 먼
저 숙제 검사부터 했다. 오빠와 나는 공책을 들고 아버지 앞에

섰다. 아버지 마음에 들 때까지 공책을 채우고 글씨를 바로 써야 그 자리에서 벗어날 수 있었다. 자기 전, 아버지는 다시 남매를 앉혔다. 그러고는 자신이 꺼내온 책을 소리내어 읽었다. 나에게는 세계명작이나 전래동화를, 오빠에게는 한국 단편소설들을 읽어주었다. 오빠는 벽에 기대어 창밖을 바라보거나, 노트를 꺼내 그림을 그리면서 아버지의 낭독을 들었다. 혼자 있는 게 싫었던 나는 베개를 들고 와 오빠 옆에 누워 잠이 들곤 했다. 김동인, 이효석, 염상섭의 단편들을 소리내서 읽는 아버지는 무척 외로운 인간처럼 보였다.

지금 생각해보면 아버지의 낭독은 다분히 위악적이었다. 내가 골라온 책은 뒷전에 두고, 꼭 자기가 읽고 싶은 걸 읽었다. 가끔 주인공 대신 내 이름을 넣어달라고 조르기도 했지만 한 번도 응해준 적이 없었다. 그 입 좀 다물어. 지금 내가 읽고 있잖니. 책을 읽는 중에는 어떤 질문도 할 수 없었다. 더 읽어달라고 졸라도 언제나 한 권으로 끝이었다.

책을 다 읽은 아버지는 꼭 한마디 덧붙였다. 세상에 책 읽어주는 아버지는 흔치 않다. 넌 행복한 아인 줄 알아라. 하지만 아버지는 나의 외로움에 대해 어떤 위로도 건네지 않았다. 엄마가 없다는 걸 표내면 따돌림받는다. 함부로 가족 이야기를 하지 마라. 말수가 적어야 귀여움을 받는 여자애가 된다. 어디서든 나서지 마라. 평범하게 자라라. 나는 아버지가 바라는 대로 자라야 했다. 조용하고, 집안일에 성실했으며, 불만을 토로하지 않았다. 차마 엄마가 그립다는 내색도 하지 못했다. 그것이 열댓 살도 되지 않은 내가 아버지에게 배운 삶의 자세였다. 엄마 없이 자라는 여자아이의 마음 따위는 아버지의 관심사가 아니었다.

아버지가 낭독을 그만둔 건 내가 초경을 시작한 열다섯 살 여름부터였다. 문과였던 오빠가 아버지와 오랜 갈등 끝에 뒤늦게 예체능계열로 바꾼 무렵이었다. 미술학원에 가겠다고 나서는 오빠를 불러앉혔다.

"기어이 네 고집대로 하겠다니, 잘났다. 예술은 개나 소나 한다더냐? 빌어먹는 환쟁이나 되라고 내가 널 키웠구나. 어디 두고 보자."

오빠는 대꾸하지 않았다. 말수가 적은 오빠는 좀처럼 그 속을 보이지 않았다. 아버지는 오빠가 법대에 가기를 바랐다. 힘을 가지려면 법을 알아야 한다고 했다. 사회적 계급을 위해서라도 남자라면 마땅한 진로라고 설득했다. 그런 아버지에게 미대에 가겠다는 오빠의 선언은 아버지의 존재를 부정하는 일과 같았다. 자기 뜻이 꺾인 아버지의 노여움은 가시지 않았다. 자식에게 졌다는 걸 참지 못했다. 나는 아버지와 대척점에 있는 오빠가 오히려 부러웠다.

아버지가 바라는 대로 자라면 되는 줄 알았다. 그것이 아버지의 사랑을 받는 일이라고 여겼다. 그런데 아니었던 것이다. 차라리 못된 짓을 해서 실컷 두들겨맞기라도 했다면 아버지에게 조금 더 살가운 부정을 느꼈을지도 모르겠다. 그러나 나는 어떻게 나를 표현해야 하는지 몰랐다. 아버지가 침묵을 강요했기 때문이었다.

"자식이 전부라고 생각한 내가 천치였지. 나도 이제 내 생각 하면서 살겠다. 그리 알아라."

얼마 후 아버지가 여자를 데리고 왔다. 오빠는 여자에게 깍듯이 인사했다. 하지만 엄마라고 부르지 않겠다고 말했다. 여자가 말릴 틈도 없이 아버지가 오빠의 머리를 후려쳤다. 오빠가 화구통을 들고 훌쩍 집을 나갔다. 엄마라는 단어는 나 역시 이물스러웠다. 나는 여자를 오래 쳐다보았다. 연분홍색 투피스를 입은 여자 옆에는 검은 가방과 커다란 이불보따리가 놓여 있었다. 여자의 마주 잡은 두 손이 미세하게 떨렸다. 손톱이 짧아 속살이 벌겋게 솟아 있었다.

여자는 나와 오빠에게 꼬박꼬박 존대를 했다. 밥 먹어요. 이제 그만 자야죠. 아버지가 그러지 말라고 했어요. 나는 너희들의 엄마가 아니라는 선언 같기도 하고, 한편으로는 굳이 엄마라 부르지 않아도 된다는 허락 같기도 했다. 여자는 음식 솜씨가 좋았고, 부지런해 집 안은 언제나 말끔했다. 발소리를 내지 않았고, 아버지와 다툼 한 번 없었다.

다만 여자는 일 년에 한 번, 일주일씩 집을 비웠다 돌아왔다. 마치 휴가를 얻어 떠나는 사람 같았다. 집을 비우기 전에는 일주일치 반찬과 국, 찌개를 냉장고에 재어놓았다. 아버지 말로는 여자의 부모를 만나러 간다고 했다. 여자의 부모라면 오빠와 나에게는 외가가 될 터였다. 그러나 그쪽과 교류는 없었다. 아버지는 여자를 일가에 알리지 않았다. 집안의 대소사에 언제나 아버지 혼자 다녀왔다. 새로운 관계는 여자 하나로 족했다.

오빠는 재수 끝에 미대에 진학했다. 여자는 새벽마다 도시락을 싸주었고, 저녁에는 화실 앞으로 저녁을 날랐다. 대학에 들어간 뒤, 학교 앞에서 자취를 시작한 오빠에게 종종 반찬을 갖다주기도 했다. 아버지는 여자가 들어온 이후로 입성이 좋아지고 살이 붙었다. 낭독을 하던 시간에는 여자의 무릎을 베고 텔레비전을 봤다. 좀처럼 들을 수 없었던 아버지의 웃음도 흔해졌다. 여자는 자기가 할 일을 잘 찾았고, 항상 잘해냈다.

여자 때문에 힘든 건 나밖에 없는 것 같았다. 여자가 들어온 이후 모든 것이 변했다. 계절마다 이불의 두께가 달라졌고, 커튼 색깔이 바뀌었다. 냉면이나 주꾸미 같은 제철에 먹을 수 있는 별미가 상에 올랐다. 겨울을 앞두면 김장을 했고, 손수 만두를 빚었다. 베란다에는 철마다 꽃을 피우는 화분들이 빼곡히 들어찼다. 매일 삶는 수건과 속옷에서는 언제나 기분좋은 냄새가 났다. 내가 하지 못하는 일들이 있었다는 걸 나는 몰랐다. 그것이 여자여서 가능하다는 걸 절감할 때마다 열패감을 느끼곤 했다. 나는 여자 때문에 집안일을 하지 않았으므로 갑자기 부여된 많은 시간을 어쩌지 못했다. 친구를 사귈지 몰라서 늘 외톨이였다. 책을 읽거나 공부만 했다. 그것밖에 할 줄 아는 게 없었다.

여자는 한결같았다. 정해진 시간에 간식을 주고, 매일 깔끔하게 교복을 다려놓았다. 미처 꺼내놓지 못한 실내화도 깨끗하게 빨아 월요일 아침이면 현관 앞에 놓아두었다. 자라는 몸에 맞춰 새 속옷을 건넸고, 용돈을 늘 넉넉히 챙겨줬다. 늦은 밤에 생리대를 사다주거나, 블라우스나 한복 저고리를 만드는 가사 숙제를 대신 해주기도 했다. 그래서 내가 여자에게 가장 많이 한 말은 고맙습니다, 였다. 그런데도 여자는 나에게 학교생활에 대해 먼저 묻지 않았다. 나는 가정통신문이나 성적표를 아버지에게 내밀었다. 여자는 늘 멀찍이 서 있곤 했다.

내가 여자를 엄마라고 부르게 된 건 열일곱 살 여름이었다. 야간자율학습을 마치고 집으로 오던 길이었다. 집 부근에 남자애들 네댓이 모여 있었다. 그중 하나가 내 이름을 불렀다. 또래로 보였지만 아는 얼굴은 아니었다. 너 이 집 살아? 그런데? 나는 주춤 물러섰다. 무리가 나를 에워쌌다. 아버지 딸이라 이거지? 뭐? 어딘가 낯익은 생김새였다. 비밀 하나 알려줄까? 너 누구야, 너희들 뭐야? 남자애가 담배를 피워물더니 고개를 끄덕였다. 무리 중의 둘이 내 두 팔을 잡았다. 왜 이래! 남자애가 비죽 웃더니 뺨을 올려쳤다. 소리지를 엄두가 나지 않았다. 맞은 뺨을 감싼 채 뒤돌아섰지만 나를 둘러싼 남자애들 때문에 도망칠 수도 없었다. 남자애가 순식간에 내 머리채를 잡아챘다. 악! 조용히 못해! 엄마! 엄마! 나도 모르게 터진 말이었다. 한 번도 불러본 적 없는 엄마였다. 그러나 골목은 조용했다. 작정을 하고 덤빈 남자애들을 이겨낼 수 없었다. 엄마! 엄마! 엄마 좋아하시네! 남자애가 내 입을 막고 골목으로 끌고 들어갔다. 남자애들은 질질 끌려가는 나를 낄낄대며 발로 차댔다.

정신을 차린 건 내 방에서였다. 아버지가 소리를 질렀다. 생전처음 들어보는 큰 목소리였다. 네가 낳은 자식이 아니라고 그러는 거야! 여자가 조용히 대꾸했다. 당신 자식을 내 자식이 아니라고 생각해본 적은, 단 한순간도 없었어요.

"그런 사람이 그런 말을 해? 신고를 하자고? 동네방네 소문
낼 일 있어?"

"숨기는 게 은희에게 더 큰 상처가 될 거예요."

"당신이 뭘 알아? 여자 인생이 어떤 건지 당신도 잘 알잖아!"

"은희 잘못이 아니잖아요. 그걸 은희 혼자 감당하게 하려는 당
신이 더 이기적인 거라고요."

"가만두면 조용해질 일이야. 그런데 신고를 해? 나는 그런 생
각을 하는 당신이 더 의심스러워. 왜 긁어 부스럼을 만들어?"

"제 인생을 생각해보세요. 은희가 저처럼 되지 말라는 보장을
누가 해요."

한동안 침묵이 이어졌다. 나는 방문에 기대어 앉았다. 교복은
흙과 피로 범벅이었다. 아랫도리는 송두리째 없어진 것처럼 어
떤 감각도 없었다. 골목이 떠올랐다. 재개발 바람이 분 동네는
온통 부서진 집들이었다. 내가 끌려간 곳도 기둥만 남은 집터였
다. 시궁창 냄새가 진동했다. 내 뺨을 후려친 남자애가 바닥으로
나를 밀쳤다. 교복 치마가 훌렁 뒤집어졌다. 손을 뻗기도 전에
남자애의 운동화가 가랑이 사이로 들어왔다. 검은 쥐 한 마리가
내 어깨를 지나갔다. 남자애가 나를 덮쳤다. 내 입을 막고 소리
쳤다. 너 혼자 아버지를 갖겠다고! 넌 공주처럼 키우고 난 쓰레
기처럼 내팽개치겠다고! 다른 남자애들은 나를 내려다보고 있었
다. 나는 발버둥을 쳤다. 몇이 내 팔과 다리를 잡았다. 남자애는
알아듣지 못할 말을 계속 지껄이면서 내 몸을 짓이기듯 파고들

134

었다. 온몸이 점점 굳어졌다. 어느새 남자애가 일어나 바지춤을 올리며 침을 뱉었다. 야, 너! 발을 잡고 있던 남자애가 내 위로 올라왔다. 남자애들의 키득거리는 소리가 들렸다. 야, 다음은 너! 팔을 잡고 있던 남자애가 나를 올라탔다. 야, 이제는 너! 씨발, 나부터 하자. 싸겠다, 싸! 왁자한 웃음소리에 정신이 들었다. 이대로 죽을 수는 없었다. 내 입을 막은 남자애의 손을 있는 힘껏 깨물었다. 아악! 남자애의 손가락 살점이 뜯겼다. 내 얼굴로 피가 뚝뚝 떨어졌다. 남자애가 돌멩이로 내 머리를 쳤다. 욕지기가 일면서 오줌을 지렸다. 순간, 정신을 잃었다.

"내 새끼가 내 새끼를 해쳤다고 고발하라고? 나는 못 해. 차마 그렇겐 못 하겠다."

아버지가 낮게 읊조렸다. 여자는 아버지를 이기지 못했다. 나는 집안의 비밀이 되었고, 곧 이사를 했다. 아버지는 새로 이사한 집, 새로운 내 방에서 다시 시작하면 된다고 했다. 방문을 열어준 아버지가 내 어깨를 감쌌다.

"누구나 살면서 불운을 겪는 법이다. 그러니……"

여자가 아버지의 말을 깍고 나를 데리고 방으로 들어갔다. 여자가 나를 힘껏 안았다. 여자의 품에서 시큼한 땀내가 났다.

"괜찮아, 은희야."

여자가 내 이름을 발음했다. 은희 혼자 감당하게 하려는 당신이 더 이기적인 거라고요. 제 인생을 생각해보세요. 여자가 했던 말이 떠올랐다. 여자도 나와 같은 불운의 경험이 있다. 집에 여자가 있다는 사실에 처음으로 안도를 느꼈다.

시간이 지난다고 기억이 사라지는 건 아니다. 기억은 언제나 생생하게 되풀이되며 재생되었다. 입 밖으로 내놓을 수 없는 비밀은 더욱 견고하게 기억에 매몰되었다. 그뒤로 나는 아버지와 눈을 마주치지 않았다. 스무 살이 되기만을 기다렸다. 아버지와 한집에 사는 이상 그날 밤의 기억에서 벗어날 수 없었다.

엄마가 상준을 물끄러미 지켜봤다.

"은희에게 이야기 들었어요. 국적이 한국이 아니라고요."

네. 상준이 수저를 내려놓고 자세를 고쳐앉았다. 한국사회가 바라는 버릇을 이미 몸에 익힌 상준이었다.

"들어온 지 십 년이면, 한국사람 다 되었겠어요."

"아, 아닙니다. 아직 부족합니다."

"계속 한국에 있을 건가요?"

"결정하지 않았습니다."

"아버지는 은희가 한국에 있기를 바라고 있어요. 나도 그렇고. 오빠가 한국에 없다보니……"

오빠가 결혼 직후 뉴질랜드로 이민을 간 게 오 년 전이었다. 빈 상가를 둘러보았다. 오빠가 한국에 있다면, 여기에 왔을까. 아버지에게 시선을 보냈던 엄마가 이내 고개를 돌렸다. 아버지는 엄마의 영정을 우두커니 바라보고 있었다. 전 부인의 장례식장에 서 있는 남편을, 자기가 키운 의붓자식을, 그 자식이 데리고 온 이국의 사내를 바라보는 엄마의 마음은 대체 어떤 것일까.

집을 나간 엄마가 다시 돌아온 건 이태 전, 근 삼십 년 만이었다. 평생 혼자 살았으면서도 죽음을 앞두고는 두려웠다고 했다. 그것이 인간이 가진 특권일지도 모른다는 생각을 했지만, 납득할 수는 없었다. 아버지는 돌아온 사람을 내치지 않았고, 엄마 역시 아버지를 만류하지 않았다. 나는 받아들인 아버지보다 묵과한 엄마가 더 놀라웠다. 병든 전 부인을 받아들여 입원시키고, 간병인을 붙이는 엄마의 행동을 이해할 수 없었다.

엄마와 살면서도 아버지는 떠난 엄마를 만나왔다. 졸업식을 앞두고 있을 때마다, 아버지는 엄마가 나를 만나고 싶어한다는 걸 전했다. 하지만 나는 한 번도 응하지 않았다. 아버지의 외도 때문에 떠났지만 나를 버린 엄마였다. 용서할 수 없었다. 어릴 적 내가 불쌍해서라도 용서하고 싶지 않았다. 편부에게 사랑받기 위해 엄마라는 단어조차 입 밖에 내지 못하며 자란 나였다. 엄마가 그립지 않았다는 건 거짓말이다. 아버지의 방만한 양육이 엄마를 향한 그리움조차 밝힐 수 없게 했던 것이다. 떠난 엄마에게도 책임이 있었다. 무엇보다도 키워준 엄마를 배신하고 싶지 않았다. 나를 키운 여자는 적어도 나에게 괜찮다는 말을 해준 유일한 사람이었다.

"키워준 부모님은 모두 생존, 그러니까 살아 계시나요?"

"네."

엄마가 계속 상준에게 물었다. 마치 사윗감을 보는 자리 같았다. 나는 점점 불편해졌다.

"그래도 키워주신 분들인데. 생모를 찾아 여기에 나와 있는 걸 서운하게 생각하지 않으실까요?"

"그런 분들은 아닙니다. 한국인의 정서와는 많이 달라요. 자기 인생은 자기가 찾는 것이라는 원칙이 강한 분들이에요."

"훌륭한 분들이네요."

엄마의 말이 가슴에 박혔다.

"여기까지 왔으니 알겠지만. 우리의 사정을, 다른 나라에서 자란 사람이 어떻게 이해하는지 나는 잘 모르겠어요. 나이도 있고, 부모 입장에서는 둘이 같이 사는 걸 알면서도 그냥 두는 게 옳은지…… 은희 아버지는 둘이 결혼하길 바라거든요."

상준이 잘라 말했다.

"은희와 거기까지 말해본 적 없습니다."

사생활 존중. 일할 때는 방해하지 않기. 식사준비와 청소, 빨래는 번갈아가며. 생활비는 반반씩. 간략하고 단출한 규칙이었다. 다른 상가의 곡소리가 들릴 때마다 상준은 흠칫 놀라며 어깨를 움츠렸다.

"한국은 조금 다르다는 걸 알죠? 부모 입장에서는 과년한, 그러니까 나이가 많은 딸을 그저 동거하는 딸로 두고 싶지 않아요."

엄마의 말에 상준이 못 알아듣겠다는 표정을 지었다. 나에게 도움을 청하듯 쳐다봤다. 여기에 데리고 오는 게 아니었다. 아버지가 이쪽으로 다가왔다. 나는 자리에서 일어났다. 상준도 따라 일어섰다. 앉아라. 엄마가 아버지의 밥과 국을 들고 왔다. 넷이 소리없이 식사를 했다. 다른 상가에서 오열하는 여자의 목소리가 들려왔다. 나는 젊은 엄마의 영정사진이 신경쓰였다. 더이상 수저를 들 수 없었다.

"본인 스스로가 고른 사진이다. 뭐라 하지 마라."

아버지가 눈을 치켜떴다. 평생 교육자로 살았다는 자부심이 강한 사람이었지만 그건 자기 논리일 뿐이었다. 친척이나 친구들에게 이혼과 재혼을 철저히 숨긴 걸 투철한 자기 관리라고 내세웠다. 자기의 외도로 집을 나간 사람의 죽음 앞에서, 저렇게 서슬 퍼런 영정 앞에서 밥술을 뜨는 사람이었다. 불운을 겪은 딸을 위해 이사하고, 국적을 바꾸겠다는 아들을 막지 못한 것도 자신이 아량을 베풀었기 때문이라고 믿는 장본인이었다.

다른 상가로 들어서는 사람들이 모두 젖은 우산을 들고 있었다. 물기 가득한 공기가 상가에 맴돌았다. 상준이 자꾸 시계를 쳐다봤다. 더 있을 필요가 없었다. 자리에서 일어나려는데, 입관을 알리는 연락이 왔다.

입관실과 참관실은 유리부스로 나뉘어 있었다. 창 너머에 엄마가 누워 있었다. 생소한 얼굴이었다. 입원했던 동안에도 나는 엄마를 보러 가지 않았다. 엄마의 기억이 없으니, 생전 처음 보는 셈이었다. 엄마라는 호칭조차 무색했다. 저기 죽은 여자가 누워 있을 뿐이었다.

입관 담당자가 수의를 다 입히자 가족들을 불렀다. 망자에게 마지막 말을 하라고 일렀다. 아버지가 내 등을 떠밀었다. 나는 두 다리에 힘을 줬다. 어미의 도리를 저버린 사람에게 자식으로서 죽음의 예의를 갖추라 종용하는 절차가 원망스러웠다. 엄마가 내 등을 천천히 쓰다듬었다. 엄마의 손이 뜨거웠다. 그제야 나는 발을 뗐다. 시키는 대로 죽은 사람의 이마와 가슴에 손을 댔다. 오른손에 닿은 이마가, 소스라치게 차가웠다. 살면서 다시 느끼고 싶지 않은 섬뜩함이었다. 그러나 그 순간, 얼음장보다 더 차가운 이 여자가 나를 낳은 사람이라는 걸, 명확히 깨달았다.

*

월말의 학원은 수강신청을 하는 사람들로 북적였다. 매달 벌어지는 일이었다. 레벨 테스트를 위해 상담 강사를 안내하고, 수강신청을 접수하느라 하루가 어떻게 흘렀는지 몰랐다. 모친상이라 말하지 않았기 때문에 출근을 해야 했다. 탈상 때는 어쩔 수 없이 휴가를 냈다. 하필 월말에, 말끝을 흐린 담당자가 인상을 썼다. 마침 상준이 사무실로 들어섰다. 눈이 마주쳤지만 상준은 이내 시선을 거뒀다. 자기 책상 앞에 앉자마자 옆자리의 강사와 떠들었다. 학원에서 나와 상준의 동거를 아는 사람은 없었다. 이제 상준은 학원에서 나에게 알은체를 하지 않았다. 학생들과 담소를 나누고, 학원 강사들과 회식을 가면서도 내게 눈짓 한번 주지 않았다.

장례식장에서 돌아오는 길에 나는 상준에게 엄마의 말은 신경 쓰지 말라고 했다. 결혼 같은 걸로 우리의 관계를 규정짓지 말자고 했다.

"오케이."

상준의 대답은 명료했다. 상준이 끔찍이 싫어하는 된장찌개만 끓이지 않으면 결혼이 어려운 건 아니었다. 엄마가 둘이라는 것도 우리 사이에 문제가 될 건 없었다. 상준이 늘 하는 말처럼 사랑한다면, 국적이나 과거의 일 따위는 중요하지 않았다. 나는 단번에 결혼 이야기를 접은 상준이 내심 서운했다. 정말 나와의 결혼을 한 번도 생각해본 적 없니? 넌 가정이라는 걸 꾸리고 싶지 않니? 묻고 싶었지만 입을 다물었다.

약속이 있다는 말이 없었는데 상준의 귀가가 늦었다. 나는 불을 끄고 누웠다. 시계 초침 소리가 점점 크게 들렸다. 자고 싶은데 좀처럼 잠이 오지 않았다. 새벽에 발인이었다. 하루 종일 복잡하고 고단할 것이었다. 전화벨이 울렸다. 원용 선배였다. 보낸 원고에 대해 몇 가지 피드백을 해주었다. 메일로 지적사항을 보내놓고도 꼭 이렇게 다시 전화를 걸었다. 통화 말미에는 다른 일을 주었다. 지난번 논문과 비슷한 주제였지만, 그렇기 때문에 더 신경써야 할 것이었다.

논문을 쓰다보면 그것이 내 논문 같고, 내가 석사 박사가 된 것 같았다. 학원으로 출근하다보면 내가 학생들을 가르치는 강사 같았다. 상준과 누워 있으면 상준의 아내 같고, 여자를 엄마라고 부른 뒤로는 여자의 친자식 같았다. 그렇게 살다보니 나는 아무 일도 없었던 사람 같았다.

아버지의 차에 셋이 올랐다. 아버지와 엄마가 앞에, 내가 뒷자리에 앉았다. 유골함은 내 옆에 두었다. 보자기에 싸인 상자도 한 자리를 차지하는 것 같았다. 자꾸 멀미가 났다. 뼛가루는 죽은 엄마가 살던 곳에 뿌리기로 했다. 그것도 죽은 사람의 바람이었다. 남은 사람들에게 끝까지 자기 일생의 응어리를 짓누르는 망자가 새삼 가여웠다. 나는 머리를 뒤에 붙이고 먼 곳으로 시선을 두었다. 고속도로로 두 시간 거리였다. 휴게소에 세 번이나 들른 후에야 도착했다.

처음 가보는 곳이었다. 백숙집과 영양탕집이 즐비한 물가였다. 여기서 죽은 엄마가 뭘 하며 살았는지 나는 알 수 없었다. 3월이 목전이었는데 간간이 눈발이 흩날렸다. 산간지방에는 폭설주의보가 내렸다고 했다. 아직 추위가 가시지 않았는데도 군데군데 낚시꾼들이 보였다. 아버지가 성큼 물가로 다가갔다. 내가 아버지 뒤를, 엄마가 내 뒤를 따랐다. 물 앞에 선 아버지가 뒤로 물러섰다. 네가 뿌려라. 오빠가 한국에 없다는 사실이 새삼스러웠다. 앞으로 아버지와 엄마에 관한 일들은 모두 내 몫이 될 것이었다.

뼛가루가 물 위에 둥둥 떠다녔다. 두어 번 손으로 꺼내 뿌리다가, 유골함을 통째로 뒤집어엎었다. 허연 가루가 제멋대로 날렸다.

아버지가 담배를 피워물었다. 이십 년간 끊었던 담배였다. 엄마가 보이지 않았다. 나는 물가에서 멀찍이 떨어져 걸었다. 허름한 낚시가게와 백반집, 작은 점포가 띄엄띄엄 자리했다. 저만치에 엄마가 웅크려 앉아 있었다. 나는 엄마에게 다가갔다. 엄마의 손에는 냉이가 한 움큼 쥐어져 있었다.

"여기 잔뜩 있다."

어디서 주웠는지 나무막대기로 땅을 파내 냉이를 캐고 있었다. 냉이의 뿌리가 길고 곧았다.

"다 뿌렸니."

"네."

"고생했다."

말은 그렇게 했지만 엄마는 냉이를 찾느라 계속 앉은걸음이었다. 아버지가 불렀다. 엄마는 아랑곳하지 않았다.

"가요, 엄마."

"은희야."

엄마가 방금 캔 냉이 뿌리의 흙을 탁, 탁 털었다.

"너는 늘 혼자 방에서 책만 읽는 애였다. 밥 먹으라고 불러도 도통 단번에 나오질 않았지. 그래서 네가 책을 만들거나 글을 쓰는 사람이 될 줄 알았어. 그런데 거짓말을 하면서 살 줄은 몰랐다. 나는 그게 속상해. 그렇게 살지 마. 비밀을 만드는 사람은 결국 외롭게 되어 있어."

나는 아무 말도 하지 못했다. 엄마가 다시 냉이를 찾아 자리를 옮겼다. 엄마의 등은 동그랗고 작았다.

"너는 강한 아이야. 속은 문드러졌겠지만, 적어도 허투루 사는 애는 아니지. 그게 늘 고마웠어. 내가 해줄 수 있는 일이 없어서 미안했고. 그걸 꼭 말하고 싶었다."

돌아오는 차 안에서 엄마는 연신 냉이 이야기를 했다. 차 안에는 흙냄새가 가시질 않았다. 흙냄새 때문이었는지, 멀미를 하지 않았다.

집에 돌아오니 상준의 방이 깨끗했다. 책상 위에 메모가 있었다.

I also had hard times, but I got over it with another aspect of life. You cannot stop mourning your mother, but the emotion would be dimmed. It seems that I cannot help you to find your new life. But I never forget the moments we've shared. Thank you for all of our times. Farewell.

한글이 아니라 영어로 쓴 메모였다. 왜 그랬는지 어렴풋이 알 것 같았다. 나와 함께 지낸 이 년 동안 상준은 한국사회를 조금 더 잘 이해하게 되었을까. 내가 찾아야 할 new life가 무엇인지 알려주면 더 좋았을 텐데. 어쨌든 Farewell. 나는 뱃속 아이에 대해 상준에게 말하지 않은 걸 잘했다고 생각했다.

학원에 전화를 걸었다. 상준이 출근한 걸 확인한 뒤, 일을 그만두겠다고 했다. 그리고 산부인과를 찾아갔다. 수술은 짧았다.

열일곱 살짜리 나를 데리고 산부인과에 들어섰던 여자는 눈물을 흘렸다. 회복실에서 눈을 떴을 때 여자는 내 손을 잡고 고개를 숙이고 있었다. 미안하다. 다 나 때문이다. 다 내 잘못이다. 미안하다, 은희야. 여자가 울고 있었다. 나는 여자의 혼잣말을 들으며 다시 눈을 감았다. 그게 왜 여자의 잘못인지 몰랐다. 다만 나는 여자가 나를 위해 울고 있다는 사실만 중요했다. 그날 이후로 나는 여자를 엄마라고 불렀다.

*

　엄마에게 전화가 걸려온 건 여름이 막 시작할 무렵이었다. 새로 다니기 시작한 보습학원의 상담교사로 출근한 지 얼마 안 됐을 때였다. 아버지를 한번 찾아가보라는 말이었다. 엄마의 부탁이어서 거절할 수 없었다.

　아버지는 내 앞으로 통장을 내밀었다. 죽은 엄마가 남긴 돈이라고 했다.

　"병원비 쓰고 남은 돈이다. 이 돈 중에 반은 네 오빠한테 보낼 생각이다. 나머지는 네가 가져라."

　"이걸 왜 내가 가져요."

　"그 사람이 그러길 바랐다."

　통장의 잔액은 미미했다. 석 달치 생활비에도 부족한 금액이었다. 액수의 문제가 아니었다. 평생 남보다 못한 사람이었다. 살았을 때도 안 보고 살던 사람이었다. 죽은 마당에 다시 연관되는 게 싫었다. 망자의 소원을 들어줘야 할 의무가 없었다. 나는 끝까지 엄마를 엄마라고 부르고 싶지 않았다.

　"대체 왜 그래요. 정말 자식들이 이 돈을 받기를 바라는 거예요? 난 싫어요."

　"액수가 적다고 그러는 거냐."

　"그럼 오빠한테 다 주든가요. 아니면 죽은 전 부인 못 잊는 아버지가 다 갖든지, 마음대로 하세요! 난 받기 싫어요!"

　"그래도 널 낳은 어미가 바란 거라니까."

"어미라는 말 마세요! 그 여자가 무슨 자격으로 자식 운운해요. 그렇게 만든 아버지는 또 무슨 권리로요? 아버지는 엄마한테 미안하지도 않아요?"

나는 부엌 쪽을 힐끔거렸다. 엄마는 보이지 않았다.

"엄마와 나 사이의 문제가 아니다. 죽은 사람과 우리의 문제다."

"왜 엄마가 상관할 바가 아니에요?"

"원래 그러기로 하고 산 사람이니까."

"알아들을 수 있게 말하세요."

"엄마에게도 다른 가족이 있다. 우리는 각자 자기 가족도 챙기며 살기로, 그러기로 하고 살았다. 그러니 하라는 대로 해라."

처음 듣는 이야기였다. 알고 싶지 않던 사실까지 알게 되는 건 참혹했다. 이십여 년 전, 우리 집으로 들어오기 전부터 엄마는 이미 자식이 있는 여자였다. 아버지는 양육비를 대주는 조건으로 그 아이를 데리고 오지 못하게 했다. 아버지는 나와 오빠 때문이라는 이유를 댔다.

엄마는 자신의 아이를 키우기 위해 남의 자식을 키운 셈이었다. 그래서 나와 오빠의 이름을 부르는 걸 꺼렸고, 우리에게 존대를 쓰면서, 아버지 앞에서는 더없이 활짝 웃었다. 새 가정을 꾸렸던 건, 결국 자기 자식을 위해서였다. 나를 위해 운 것이 아니라, 자기 자식 때문에 흘린 눈물이었던 것이다. 이 집에서 살아남기 위해 매일, 매 순간을 거짓으로 일관했다는 뜻이었다. 부모의 본성이란 그런 것인가. 나는 치가 떨렸다.

"엄마랑 헤어지기로 했다."

"왜요, 그 여자가 죽은 걸로 모든 게 끝이에요? 그럼 살아 있는 엄마는요? 엄마 친자식은요?"

"원래는 너까지 시집보내고 헤어지려 했는데, 지난해 자기 자식 결혼시키더니, 이제 더이상 못 하겠다고 하더라. 그래서 그러자 했다."

창밖에는 매미가 그치지 않고 울어댔다.

"이참에, 나도 홀가분하고 싶다."

피가 거꾸로 솟았다. 평생 자기 마음대로 살았던 사람이었다. 내 인생의 복판에서 한 치도 움직이지 않았던 사람이었다. 나의 불운을 만든 건 바로 아버지였다. 다른 사람도 아니고 아버지가, 어떻게 자기가 벗어나고 싶다고 할 수 있는가.

"그럼 빌어먹을 그 새끼는요? 나한테 그 짓을 한, 아버지가 싸질러놓은 그 새끼는요!"

그 이야기를 꺼낸 건 처음이었다. 아버지가 담배연기를 깊게 들이마셨다. 아버지의 손이 덜덜 떨렸다.

"작년에…… 사고로…… 죽었다."

"하, 잘됐네요. 그럼, 이제 아무 문제 없네요!"

"평생 자식들만 생각하고 살았다. 그런데도 자식 셋 모두 내 뜻대로 되지 않았다. 그 사람 사후 처리까지 내가 다 끝냈으니, 남길 빚은 없다."

"나는요!"

"잊어라."

나는 자리에서 벌떡 일어났다. 아무리 오래전이어도 바로 오늘 같은 일이 있다. 몹쓸 기억에서 벗어나기 위해서 내가 얼마나 많은 거짓말을 했는지 아버지는 죽어도 모를 것이다. 그 무엇도 내 것은 없었다. 논문도, 상준도, 의붓어미의 사랑도 내 것이 아니었다. 모두 빌어먹을 아버지 때문이었다.

"아버지가 살아 있는 동안은 잊을 수 없어요."

시끄럽던 매미 울음소리가 뚝 그쳤다. 담배연기 사이로 아버지의 반백이 보였다 사라졌다. 아버지 혼자 두고 일어섰다. 나는 대문을 안에서 잠그고 뒤돌아섰다.

아버지를 만나고 돌아와서 나는 여름감기를 앓았다. 혼자서 병원을 다니고, 혼자 죽을 끓이고, 혼자 처방약을 먹었다. 상준이 생각났지만 전화하지 않았다. 내가 아니어도 한국사회를 이해할 방법은 많을 것이었다. 학원생들의 기말고사가 끝나고, 피서철이 돼서야 짧은 휴가가 주어졌다.

전화가 걸려온 건 막 논문 초고를 끝냈을 때였다. 열대야로 온몸이 땀이었다. 원용 선배는 제 날짜를 좀 지키라고, 사람이 나밖에 없는 줄 아느냐 윽박지르면서도 꼬박꼬박 일을 대줬다. 차라리 네가 대학원에 가지 그러냐는 선배의 말이 농담처럼 들리지 않게 된 건, 아버지에게 다녀온 이후였다. 결국 외롭게 될 거라는 엄마의 말도 자꾸 떠올랐다. 써먹을 데가 없더라도, 거짓말을 그만두는 일은 그것밖에 없을 터였다. 원용 선배인 줄 알고 무심히 받았는데 엄마였다. 새벽 네시였다. 툭, 툭, 투둑. 빗방울이 떨어졌다.

—네 아버지가 죽었다.

아버지가 스스로 생을 놓았다. 어쩐지 놀랄 일도 아닌 것 같았다. 마치 오래 준비해왔던 소식처럼 들리기까지 했다.

—자주 찾아간다고 했는데도…… 닷새가 지났대. 미안하다, 은희야.

이 더위에 닷새면 아버지의 몸에는 구더기가 끓고 시취가 심했을 것이다. 소나기라도 내리면 열대야가 수그러들까. 나는 창문을 활짝 열었다. 젖은 흙냄새가 훅 끼쳤다. 날벌레들이 불빛을 찾아 방 안으로 들어왔다. 파닥거리는 날갯짓 소리에 울음소리가 섞였다. 나에게 미안하다는 말을 한 유일한 사람도 여자였다.

"괜찮아요, 엄마."

그제야 여자가 소리를 내어 울기 시작했다. 나는 날이 새도록 여자의 울음을 오래오래 들어주었다.

일 년이 지난 후

겨울

일 년 전, 이맘때, 나는 임종을 지키는 사람이었다.

한 인간의 마지막 숨소리. 평생 움직였던 심장이 멈추는 찰나. 한 생애가 끝나는 순간. 존재의 극명한 끝을 목도하는 일. 비명도, 눈물도, 슬픔이나 탄식도, 그 순간에는 그 어떤 것도 터지지 않았다. 오로지 끝, 이라는 단어만 맴돌았다.

우리는 모두 죽음을 향해 살고 있다. 하루하루 열심히 살아간다는 건, 죽음으로 한 발짝씩 무던히 다가가는 일이며, 생의 끝을 향해 열심히 달려가는 것이었다. 나는, 무척, 혼란스러웠다.

봄

죽음은 머리나 가슴으로 추측하고 이해했던 것과는 전혀 다른 의미였다. 죽음에 대해 말할 수 있다는 건, 지금 나는 살아 있다는 뜻. 죽음은 산 자들의 몫. 그걸 어렴풋이 깨달았을 무렵, 이 소설을 썼다.

엄마가 엄마의 죽음을 알리는 장면과 소설의 첫 문장은 아주 오래된 낡은 노트에서 꺼냈다. 의붓어미가 냉이를 캐던 장면은 시어머님의 뒷모습에서 훔쳐왔다.

여름

소설을 읽은 아버지가 상준의 이름을 영어로 고칠 것과 생모와 아버지의 부고를 알린 의붓어미의 부고는 누구에게 듣게 될 것인지 염려하는 장면을 넣어보라는 충고를 하셨지만, 처음 발표한 그대로 두기로 했다. 완결성이 부족한 소설을 내보인 것을 두고두고 부끄러워하기 위해서였다.

가을

변화, 나는 질문을 받았다. 나는 여지, 라는 단어를 찾아냈다.

다시, 겨울

음복을 하는데 여덟 살 아이가 물었다. 엄마, 죽으면 어떻게 되는 거야? 사라지지. 아이가 다시 물었다. 그래도 기억은 안 사라지지?

영원히 간직하고 싶은 순간은 기억에 남질 않고, 없애 잊고 싶은 기억은 새순처럼 때 되면 저절로 솟아오른다는 걸, 설명할 도리가 없었다. 나는 주저하다가 응, 이라고 대답했다. 아이가 안도의 표정을 지었다. 나물밥을 먹는 아이의 작은 입을 물끄러미 쳐다보다, 아이가 천천히 자랐으면 좋겠다는 생각을 했다.

감염의 기술

정실비

하나의 오래된 질문으로 시작해보자. "만일 두 개의 머리를 가진 아이가 태어났다면, 이 아이를 한 사람으로 볼 것인가, 아니면 두 사람으로 볼 것인가?" 사람을 하나의 개체로 간주하는 근거를 '사고(思考)'에서 찾는 이는 두 사람이라 대답할 것이다. 반면 그 근거를 '신체'에서 찾는 이는 한 사람이라 대답할 것이다. 그런데 현자(賢者)는 이렇게 대답한다. "한쪽 머리에 뜨거운 물을 부어서 다른 쪽 머리가 비명을 지르면 한 사람이고, 다른 쪽 머리가 시원해하면 두 사람이다."

현자의 대답은 잔혹하다. 고통스러운 비명을 통해 진실을 알고자 하기 때문이다. 현자의 대답은 또한 생산적이다. '둘'이 '하나'일 수 있는 기준을 가시적인 신체의 차원에서 비가시적인 심정의 차원으로 이동시키기 때문이다. 그리고 이러한 이동에 의해 유대인들 사이에서 전해져내려온 이 문답은 '하나가 아닌 것을 하나 되게 만드는 것은 무엇인가?'라는 보편적인, 그리고 좀처럼 해결되지 않는 문제가 된다. 그렇다면 문학은 이 난제를 어떻게 갱신해낼 수 있을까? 김이설은 두 개의 머리 대신 두 명의 엄마, 즉 낳아준 엄마와 키워준 엄마를 상정한다. 물론 의붓엄마는 문학에서 결코 낯선 소재가 아니다. 김이설은 이 낯설지 않은 소재를 낯설게 만들기 위해 다음과 같이 쓴다.

　　─ 네 엄마가 죽었다.
　　엄마는 담담했다. 아버지가 같이 오라신다. 나는 팬티를 입는 상준을 쳐다봤다. 와이? 상준이 소리를 내지 않고 물었다. 내 표정이 이상했는지, 상준이 다가와 내 어깨에 손을 올렸다. 무슨 일이니?
　　"엄마가 죽었다."
　　상준이 나를 껴안았다. 맨살에 닿는 상준의 몸은 여전히 뜨거웠다.
　　"슬프겠다, 은희."
　　엄마는 지난 이태 동안 식구들의 짐이었다.(123~124쪽)

엄마의 죽음을 엄마가 알리는 소설의 첫 장면은 독자의 독서를, 시작하자마자 중단되게 만든다. 김이설은 의도적으로 두 엄마의 정체에 대해 바로 설명하지 않음으로써 두 개의 '엄마'라는 단어 사이에 독자를 오랫동안 머무르게 한다. 한 인터뷰에 의하면 작가는, 「부고」를 쓰기 전에 엄마가 엄마의 죽음을 알리는 장면을 먼저 구상했다고 한다. 하나의 허구세계가 구축되는 과정에서 태초에 이 장면이 있었다면, 우리는 이 장면을 좀더 곱씹어 보아도 될 것이다. 어쩌면 이 장면에 작가가 오랜 기간 묵혀온 화두가 숨어 있을지 모르기 때문이다.

이 구절에서 우선 독자는 두 엄마의 관계에 대한 의문과 마주하게 된다. 그리고 이 의문이 명확한 형태를 갖추기도 전에 '아버지가 같이 오라신다'는 문장이 뒤따라와, 아버지와 두 엄마의 관계에 대한 또하나의 의문이 더해진다. 게다가 그 아버지가 같이 오라는 '상준'의 존재 역시 범상치 않다. 한국 이름을 가진 상준이 '와이?'라고 영어로 묻고 있기 때문이다. 이 수수께끼와 같은 문장들은 한데 버무려지며 '이들을 하나의 가족으로 볼 것인가?'라는 난제를 독자에게 안긴다.

이 질문의 첫번째 보기는 '상준'이다. 그러나 상준이 은희의 가족이 될 수 없으리라는 암시는 도처에 있다. 은희와 상준 사이에는 늘 일정한 거리가 있다. 가령 상준은 "엄마가 죽었대"라는 은희의 말에 "슬프겠다, 은희"라고 응수하는데, "슬프겠다"라는 말은 은희의 감정에 대한 추측일 뿐 은희의 고통에 대한 동참은 아니다. 그는 은희 곁에 있어주기보다 "혼자 있고 싶지?"라고 물으며 자리를 피해주려 한다. 게다가 엄마가 죽었다는 소식을 듣고도 일을 하려는 은희를 바라보는 상준의 표정은 방관자처럼 보이기에, 은희는 "어쩔 수 없이 상준은 외국인"이라고 느낀다. 상준의 외국 국적은 외국으로 입양되었던 상준의 과거를 설명하기 위한 것만은 아니다. 그것은 상준이 은희 인생의 국외자임을 상징적으로 보여주는 장치이기도 하다. 두 사람은 엄마가 두 명이라는 공통점으로 묶여 있지만, 그것은 사실의 교집합을 형성할 뿐 심정적인 유대에 기여하지는 않는다. 상준은 '내가'라고 말해야 할 부분에서 '나가'라고 말하며 인칭대명사와 조사를 접속시키지 않는데, 이는 그의 존재방식과도 닮아 있다. 그는 주변과 접속되지 않으려 하며 결혼 이야기가 나오자 결국 은희를 떠난다.

두번째 보기는 '아버지'이다. 아버지는 은희와 핏줄로는 연결된 사람이라는 점에서 얼핏 가장 유력한 후보로 보인다. 그러나 아버지는 은희와 정서적인 교류를 나누지 않기 때문에 가장 오답에 가까운 존재이기도 하다. "슬프겠다"라는 말을 건네며 위로를 시도하는 상준과 달리 은희의 아버지는 은희의 "외로움에 대해 어떤 위로도 건네지 않"는 사람이다. 그녀는 침묵을 강요하는 아버지에 의해 "어떻게 나를 표현해야 하는지" 모르는 인물로 자라난다. 작가는 이 부녀의 심리적 변화에 신중하게 접근한다. 어머니의 부고를 접한 이후의 은희를 보자.

나는 모니터를 응시하며 뜨거운 커피를 마셨다. 매일 마시던 커피 맛이 달랐다. 엄마가 죽었다. 사람은 누구나 죽는다. 엄마는 투병중이었다. 슬플 이유가 없었다. 여하튼 남편을 떠나고 어린 나와 오빠를 버린 사람이었다. 속이 메스껍고 자꾸 생목이 올라왔다. 기분이 나빴다.(126쪽)

이 구절은 상충되는 문장들로 이루어져 있다. 은희는 슬프지 않다고 말하지만 커피 맛이 다르게 느껴질 정도로 감각은 이미 달라져 있다. 소화조차 되지 않는다. 은희의 심리 변화를 포착하기 위해서는 상충되는 진술들 사이에서 진실을 가리키는 문장을 발견해야 한다. 아버지에 대한 묘사는 어떠한가. "아버지가 담배를 피워물었다. 이십 년간 끊었던 담배였다"라는 문장, "아버지가 담배연기를 깊게 들이마셨다. 아버지의 손이 덜덜 떨렸다"라는 문장은 암시적으로 아버지의 심리를 표현하고 있다. 독자는 아버지와 은희 사이의 미묘한 기류를 감지하기 위해 행간을 읽어내야 한다. 문장과 문장 사이의 공백들 덕분에 「부고」의 세계는 비극적인 사건들로 점철되어 있어도 값싼 동정이나 감상을 유발하지 않고 담담하게 구축된다. 그리고 이러한 담담함은 때로 다음과 같은 시적인 순간을 낳기도 한다.

　돌아오는 차 안에서 엄마는 연신 냉이 이야기를 했다. 차 안에는 흙냄새가 가시질 않았다. 흙냄새 때문이었는지, 멀미를 하지 않았다.(143쪽)

생모의 유골을 뿌리고 돌아오는 과정에서 의붓어머니는 말도 없이 사라져 냉이를 캐온다. 냉이를 가져온 의붓어미, 그리고 그 흙냄새 덕에 멀미를 하지 않는(다고 생각하는) 은희. 이 장면은 위로의 힘을 과장 없이 감동적으로 보여준다. 그리고 여기까지 읽었을 때, 은희와 하나가 될 수 있을 만한 가장 적합한 사람은 의붓어머니처럼 보인다. 의붓어머니를 부르는 호칭의 미묘한 변화는 이 소설의 독특한 분위기를 만들어내는 은밀한 장치이다. 과거를 회상하는 부분에서 의붓어머니에 대한 호칭은 '여자'로 일관되어 있다. 여자 역시 은희에게 존대를 하며 은희와 거리감을 유지한다. 여자와 은희 사이에는 거리감뿐만 아니라 우열관계마저 있다. 은희가 자신이 하지 못하는 일들을 척척 해내는 여자로 인해 '열패감'을 느끼기 때문이다. 둘의 관계가 전환되는 것은 은희가 아버지의 의붓자식으로부터 성폭행을 당한 이후부터이다. 은희를 산부인과에 데려간 의붓어머니는 은희를 위해 눈물을 흘린다. 이 눈물은 단순한 동정의 눈물은 아니다. 의붓어머니 역시 은희와 마찬가지로 성폭행을 당한 경험이 있다. 그러므로 의붓어머니가 은희의 슬픔에 동참하기 위해서는 자신의 상처를 끄집어내는 과정이 필요하다. 의붓어머니의 눈물은 두 겹의 고통을 경유해서 나오는 것이라 할 수 있다. 의붓어머니의 눈물을 보고 은희는 여자를 비로소 엄마라고 부른다. '슬프겠다'라는 말로 한발 물러섰던 상준과 달리, 의붓어머니는 자신의 봉합된 상처마저 다시 열어젖히며 기꺼이 은희의 통증에 감염된다. 이는 이 소설에 몇 안 되는, 감정이 폭발하는 순간이다. 이런 몇몇 개의 장면들이 겹쳐지면서 '누가 은희와 하나 될 수 있는가?'라는 물음에 대한 답은 비교적 쉽게 도출되는 듯 보인다. 그러나 은희는 이내 의붓어머니의 비밀을 알게 되고, 대답은 다시 유보된다. 의붓어머니가 자신을 키워주는 대가로 친자식의 양육비를 댔다는 사실을 알게 되자 은희는 절망으로 치닫는다. '논문도, 상준도, 의붓어미의 사랑도 내 것이 아니었다'라는 서술에서 '의붓어미'라는 표현은 은희와 여자 사이에 솟아난 벽을 선명하게 보여준다. 그러나 아버지의 죽음으로 인해, 두 사람의 관계는 다시 반전(反轉)한다.

　　—자주 찾아간다고 했는데도…… 닷새가 지났대. 미안하다. 은희야.
　　이 더위에 닷새면 아버지의 몸에는 구더기가 끓고 시취가 심했을 것이다. 소나기라도 내리면 열대야가 조금이라도 수그러들까. 나는 창문을 활짝 열었다. 젖은 흙냄새가 훅 끼쳤다. 날벌레들이 불빛을 찾아 방 안으로 들어왔다. 파닥거리는 날갯짓 소리에 울음소리가 섞였다. 나에게 미안하다는 말을 한 유일한 사람도 여자였다.
　　"괜찮아요, 엄마."
　　그제야 여자가 소리를 내어 울기 시작했다. 나는 날이 새도록 여자의 울음을 오래오래 들어주었다.(149쪽)

　　한 남자의 자살이 두 여자에게 동시에 상처를 안겨준다. 그런데 남자의 자살을 둘러싼 여자의 "미안하다"라는 사과와 은희의 "괜찮다"라는 응수에는 이상한 구석이 있다. 여자는 대체 무엇을 사과하고 있는 것일까? 주어도 목적어도 없는 여자의 '미안하다'라는 말은 남편의 자살을 막지 못한 것에 대한 사과인 것 같기도 하고, 남편의 죽음을 너무 늦게 발견한 것에 대한 사과인 것 같기도 하다. 은희의 대답 역시 논리적이지 않다. 은희는 사과의 내용과 상관없이 '미안하다는 말'의 유일성에 마음을 내어주는 것 같다. 어쩌면 두 사람은 같은 상처를 안고 있기에 서로의 슬픔에 논리 없이 감염되고 있는 것은 아닐까. 이렇게 생각해보았을 때, 마지막 문장의 '여자'라는 표현은 앞서 등장했던 '여자'라는 표현들과 질적으로 달라 보인다. 그것은 '생물학적 성'을 뜻하는 말도 아니고, '엄마'라고 부르지 않기 위해 선택된 말도 아닌, 상처 입은 동등한 인간을 가리키는 말로 읽힌다.

소설의 마지막 장면까지 읽은 독자는, 다시 맨 처음의 장면으로 돌아가야 할 것이다. 소설의 처음에는 소설의 마지막과 꼭 닮은 문장들이 있다. "역한 비린내가 났다. 정액 냄새라고 생각했는데 비 때문이었다. 창턱이 빗물로 흥건했다." 소설의 처음에서 바깥에는 비가 오고 있고, 부고가 전해진다. 그리고 소설의 마지막 역시 바깥에는 비가 오고 있고, 부고가 전해진다. 달라진 것은 부고를 전해받는 은희의 태도이다. 은희는 자신이 성폭행을 당했을 때 "괜찮아, 은희야"라고 말해준 의붓어머니에게 "괜찮아요, 엄마"라고 말해준다. 자신의 상처를 봉합하기에만 몰두하던 은희가 타인의 상처를 보듬는 사람으로 변화하는 마지막 장면에 이르러서야 우리는, 지나치다 싶을 정도로 주인공을 혹독한 경험들로 몰아넣은 작가의 의도를 짐작게 된다. 어머니의 가출, 의붓오빠로부터의 성폭행, 애인과의 결별, 중절수술, 아버지의 죽음으로 이어지는 상실의 과정 속에서 위태로워 보였던 은희는, 상실을 통해 감염되기 쉬운 존재로 성장한다. 공감(compassion)이 함께(com-) 고통(passion)에 참여하는 것이라면, 작가는 공감이 형성될 수 있는 조건을 '고통의 과잉'을 통해 집요하게 그려냈다.

다시, 오래된 질문을 던져보자. "만일 두 개의 머리를 가진 아이가 태어났다면, 이 아이를 한 사람으로 볼 것인가, 아니면 두 사람으로 볼 것인가?" 김이설은 상대의 수난에 동참함으로써 서로를 구원하는 두 여자를 해답으로 제시하며, 이 아포리아를 윤리의 차원으로 확장한다. 이 소설로부터 우리는 타인의 고통에 감염되어 함께 비명을 지르는 것이 삶의 실천적 능력이라는 것을 배운다. 김이설에 의하면, 감염은 이롭다.

정실비
서울대 국문과 박사과정 수료.

정소현

너를 닮은 사람

.
.
.
.
.

작가노트 너를 찾아가다

해설 신샛별_그리움, 마음의 그늘

정소현
2008년 문화일보 신춘문예를 통해 작품활동을 시작했다. 소설집 『실수하는 인간』, 장편소설 『품위 있는 삶』, 중편소설 『가해자들』이 있다. 2010년 젊은작가상, 김준성문학상, 한국일보문학상을 수상했다.

너를 닮은 사람

클라인, 너는 내 집을 향해 서 있었다. 네가 언제부터 그곳에 서 있었는지, 어떻게 여기까지 왔는지 짐작할 수 없었다. 리사를 태운 남편의 차가 출발할 때까지도 너는 거기 없었다. 마을 산책로를 향한 창문의 프레임 안쪽에 미동도 없이 서 있는 여자의 모습을 보았을 때, 그 사람이 너라고 생각했다. 작달막한 너는 지난 세기 말 유행했던 종아리의 반을 덮는 검은 롱코트를 입고 가만히 서서 내 집을 응시하고 있었다. 그 코트는 네가 다른 누구도 아닌 너라는 것을 알려주는 증거였다. 코트는 네가 결혼하기 전 나와 함께 시 외곽의 아웃렛에서 예복 대신 구입한 것이다. 돌아오는 내 차 안에서 넌 그렇게 비싼 브랜드의 코트는 처음 입어본다고 말하며 천진하게 웃었다. 너의 두 달치 점심값 정도 되는 그 코트가 싸구려 원단으로 만든 기획상품이라고, 입어봐야 별로 따뜻하지도 않을 거라고 차마 네게 말하지 못했다. 너는 폴리에스테르가 삼분의 이쯤 섞인 육중한 코트를 입고 추위를 모르는 사람처럼 가벼운 걸음으로 사뿐사뿐 걸어다녔다. 비싼 옷을 입어본 적이 없다는 것을 자랑처럼 말하는 너, 값싼 옷 따위로 금세 따뜻해지는 네가 부러웠다. 그 무렵 네가 부러웠다. 네가 가진 모든 것들, 네가 가지지 못한 것들, 어느 하나 부럽지 않은 것이 없었다. 그 싸구려 코트마저 부러웠다. 네가 십 년도 더 지난 그 낡은 옷을 아직까지 입을 줄은 몰랐다. 그리고 세월을 거슬러온 그 옷이 그렇게 무섭게 느껴질 줄은 몰랐다.

얼마 전 리사의 학교에서 너를 닮은 사람을 보았다. 리사는 미술교사에게 폭행당해 전치 삼 주의 상해를 입었다. 미술교사는 폭언을 퍼부으며 주먹과 책으로 리사의 머리와 얼굴을 가리지 않고 내리쳤다. 같은 반 아이가 그 장면을 찍은 동영상을 인터넷에 올리면서 이 사건이 세간에 알려지게 되었다. 리사는 태어나 처음 당한 폭력에 이만저만 충격을 받은 것이 아니었다. 게다가 그 수치스러운 장면을 많은 사람이 보았다는 사실을 더 끔찍하게 생각했다. 얼굴과 머리에 피멍이 들고 고막이 터져 온 리사는 침묵한 채로 한동안 방 밖으로 나오지 않았다. 아이의 친구들이 얼마나 처참한 광경이었는지 내게 이야기해주었기에 무슨 일이 있었는지 알 수 있었다. 나는 차마 동영상을 볼 수 없었다. 한달음에 학교로 달려가 딸을 때린 교사를 만났다. 그녀는 도리어 폭행을 당한 사람처럼 초점 없는 눈으로 멍하니 앉아 있었다. 나는 십여 년 전에 유행했던 옷차림 그대로, 젊지 않지만 그렇다고 늙지는 않은, 아가씨도 아줌마도 아닌 이상한 분위기의 그녀를 보고 소스라치게 놀랐다. 클라인, 그건 분명 너였다. 만나지 말아야 할 사람과 다시 인연이 닿았다는 생각 때문이었는지, 먼지 쌓인 박제 같은 외양 때문이었는지 불쾌하고도 불길한 기분이 들었다. 그러나 그녀는 나를 전혀 알아보지 못하고 생면부지의 사람처럼 대했기에 네가 아닐지도 모른다고 생각했고, 헤어질 때쯤 그녀가 그저 너를 많이 닮은 사람인 것을 확신하고 안심했다.

그녀는 체벌에 관해서는 처벌받을 것이지만, 아이의 잘못이 크기에 사과는 하지 않겠다고 했다. 내 딸이 얼마나 번잡스럽고 안하무인인지 설명하려 애썼으나, 난 누구보다 그애를 잘 알고 있었다. 그녀는 그애가 어떤 아이인지 전혀 알지 못했다. 그 사랑스러운 아이는 요즘 애들과는 다르다. 다른 아이들이 그녀를 '미친 미술선생'을 줄여 만든 '미미씨'라는 별명으로 부르며 조롱해도 내 딸만은 거기에 동참하지 않았다고 했다. 내 딸이 수업시간에 떠들지 않은 것은 분명했고, 잘못한 게 있다면 미술시간에 다른 공부를 한 것뿐이다. 그건 미술교사를 무시해서가 아니라 특목고 시험을 앞두고 초조해져 실수를 한 것뿐이다. 그녀는 무조건 잘못을 빌라는 자신의 말을 듣지 않고 제 상황을 설명하려던 아이의 당돌한 행동이 마음에 들지 않았던 게 분명하다. 아니면 예체능 과목을 경시하는 풍조에 대한 분노를 한꺼번에 터뜨린 것일지도 모른다. 나는 뻔뻔한 얼굴로 잘못한 것이 없다고 말하는 그녀가 평생 교단에 서지 않기를 바랐지만 약간의 벌금을 내고 몇 개월 휴직하는 것으로 사건이 마무리되었다. 내가 실의에 빠져 불면에 시달리자 아이의 아빠가 나섰다. 그뒤로는 내가 관여하지 않아 그 일이 어찌 되었는지 모른다. 나는 아이가 마음을 추스르도록 도우려 했지만 소용없었다. 한 달여 아이는 마음을 잡지 못하고 방황했다. 입시를 망친 것은 차치하더라도 마음의 상처를 회복할 수 있을지가 걱정이었다. 리사가 학교로 돌아간 것은 교감의 전화를 받은 뒤였다. 교감은 미술교사가 학교를 그만두었다고 했다. 그녀 스스로 그만두었든, 남편의 인맥을 통해 압박을 받았기 때문이든 상관없었다. 그런 교사는 무슨 수를 써서든 그만두게 하는 것이 옳다고 생각했다. 그런 사람이 학생을 가르친다는 것을 용납할 수 없었다. 리사는 등교를 했고 시간이 흐를수록 점차 안정을 찾는 것 같았지만 전처럼 명랑하고 자신감 가득한 아이로 돌아가지 못했다. 상처 하나 없던 아이의 마음에 큰 흉터를 남긴 그녀를 용서할 수 없었다.

네가 내 집 앞에 나타나기 전까지 그녀가 단지 너를 닮은 사람이라는 것을 추호도 의심하지 않았다. 내가 아는 너는 그 여자가 드러낸 일그러진 열등감이나 사나움과는 거리가 먼 사람이었다. 게다가 아르바이트로 아이들을 가르치는 것에 진저리를 쳤던 네가 교사가 되었을 가능성도 희박했고, 이제 삼십대 후반에 접어들었을 네가 이십대의 모습과 똑같을 리도 없었다. 나와 성까지도 같은 그 흔해빠진 이름은 어디에나 한두 명씩 있기 마련이었고, 네가 나를 모른 체할 이유도 없었다. 그랬기에 네 얼굴을 보고, 네 이름을 듣고도 너라고 생각하지 않았다. 그런데 그 이상한 여자가 너였다니 나는 놀라지 않을 수 없었다. 나를 모르는 척했던 네가 왜 이제 와서 우리 집까지 찾아왔는지 알 수 없었다.

　우리는 십여 년 전 괴테 인스티투트 초급 독일어 교실에서 처음 만났다. 첫날 나란히 앉았던 너와 나는 성과 이름이 같았다. 내 연배에서는 흔치 않은데 네 연배에는 아주 흔한 이름이었던 것 같다. 독일어 선생님은 편의상 이름 앞에 A, B를 붙이려 했지만, 너는 어디를 가나 네 이름 앞에 달려 있는 수많은 A 또는 B가 지겹다며 너를 작다는 의미를 지닌 클라인(klein)이라고 불러달라고 했다. 네 키는 작았고, 나보다 열네 살이나 어렸기에 그 이름과 잘 어울렸다. 그날부터 사람들은 너를 클라인이라고 불렀고 너는 새로 생긴 이름을 마음에 들어했다.
　독일어를 시작한 것은 무언가 되고자 해서가 아니라 외로움과 열등감 때문이었다. 네게 말한 적은 없지만 이십대 초반의 나는 너만큼 가난했고 더 바빴으며 끔찍하게 치욕스러웠다. 빚쟁이들에게 쫓겨 거처를 옮겨다니며 제 이름조차 못 쓰고 살았던 부모는 내가 성인이 되자 기다렸다는 듯 내 명의로 신용대출을 받아 잠적했다. 나는 만져보지도 못한 돈을 갚기 위해 밤낮없이 일했지만 결국 신용불량자가 되었다. 그런 상태로는 정규직은 고사하고 계약직으로도 취직하기 어려웠다. 낮에는 작은 회사에서 일용 사무보조원으로 일하고, 밤에는 찜질방 청소를 하며 부쳐 살았다. 조금 더 쉽게 목돈을 벌 수 있는 더러운 일들이 손짓했지만 내 부모같이 음지의 곰팡이처럼 살고 싶지 않았기에 가까스로 외면하곤 했다. 내가 다니던 회사에서 방위산업체 근무를 하던 일곱 살 연상의 대학원생이 사장 아들이라는 이야기를 들었을 때, 그가 나를 가난에서 구제해줄 사람이라고 생각했다. 한 번도 연애를 해본 적이 없는 그의 마음을 얻는 것은 어렵지 않았다. 그는 재미없고 매력 없는 사람이었지만 상식적이고 성실한 사람이었기에 내 부모처럼 나를 힘들게 하지는 않을 것 같아 나쁘지 않았다. 우리는 시부모의 완강한 반대를 물리치고 결혼에 성공했다. 강렬했던 가난은 허무할 정도로 쉽게 끝났지만 곧 친절로 위장된 은근한 멸시가 그 자리를 채웠다. 결혼한 지 육 개월 만에 첫아들을 낳은 나는 그의 가족으로 편입될 수 있을 거라 기대했지만 그것은 순진한 생각이었다. 그의 가족은 태생과 계급이 다른 나를 받아들이지 않았다. 시부모와 그의 형제들은 나를 매우 깍듯하게 대하며 상냥하게 말을 걸긴 했지만 나와 대화하고 싶어하지는 않았다. 파산한 내 부모, 고졸 학력, 내 존재 자체가 동정과 경멸의 대상이었다. 그러나 나는 사랑스런 아들과 나를 위하는 남편이 있어 견딜 수 있었다. 아들은 내 젊음을 파먹으며 쑥쑥 자랐고, 나의 남은 이십대는 낮잠처럼 무의미하게 흘러갔다. 내게 위로를 주는 것은 시간이 흐른다는 사실뿐이었다. 그러나 시간이 흐른 후 내게 남은 것은 외로움뿐이었다. 중학생이 된 아들, 늘 바쁜 남편은 하숙생처럼 집을 오갔고 나는 그들이 돌아오기만을 기다리며 집을 지켰다. 외로워 견딜 수 없었지만 딱히 만날 친구도 할 일도 없었다. 어린 시절 꿈은 고급 빌라에서 돈 걱정하지 않고 사는 것이었다. 그것이 현실이 된 이상 이루고 싶은 꿈도 없었고 하고 싶은 것도 없었다. 어느 날 나는 집 근처를 산책하다가 괴테 인스티투트에 들어가 독일어 강좌가 있다는 것을 알게 되었다. 새로운 공부를 해 남부럽지 않은 직업을 갖고 싶다고 생각해본 적은 있었지만 무엇을 해야 할지 몰랐던 나는 독일어 강좌를 신청했다.

독일어 강좌의 수강생은 대부분 유학을 앞둔 대학생이거나 대학원생이었다. 너도 회화과 이학년생이었고 유학을 계획하고 있었다. 대학을 나오지 않은 삼십대 주부인 나는 이질적인 존재였다. 사람들은 내게 중학생 아들이 있다는 것에 놀랄 뿐 더 관심을 두지 않았다. 사람들은 자신의 전공과 유학을 화제로 삼아 쉬는 시간이나 강의가 끝난 뒤 카페테리아에 모여 앉아 대화를 나누었고 스터디 그룹을 만들기도 했지만 나는 자격지심 때문에 그들과 섞이지 못했고 그들도 나이 많은 나를 끼워줄 생각을 하지 않았다. 너는 늘 수업이 시작된 뒤에 들어와 끝나기가 무섭게 교실을 나가곤 했다. 너는 늘 비어 있던 내 옆자리에 앉아 독일어로만 진행되는 수업을 전혀 알아듣지 못하는 나를 도와주곤 했다. 네가 아니었다면 나는 독일어를 중간에 그만두었을지도 모른다. 네게 고맙다며 밥이라도 사주려 했으나 너는 밥 먹을 시간도 없다며 사양했다. 늘 바쁜 척하는 네가 은근히 얄밉기도 했지만 유일하게 나를 상대해주는 사람은 너뿐이었기에 절실하게 가까워지고 싶었다. 그래서 미술에 문외한이었던 나는 네게 쉽게 읽을 수 있는 미술책을 추천해달라고 하거나 갤러리를 다녀와 빈약한 대화를 이어나갔다. 한 코스가 끝날 무렵 우리는 사생활을 이야기할 정도로 가까워졌고, 이어지는 강좌를 하나하나 함께 들으며 둘도 없는 친구가 되었다. 나는 너와 인생의 아주 중요했던 한 시절을 함께 보냈다. 너와 헤어진 후 내 삶은 그 이전과 완전히 달라졌다. 나는 과거를 뒤돌아보지 않음으로써, 시간을 함께한 사람들을 내 인생에서 퇴장시킴으로써 한 시절을 정리했다. 너도 그렇게 정리한 과거의 인물이며 내 삶에 다시 끼어들면 안 되는 존재였다.

너는 내 집의 초인종을 눌렀다. 나는 집 안에 없는 사람처럼, 네가 찾은 집이 내 집이 아닌 것처럼 응답하지 않았다. 너는 뻔뻔하고 당당하게 현관문을 두드리기 시작했다. 안에서 기척이 없자 점점 더 세게 두드렸다. 사방이 산으로 아늑하게 둘러싸인 전원주택 단지는 조금만 떠들어도 온 동네가 시끄러웠다. 우리 집에 일이라도 생긴 눈치가 보이면 이웃 여자들이 티타임을 핑계로 찾아와 내 집의 사건을 캐내는 것으로 무료함을 달랠 것이 분명했다. 한동안 리사가 학교에 가지 않는 것으로도 수군수군했던 것을 알기에 문 두드리는 소리가 온 마을에 메아리치기 전에 응답했다. 네가 클라이언이건 미술교사이건 집에 들이기 싫었지만 현관을 열었다. 너는 쭈뼛쭈뼛하며 현관으로 들어서더니 신발도 벗지 않고 무릎을 꿇었다.

정말 미안해요. 용서해주세요.

이제껏 뻔뻔한 태도로 일관하던 너의 갑작스러운 행동에 당황했다. 학교에서 만났을 때와는 너무나 다른 태도라 무슨 목적으로 그러는 것인지 불안했다. 너는 무릎을 꿇고 고개를 숙인 채

중얼거렸다.

언니, 언니인지 몰랐어요. 미안해요. 저를 알아보시겠어요?

클라인, 그건 너였다. 네가 나를 알아보지 못한다면 나도 굳이 알은체하고 싶지 않았다. 그러나 네가 나를 뒤늦게 알아본 것 같았기에 재회의 기쁨이라도 나누는 척해야 할 것 같았다. 나는 네가 무엇을 바라 이곳에 와서 완전히 끝난 일에 대해 무릎까지 꿇어가며 용서를 비는 건지 이해할 수가 없었다. 앞으로 귀찮은 일들이 벌어질 것만 같은 기분이 들었다.

그만 일어나. 나도 이제 알아보겠네. 이렇게 만나게 돼서 유감이야.

너를 일으켜 거실로 안내했다. 내가 직접 일으켜주지 않으면 온종일이라도 무릎을 꿇고 있을 기세였다. 너는 어색한 듯 집 안을 두리번거리다가 소파에 앉았다.

언니, 정말 오랜만이에요. 그동안 연락 못 해 미안해요. 리사엄마가 화가라고 하기에 얼굴을 보고서도 그냥 언니를 닮은 사람인 줄 알았어요. 언니가 화가가 되어 있을 거라곤 생각 못 했으니까요. 그런데 얼마 전 미술잡지에서 언니를 보고 깜짝 놀랐어요. 언니 작품이랑 인터뷰 실린 기사였는데, 그걸 보니 알아보겠더라고요. 어떻게 전혀 못 알아봤나 몰라요.

네 입에서 화가라는 단어가 나오자 부끄러운 것을 들킨 것마냥 얼굴이 화끈거렸다. 너를 만나기 전 나는 미술이 무언지 전혀 몰랐다. 난 네게 처음 드로잉을 배웠다. 나도 남들처럼 너와 함께 독일어 스터디를 하고 차를 마시며 수다를 떨고 싶었지만 너는 밥 먹을 시간도 없이 바빴다. 학교를 다니면서 입시미술학원 강사로 일했고 짬짬이 개인교습도 했다. 다른 학생들만큼 작업을 하기 위해 늘 새벽에 가장 먼저 학교에 갔다. 학비와 재료비, 용돈을 벌어 써야 했던 너는 늘 시간과 돈이 부족했다. 소중한 시간을 돈 몇 푼 버는 데 날려버리고 있는 네가 너무 안쓰러워 네게 드로잉을 배우기 시작했다. 너는 몰랐겠지만 그림을 배우고 싶었던 것이 아니라 너와 함께 있고 싶기도 했고, 늘 고단한 너를 쉬게 해주고 싶었다. 나를 가르치게 되면서 넌 돈이 안 되는 자잘한 개인교습을 모두 그만두었고, 내 집에 자주 들러 시간을 보냈다. 넌 개인 공간이 없는 네 집보다 큰 거실과 서재가 있던 내 집을 좋아했다. 늘 바빴던 남편과 여러 학원을 다니는 아들은 밤이 깊어서야 들어오곤 했지만 너와 함께 있어 쓸쓸하지 않았다. 너는 새 식구처럼 집 안 빈 곳을 채워주었고, 새로 배운 드로잉도 재미있어 시간이 어떻게 가는 줄도 몰랐다. 점점 남편과 아들에 대한 애정보다 그림과 너에 대한 애정이 커졌다. 내가 무엇을 하고 싶은 건지 알 수 없었지만 너와 시간을 보내다보니 그림을 그리며 사는 것도 괜찮을 것 같았다. 하지만 내게 썩 재능이 있는 것 같지는 않았기에 그저 꿈을 꾸어볼 뿐이었다. 그런 내게 너는 노력하면 할 수 있다며 용기를 북돋워주었다. 긴 세월이 흘렀지만 아직 네 앞에서는 여전히 드로잉을 배우던 학생인 것 같아 왠지 부끄러웠다.

내가 이렇게 늙었으니 못 알아볼 법도 하지. 앞머리 하얀 것 봐. 나도 몇 번을 보고도 너인지 몰랐는데 뭐. 너야말로 교직에 있을 줄은 몰랐네. 애들 가르치는 거 싫어했잖아. 그림을 계속 그리고 있을 줄 알았어.

저도 제가 이렇게 될 줄 몰랐어요. 몇 년 정신 놓고 있다보니 더이상 그림을 그릴 수 없었어요. 학교엔 먹고살자고 취직한 거예요. 저 같은 인간이 선생이 된 것도 말이 안 되는 일이죠. 역시 해선 안 되는 일이었어요. 그걸 이제야 깨닫다니…… 언니, 정말 미안해요. 용서하세요.

너는 자꾸만 미안하다고 했지만 그 말이 곧이들리지 않았다. 나를 뒤늦게 알아보고 관계를 돌이키고 싶어 잘못을 수습하고 있는 것 같았다.

그동안 어떻게 지냈어? 유학은 갔다 온 거야?

아뇨. 못 갔어요. 유학은 아무나 갈 수 있는 게 아니었어요. 나 같이 가진 것 없는 사람은 안간힘을 써도 이 땅을 못 떠나게 되어 있더라고요. 하고 싶은 일을 다 할 수 있다고 믿던 시절이 좋았지요. 좋은 꿈 꿨던 거예요. 살다보니 그림 그리는 것 따위가 중요하지 않다는 것도 알았고요. 이젠 미술에 관심도 없어요. 관심이 있었다면 언니를 좀더 일찍 다시 만날 수 있었을 텐데, 아쉬워요.

미술 말고 다른 어떤 것에도 관심이 없던 네게 이런 말을 듣게 될 줄은 몰랐다. 넌 몇 푼 되지 않는 돈을 쪼개 저축해가며 유학을 준비했다. 학비가 들지 않아 독일을 택했다며 반년 정도의 생활비만 모으면 떠날 거라고 했다. 여기서만큼 열심히하면 거기서도 못 살 것이 없다고 자신했다. 너는 그곳에서 화가로 꼭 성공하고 싶다고 했다. 너는 자신감과 에너지로 충만해 외부의 어떤 도움도 필요없어 보였고, 젊음이 주는 우울이나 불안감 따위와는 전혀 관계없는 사람 같았다. 늘 후줄근한 후드티셔츠와 무릎 나온 청바지를 입고 있어도 반짝반짝 빛났다. 가난조차 작고 볼품없는 너를 반짝이게 하는 장식품이었다. 그런 너를 보면 빨리 지나가버리기만을 바랐던 내 이십대가 가여워 견딜 수가 없었고 네 젊음과 꿈이 부러웠다. 그랬던 너를 세월이 망쳐놓았다. 내가 화가가 된 것이 네게 저지른 큰 잘못인 것 같아 아무 말 할 수 없었다.

결혼은 했니?

결국 못 했어요. 유석 선배가 결혼식 일주일 전에 사라졌어요. 그전에도 그런 적이 있어 돌아올 줄 알았는데 결혼식날까지 안 나타나더라고요. 언니가 말렸을 때 그만뒀어야 했는데…… 그 뒤로 남자를 못 사귀겠더라고요. 몇 년 아무도 만나지 않고 아무것도 하지 않고 지내다보니 이 꼴이 됐네요. 하지만 이젠 괜찮아요.

너는 전혀 괜찮아 보이지 않았다. 여전히 그 시간에 붙들려 있는 망령 같았다. 사실 유석과 헤어진 것은 알고 있었지만 오랜 세월 동안 혼자 살고 있을 거라고 생각하지 않았다.

내가 유석을 알게 된 건 너를 알고도 일 년 이상이 지나서였다. 네가 너무 바빠 연애를 할 시간도 없어 보였고, 남자에게 그다지 인기 있을 외모도 아니라는 생각에 애인이 있느냐고 한 번도 묻지 않았다. 언젠가 넌 식당에서 일하다가 화상을 입은 엄마를 간호하고 집안일을 맡아 하기 위해 모든 일을 잠시 그만둔 적

이 있다. 네가 없는 동안 그림을 가르쳐줄 같은 과 선배를 소개
했다. 내 집에 온 사람은 키가 크고 볼품없이 마른 남자였다. 제
멋대로 자란 머리에 수염도 깎지 않은 채 벙거지를 쓰고 야상을
입은 모습이 마치 부랑자 같아 집에 들여도 될지 망설였을 정도
였다. 그는 농담을 잘하고 껄렁거리는 스타일이었다. 그는 넉살
좋게 열 살이나 많은 나를 누나라고 불렀다. 그는 너보다 겨우
세 살 많은 주제에 나이 많은 남자인 것처럼 행동해 비위가 상했
다. 게다가 시간 약속을 잘 지키지 않았을 뿐 아니라 수업을 빼
먹기 일쑤였다. 수업시간에도 내가 그리는 것에는 전혀 관심을
두지 않고 자기 일을 하기에 바쁜 것 같았다. 너처럼 성실한 사
람이 왜 그런 사람을 내게 소개시켜주었는지 알 수 없었지만 네
게 불만을 이야기하기도 미안해 네가 오는 날만을 기다렸다. 그
러던 어느 날 그가 두고 간 작은 크로키북을 보았다. 거기에는
이젤 앞에 앉아 있는 내 모습을 그린 여러 장의 그림이 끼어 있
었다. 단선으로 간략하게 그린 크로키였지만 첫눈에 나인지 알
수 있었다. 그림 속의 나는 실제의 나보다 훨씬 아름다웠다. 그
에게 크로키북을 돌려주자 그는 쑥스러운 듯 웃으며 말했다.

오른쪽 눈이 아름다워요. 깊고 따뜻한 눈동자의 색감과 잘 어
울리는 모양이에요.

그는 마치 관찰일기를 쓰듯 건조하게 그런 낯간지러운 말을
하고는 아무렇지도 않은 듯 수업을 했다. 나는 아름답다는 말을
아주 오랜만에 들었다는 것을 깨달았다. 그가 목탄을 쥔 내 손
을 잡을 때, 내 뒤에 서서 드로잉을 수정해줄 때 나는 숨을 쉴

수 없을 정도로 가슴이 뛰었다. 내가 그림을 그리는 동안 그는 나를 그렸다. 나는 태연한 척했지만 극도의 긴장감을 느꼈고, 수업이 끝날 때쯤이면 고꾸라질 것처럼 피곤했다. 그도 내가 긴장하는 것을 아는 듯했지만 오히려 즐기는 듯 내게서 시선을 떼지 않았다.

네가 돌아올 거라는 말을 듣고 그에게 계속 나와줄 수 없느냐 물었다. 흔쾌히 응할 것 같았던 그는 누구도 가르칠 생각이 없었는데 네 부탁이라서 들어준 거라며 거절했다. 나는 구애를 거절당한 사람처럼 부끄럽고 슬퍼 어쩔 줄 몰랐다. 그를 다시 만나고 싶지 않았지만 가끔 그는 너와 함께 오곤 했다. 그가 나를 왜 찾아오는 건지 알 수 없어 괴로웠다. 내 앞에서 너희 둘은 만담을 하듯 주거니 받거니 대화를 하다가도 아주 사소한 것에 고집을 부리며 다시는 안 볼 사람들처럼 싸움을 했고 시간이 지나면 또 언제 싸웠냐는 듯 희희낙락했다. 이상하게도 나는 둘의 관계가 궁금하지 않았다. 마치 동성 친구나 남매지간처럼 가까운 사이일 거라고 생각했다. 난 네게 유석이 사귀는 사람이 있는지 물었다. 그때 네가 그의 애인이라며 부끄러워하던 낯선 모습을 잊을 수가 없다. 복학생이었던 유석이 너에게 구애한 뒤 이 년 넘게 사귀는 중이라고 했다. 그제야 나는 네 일부만을 알고 있을 뿐 진짜 네 삶은 우리 대화의 바깥에 있다는 것을 깨달았다. 난 한없이 외로워졌고 너희들에게 소외당한 것처럼 슬펐다. 너는 그와 네가 많이 닮았다고 했지만 사실 그렇지 않았다. 너와 달리 그는 모든 것이 지나쳤다. 지나치게 자신만만했고, 지나치게 열등감에 사로잡혀 있었다. 그 모순적인 감정들이 균형을 이루고 있었기에 아름다웠다. 그를 분리해놓은 것이 너와 나라는 생각이 들었다. 나는 너희의 관계가 그리 오래가지 않을 거라고 생각했다. 유석이 너를 사랑했던 것이 거짓은 아니었을 테지만 그는 나를 사랑하고 있었다. 그는 너 몰래 찾아와 내가 보고 싶었다고 하며 나를 그리곤 했다. 나는 그 사실을 네가 알까 걱정돼 그에게 다시 나타나지 말라고 경고했다. 그러면서도 나는 내심 그가 다시 나를 찾아와주길 바랐다.

너는 졸업 후 그와 결혼을 할 거라고 했다. 난 그것이 유학과 마찬가지로 네 계획일 뿐인 줄 알았다. 그러나 그것은 너희 둘 사이에 모두 끝난 이야기였고 결혼 날짜까지 받아놓은 상태였다. 네가 졸업하고도 유석은 학교를 한 해 더 다녀야 했지만 둘 다 객지생활을 하고 있었으므로 빨리 살림을 합치는 편이 낫다며 서둘렀던 것이다. 난 너의 결혼을 극구 반대했다. 내가 유석을 사랑해서 그런 것만은 아니었다. 나는 유석만큼 너도 사랑했다. 유석은 너보다 더 가진 것이 없었고 그림 그리는 것 말고는 제대로 하는 일이 없었다. 졸업 후 작가로 활동하고 싶어하는 너희 둘이 결혼을 한다면 빈곤층이 될 것이 뻔했다. 둘 중의 한 명은 생계를 책임져야 하는데, 생활력이 강한 네가 그 역할을 맡을 가능성이 농후했다. 결혼은 현실이고, 네 인생을 드라마틱하게 변화시킬 수 있는 유일한 기회니 쉽게 결정하지 말라고 했다. 나는 네가 유복한 남자를 만나 편안하게 그림을 그리며 살았으면 했다. 그러나 너는 내 말을 듣지 않았다.

쪽방에 살더라도 마음 맞는 사람이랑 하고 싶은 일 하고 살래요.

나는 너의 철없음에 어이가 없었지만 한편으로 질투가 나 견딜 수가 없었다. 너와 그가 함께 보낸 시간들, 둘의 유대감, 모두 내가 모르는 것들이며 당연하게도 너희가 공유한 모든 것에서 난 소외되어 있었다. 그를 질투하는 것인지 너를 질투하는 것인지 나도 알 수가 없었다. 나는 화가 났다. 제대로 입지도 먹지도 못하면서 돈을 모으는 주제에 가난을 무시하다니…… 왠지 내가 가난에 굴복한 속물이 된 것 같아 모욕당하는 기분이 들었다. 너와 있으면 그랬다. 네가 가지지 못한 것, 가진 것 모두 내게 이상한 열패감을 가져다주었다.

그래도 언니가 유학 다녀와 성공해서 다행이에요. 그때 언니랑 같이 갔더라면 내 인생이 좀 달라졌을까요? 난 우리가 오래오래 함께 지낼 줄 알았어요. 어려서 그랬나봐요. 그땐 누구를 알게 되면 헤어지지 않을 줄 알았어요. 언니와 함께 지냈던 시절이 참 좋았는데…… 이십대라 그랬는지…… 자꾸 생각나고 그래요.

나는 공부를 하고 싶어 유학을 갔던 것이 아니었다. 너희의 결혼을 차마 볼 수 없어 어디든 떠나고 싶었던 것뿐이다. 네 졸업과 결혼이 점점 다가오고 있었다. 둘은 전세 원룸을 얻었다. 유석이 졸업하면 전세금을 빼 유학을 갈 계획이라며 아무 가구도 사지 않으려는 너희를 중고 가구점에 데려가 최소한의 가구를 사주었다. 예복마저 하지 않겠다던 너희를 시 외곽의 아웃렛에 데려가 옷을 사입히며 그것이 너희에게 해줄 수 있는 마지막 선물이라고 생각했다. 나는 바쁜 너 대신 유석과 함께 가구를 받고 집을 정리하면서 내게 그런 시절이 없었다는 것을 깨달았다. 마치 내가 신혼을 시작하게 되는 사람처럼 들뜨면서도 슬펐다. 내가 꿈꾸는 것이 새로운 공부를 하고 남부럽지 않은 직업을 가지는 것이 아니라 이런 게 아닐까 하는 생각이 들었다. 내가 가진 것들을 버려야 얻을 수 있는 것들, 어쩌면 버려도 얻을 수 없는 것들이라고 생각하니 눈물이 났다. 유석은 내가 우는 이유를 아는지 모르는지 가만히 안아주었다. 밥을 먹다가도, 가만히 앉아 있다가도 눈물이 주르륵 흘러내리곤 했다. 가끔 그런 모습을 본 아들은 제가 잘못을 해 그런 것처럼 주눅이 들었다. 나는 아이에게 미안해서라도 계속 그렇게 살 수는 없었다. 너희가 결혼하기 전에 이 나라를 떠나는 것만이 해결책이었다. 남편은 아들 핑계를 대며 한 번 잡아보고는 내 뜻대로 하라고 방관했다. 아들은 기숙사가 있는 고등학교로 진학을 했고, 나는 학교도 정하지 않고 포트폴리오와 어학시험 준비도 없이 베를린으로 출발했다. 떠나기 전날 나는 네게 전화를 걸어 작별인사를 하며 물었다. 생활비를 내가 부담한다면 나와 함께 유학을 가겠느냐고 하자 너는 농담으로 받아들이며 잘 다녀오라고 했다. 너를 다시 만나지 않을 생각이었지만 그것을 모르는 너는 결혼사진을 보내겠다며 도착하면 주소를 알려달라고 했다.

그때만 해도 내가 화가가 될 수 있을 거라고 생각하지 않았다. 새로운 공부를 시작한 것만으로도 충분했기에 언감생심 그 이상의 꿈은 꾸지 않았다. 유학을 다녀와 늦둥이 리사를 키우는 것만으로도 행복했다. 이십대보다는 한결 여유가 있었기에 아이를 키우는 동안 짬짬이 그림을 그렸다. 아이가 초등학교에 들어간 것을 기념해 남편이 갤러리를 대관해 전시회를 열어주었는데 일요화가에 지나지 않던 나는 독일 유학 경력 때문에 뜻하지 않게 주목을 받았다. 아이가 중학생이 되자 시간이 많아져 본격적으로 창작활동을 시작했다. 내가 이름을 갖게 되자 더이상 아무도 나를 함부로 대하지 않았다. 그러나 나는 이름이 알려지는 것을 원하지 않았다. 지나간 시절의 나를 알고 지내던 사람들이 나를 떠올리는 것이 싫었고, 다시 그들과의 관계를 이어나가야 하는 상황이 올까 싫었다. 아니나 다를까 그 우려처럼 네가 찾아왔다. 이제 너는 우리가 만났을 무렵의 나보다 나이가 더 많아졌다. 그 시절이 가장 좋았다고 하는 것을 보면 그 이후의 삶이 그다지 행복하지 않았던 것 같다. 너와 헤어진 후 내 삶은 그 이전과 완전히 달라졌다. 과거의 것들과 결별할수록 나는 더 나은 사람이 되었다. 내게 가장 좋은 시절은 늘 바로 지금이었다. 나는 젊은 네가 더이상 부럽지 않았다.

너는 장식장에 놓인 리사의 많은 사진들과 내가 그린 리사의 초상화, 우리의 가족사진을 유심히 들여다보았다. 마치 부럽다는 듯 한참을 들여다보는데, 나는 이상한 기분이 들어 사진을 모두 치워버리고 싶었다.

언니한테 딸이 생겼을 줄은 몰랐어요. 리사가 아기 때부터 예뻤네요. 형부는 안 닮고 언니만 닮은 것 같아요. 독일에 다녀와서 낳으신 거예요?

아니, 독일에서 낳았어. 아들이랑 직장 때문에 남편이 그리 나갈 수도 없었고, 공부는 마쳐야 해서 그냥 거기서 베이비시터 쓰면서 혼자 키웠어. 돌 지나서까지 얼마나 고생했는지 몰라.

더 애틋하겠어요. 그렇게 힘들게 키운 귀한 아이한테 제가 그랬으니 언니가 얼마나 마음이 아프셨어요? 정말 미안하다고밖에…… 언니, 정말 미안해요. 제가 잘못했어요. 제가 사는 게 팍팍하다보니 그런 실수를 많이 해요. 진심으로 사과하는 거니까 용서해주세요.

그래. 다 해결됐으니까 그 이야긴 그만하자.

아무리 네가 정중하게 사과해도 쉽게 용서할 수 없었다. 용서하기에는 우리가 받은 상처가 너무 컸다. 아이의 마음에 생긴 상처를 생각하면 죽을 때까지 용서하고 싶지 않았다. 네가 자꾸만 용서해달라고 하니 마치 내가 가해자가 된 기분이 들어 불쾌했다. 난 악다구니를 쓰며 리사를 비난했던 네 모습을 잊을 수가 없었다. 너는 집을 떠날 때까지 미안하다는 말을 반복했다. 너의 반복되는 사과를 들었을 때는 부담스럽고 불쾌했는데 이상하게도 네가 돌아간 후에 마음이 한결 가벼워졌다.

네가 찾아와서 사과를 했다고 전하자 리사는 아주 불쾌한 표정을 지으며 진저리를 쳤다.

엄마, 그 사람 집에 들이지 마세요. 이제 와서 갑자기 사과를 한다니 너무 수상해요. 다른 선생님들이 함께 어울리지 않을 정도로 이상한 사람이에요. 저는 이제 괜찮아졌어요. 그냥 운이 없었던 거라고 생각할래요.

　과연 괜찮아졌는지 모르겠지만 낙천적으로 말하는 리사가 사랑스러웠다. 그 사건 따위가 이렇게 건강한 아이에게 영향을 줄리 없다고 믿고 싶었다.

　너는 다음날 아침, 같은 시간에 다시 찾아왔다. 네가 다시 찾아올 거라고 생각하지 못했기에 벨소리에 무심코 응답하고 말았다. 인터폰 화면에는 집 건너편의 풍경만 보일 뿐 아무도 없었고, 저예요, 하는 목소리만 들려왔다. 누구냐고 되물어도 우물우물하는 소리만 들려 답답한 마음에 문을 열었더니 네가 문 앞에 서 있었다. 너는 나를 다짜고짜 끌어안고 어깨에 얼굴을 묻더니 흐느껴 울었다. 당황스러워 너를 떼어내려고 했지만 쉽지 않았다. 나는 네가 눈물을 멈출 때까지 가만히 서 있었다. 잠시 후 너는 거짓말처럼 웃는 얼굴로 거실로 들어가 앉았다. 마치 내 집을 드나들던 옛날처럼 자연스러웠다. 나는 다시 찾아온 너의 저의를 알 수가 없어 불안했다.

　어제 동영상을 처음 봤는데 내 자신이 너무 무서웠어요. 점점 괴물이 되어가는 게 눈에 보일 정도였어요. 사실 그때가 잘 기억나지 않아요. 자고 일어났던 것처럼 기억이 비어 있어서 무슨 일을 한 건지 구체적으로 몰라요. 리사가 받았을 충격을 생각하니 너무 미안해서 내가 할 수 있는 일이 있다면 뭐든지 해주고 싶어요. 정말 미안해요.

　어제 충분히 사과했잖아. 이제 됐으니까 그만해. 리사도 괜찮다고 했어. 살다보면 그럴 수 있지. 너도 빨리 잊어.

네가 너무 괴로워하는 것 같아 말은 그렇게 했지만 나는 용서도 할 수 없었고 잊지도 못할 터였다.

언니는 저를 용서 못 하잖아요. 어떻게 하면 용서받을 수 있을까요?

네게 필요한 것은 용서한다는 말일지도 몰랐다. 그 말을 듣기 위해 몇 번이고 찾아올 기세였다. 나는 진심으로 용서할 수 없었지만 간단한 대답으로 귀찮은 일을 피할 수 있다면 그렇게 하는 것이 나을 것 같았다.

아무것도 안 해도 돼. 정말 용서할게. 그러니까 너무 괴로워하지 마.

건성으로 대답하는 듯한 인상을 주지 않기 위해 너의 눈을 똑바로 쳐다보며 똑똑히 말했다. 너는 적당히 만족한 눈치였다. 이제 용건이 끝났구나 싶어 마음이 홀가분해졌다.

미안해요. 내가 이렇게 이상한 사람이 된 건 유석 선배 때문이에요. 그가 나를 망쳤어요. 처음에는 결코 용서하지 않겠다고 결심했어요. 자다가 벌떡 일어나 가슴을 치고 울곤 했어요. 그가 어디서 무엇을 하는지, 나를 떠난 이유가 뭔지라도 알았다면 그렇게 힘들지는 않았을 거예요. 시간이 지날수록 그때까지도 그를 잊지 못하고 미워하는 내 자신이 너무 싫어 차라리 용서하고 싶었어요.

지나간 세월을 자꾸 생각해서 뭐해. 오래전 일에 머물러봐야 너만 손해야. 얼른 잊어.

시간은 지나가지 않아요. 나는 여기 있는 게 아니라 갈기갈기 찢겨 과거들 속에 흩뿌려져 있어요.

아주 오래전의 사건을 핑계로 네 이상한 행동을 정당화하려는 것 같았지만 큰 설득력은 없었다. 함께 살던 남자도 헤어지면 잊는 것이 당연한데, 너를 버린 남자를 그토록 오래 마음에 담아둔 채 증오하는 것은 네 성정의 문제가 아닐까 싶었다. 나는 네가 빨리 돌아가길 바랐지만 너는 소파에 멀뚱멀뚱 앉아 갈 생각을 하지 않았다. 너는 내게 작업실을 구경시켜달라고 했다. 내 작품이 보고 싶다며 허락도 받지 않고 이층으로 올라갔다. 너는 아직 완성하지 못한 그림과 벽에 걸린 그림 몇 점을 한참 들여다보더니 입을 열었다.

제가 언니한테 도움은 됐네요. 제 에스키스가 전시회 여러 번 할 만큼은 안 됐던 것 같은데……

나는 네가 그렇게 생각할 줄 몰랐다. 오래전 너는 에스키스들이 담긴 두꺼운 노트를 보여주곤 했다. 노트에는 오래된 길과 다 쓰러져가는 건물, 무너진 담벼락 들을 스케치한 것과 시간에 관한 글을 적어놓은 것 등이 있었다. 나는 그게 좋은 작품인지 알 수도 없었고 무슨 소리인지도 잘 몰랐다. 너는 낡고 더럽고 아픈 것들을 사랑한다고 했다. 내 과거를 모르는 네 눈엔 내가 그런 것들을 전혀 모르는 사람처럼 비쳤겠지만, 나는 태생적으로 너보다 그런 것들과 더 가까웠기에 아주 잘 알고 있었다. 그러니 엄밀히 말하자면 네 작품을 도용한 것이 아니라 그런 것들도 작품이 될 수 있다는 사실을 배운 것에 지나지 않는다. 그랬기에 다른 주부 작가들처럼 꽃그림을 그리지 않고 내가 잘 아는 것을 손쉽게 그린 것뿐이다. 네게 이런 이야기를 해주며 오해를 풀고 싶었지만 넌 내 말을 툭 자르고 말했다.

제 것과 다른 게 보이긴 하네요. 하긴 모방하다보면 새로운 것도 나오니까요. 모방에서 시작한 게 미술이니까 뭐 그렇다고 해두죠.

너는 내 말을 들을 생각이 없는 것 같았다. 하지만 나는 떳떳했고 너도 큰 문제로 생각하지 않는 것 같았기에 입을 다물었다. 넌 그 말을 꼭 하고 싶어 남아 있던 사람처럼 말이 끝나기 무섭게 돌아갈 채비를 했다. 난 네가 다시 오지 않기를 바라며 인사했다.

잘 살아, 이번 일은 그냥 잊었으면 좋겠어. 실수를 할 수 있는 거니까.

너는 내 말에는 대답하지 않고 갑자기 생각난 듯 불쑥 말을 꺼냈다.

언니, 유석 선배가 안부 전해달래요.

너를 떠났다던 남자가 내게 안부인사를 했다니, 네 정신이 좀 이상한 게 아닐까 걱정스러웠다.

헤어졌다면서 무슨 안부야.

아, 지금은 돌아와 같이 있어요. 그냥 같이 있는 거예요. 함께 있는 것도 싫지만 헤어지는 것보다는 나으니 그냥저냥 살아가고 있어요. 언니가 많이 보고 싶다더라고요.

너는 그 말을 남기고 떠났다. 유석이 내 가까이에 다가와 있음을 알고 나니 다리가 후들거렸다. 그도 너와 마찬가지로 다시 만나고 싶지 않았다. 너희들에게 나는 처음부터 없었던 사람이었으면 했다.

독일로 떠나기 전 유석에게 그곳에서의 생활비를 대줄 수 있으니 함께 가자는 편지와 결혼식 일주일 전에 출발하는 베를린행 항공권을 부쳤다. 그가 오지 않을 거라고 생각하면서도 일말의 희망을 걸었다. 다행인지 불행인지 그는 나를 따라왔다. 우리는 작은 집을 얻었다. 남편은 넓은 집을 얻을 돈을 보내주었지만 두 사람 몫의 생활비가 필요했기에 방 하나와 거실, 주방이 있는 작은 집을 얻었다. 너희가 얻었던 집보다 넓긴 했지만 아주 오래된 건물이었다. 나는 그곳의 첫 겨울을 잊지 못한다. 차가운 바닥과 낡은 창문 틈으로 새어들어오던 바람은 라디에이터와 두꺼운 옷을 무용지물로 만들었다. 우리는 부둥켜안고 서로의 체온에 의지해 침대 속에서 겨울을 났다. 그는 미래를 불안해하는 것 같았지만 난 그와 함께 있으면 아무것도 하지 않아도 좋았다. 나는 독일어 강좌를 등록했으나 독일어를 전혀 모르는 그는 추위를 견디기 힘들다며 날이 따뜻해지면 시작하겠다고 했다. 미술 재료를 사다주어도 그는 아무것도 그리지 않았다. 나는 가족을 때때로, 아니 거의 잊었지만 밤마다 아들과 통화를 했고, 돈을 보내오는 날이면 남편이 전화를 걸어 근황을 묻기도 했다. 그때마다 나는 그에게 미안했고 그도 괴로워하는 것 같았다.

나는 다 버리고 왔는데 누나는 왜 아무것도 놓으려고 하지 않아요?

그는 내게 비난하듯 물었다. 나는 차차 정리하겠다고, 아직 아이가 어려서 시간이 걸리고 당장 돈이 없으니 어쩔 수 없다고 했다. 당장 생활비를 마련할 능력도 없던 그는 입을 다물었다. 나는 그의 도움으로 포트폴리오를 만들어 미술학교에 합격했다. 대학 합격 기념으로 남편과 아들이 독일에 방문했다. 그 사실을 알게 된 그는 가족이 독일에 도착하는 날 집을 나갔다. 남편과 아들은 호텔로 가지 않고 우리 집으로 왔다. 남편은 집을 이리저리 살피며 너무 낡고 지저분하다며 타박을 했지만 남아 있는 그의 흔적은 눈치채지 못했다. 아들은 통화할 때와는 달리 서먹하게 대하면서도 돌아가려 하지 않았다. 가족은 8월 말이 되어서야 돌아갔다. 가족들이 머무는 동안에도 집을 나가 전혀 소식이 없는 그가 궁금해서 못 견딜 지경이었다. 어학원 친구들에게 그의 행방을 수소문했지만 아무도 알지 못했다. 일주일이 넘게 찾아다니고서야 폴크스파크에서 부랑자처럼 지내고 있는 그를 만날 수 있었다. 그를 여러 번 찾아가 다시는 이런 일이 없을 거라고 약속하고서야 집으로 데려올 수 있었다.

남편이 돌아가고 두 달 뒤 아기를 가진 것을 알게 되었다. 사실 나도 아기의 아버지가 누구인지 모른다. 아기가 자신의 딸이라고 아는 남편은 노산을 걱정하며 돌아오라고 했지만 나는 그곳에서 아기를 낳아 공부를 마치고 돌아가겠노라고 했다. 출산할 즈음 남편이 바빴기에 다행히 독일로 나오지 못했다. 유석이 아기의 탯줄을 자르고 처음으로 품에 안았다. 마흔이 다 돼 아기를 키우는 것은 힘든 일이었다. 학교를 다녀야 했던 나 대신 그가 아이를 돌봤다. 아기에게 분유를 타 먹이고, 기저귀를 갈고, 목욕을 시키고, 이유식을 만들었다. 잠을 자지 않고 우는 아기를 들쳐업고 재우는 것도 그의 일이었다. 베이비시터를 쓰자고 했지만 그는 남에게 아기를 맡길 수 없다며 돌이 다 될 때까지 손수 아기를 키우느라 공부를 계속 미루었다. 태어난 아기가 보고 싶어 몸이 단 남편이 아들을 데리고 연락도 없이 베를린에 왔다. 공항에 도착했다는 전화를 받고 나는 놀라 정신을 차릴 수 없었다. 집에서 잠시 나가 있으라고 하는 내게 그는 왜 내 딸을 두고 나가야 하느냐며 미친 듯이 화를 냈다. 네 딸이 아니라고 받아치자 그는 내가 키웠으니 내 딸이고, 앞으로도 내가 꼭 키울 거라고 소리지르며 집을 나가버렸다. 후회스러웠지만 어쩔 수 없었다. 남편이 알게 되는 날이면 나는 다시 가난으로 돌아가게 될 것이었다. 가족이 함께 지내는 동안 이동하는 길목 어디서나 그와 마주쳤다. 그는 나와 같은 대학에 다니는 친구라며 남편에게 접근했다. 남편은 오랜만에 만난 한국 사람을 보고 반가워하며 식사대접을 했다. 그는 나와 눈도 마주치지 않고 리사를 보며 아기가 참 예쁘다고 칭찬을 했다. 남편은 우리의 관계를 상상조차 하지 못한 채 자식 자랑에 열을 올렸다. 내 자신과 그 모두에게 진저리가 나 그런 생활을 어떤 방식으로든 청산해야겠다고 결심했다. 아기를 잘 키우기 위해서는 돈이 필요했다. 리사가 가난한 집의 딸로 고생스럽게 자라 나처럼 별 볼일 없는 사람이 되는 것을 원치 않았다. 나는 그에게 이별을 선언했다. 그는 콧방귀도 뀌지 않고 남편에게 모두 알리겠다고 했다. 우리가 헤어지는 것이 리사를 위해서 최선이라고 하자 그는 나를 이기적인 속물로 몰았다. 그는 아이를 두고 떠난다면 잡지 않겠다고 했다. 자신의 아이를 절대 데려갈 수 없다며 헤어지는 날까지 광기에 가까운 난동을 부렸다. 그는 처음에 내가 보았던 특별한 젊은이가 아니었고, 더이상 나는 그를 사랑하지 않았다. 그가 혹여 아이를 데리고 잠적할까 두려워 잠을 잘 수가 없었다. 나는 아기에게 필요한 간단한 짐만 챙겨들고 몰래 베를린을 떠나왔다. 그리고 두 번 다시 그를 만나지 않았다.

그가 지금껏 나를 찾지 않았던 것은 아마도 너에게로 돌아갔기 때문이었던 것 같다. 그는 네게 우리 둘 사이의 일을 이야기한 것일까? 네가 알고 있다면 나를 이렇게 아무렇지 않게 대할 수는 없을 터였다. 그는 적어도 너에게만은 진실을 말할 수 없었을 것이다. 그것은 그의 치욕이었을 테니 말이다. 나는 유석이 너와 함께 내 앞에 나타날까 두려웠다. 내일이 오는 것이 두려웠다.

다음날 남편이 출근을 하고 도우미가 출근하기 전 영락없이 초인종이 울렸다. 나는 절대 열어주지 않겠다고 결심했다. 유석과 함께 왔을 수도 있다고 생각하니 아찔했다. 벨소리는 문을 열어주기 전에는 결코 멈추지 않겠다는 기세로 연거푸 울렸지만 나는 이층에 올라가 커튼을 닫아놓은 채 응답하지 않았다. 한참 뒤 밖이 조용해져 창밖을 살펴보니 너는 집 앞에 없었다. 주방으로 내려가 아침식사를 하려던 나는 마당 뒤편 주방의 들창 앞에 서서 집안을 들여다보는 너의 눈과 맞닥뜨리고는 바닥에 컵을 떨어뜨렸다. 너는 미안한 기색 없이 손가락으로 현관 쪽을 가리키며 열어달라고 했다. 너는 내가 일부러 문을 열어주지 않았다는 것을 눈치챘을 텐데도 언니가 자는 줄 알았다며 너스레를 떨었다. 그나마 다행인 것은 너 혼자 왔다는 것이었다.

어떻게 이렇게 외진 곳에 매일 아침 일찍 올 수 있어?

근처 모텔에서 지내고 있어요. 잠을 못 자니까 일찍 일어날 필요도 없어요. 언니, 도저히 잠을 잘 수가 없어요. 그 동영상이 머릿속에 빙빙 맴돌아서 살 수가 없어요. 리사를 만나게 해주세요. 그애도 저처럼 괴로울 거예요.

나는 네가 가까운 모텔에 머물러가며 집요하게 찾아오는 이유가 무엇인지 알 수 없어 두려웠다. 단지 용서를 빌기 위해 이런 이상한 행동을 한다고 단순하게 생각할 수가 없었다.

이제 일은 다 해결된 거고, 리사는 정말 괜찮다고 하니까 일부러 힘들여 찾아오지 마. 지나간 일을 들추는 건 이제 그만하자. 혹시 복직이라도 생각하고 도움이 필요해서 그러는 거야?

무슨 그런 말씀을 다 하세요. 그럴 수도 없고 그래서는 안 되는 일이잖아요. 그냥 제대로 사죄하지 않고서는 도저히 살 수 없을 것 같아서 그래요. 내가 정말 나쁜 사람인 것 같아서 견딜 수가 없어요. 언니 가족에게 상처를 준 것 같아서 괴로워요. 너무 미안해요. 용서해주세요.

어제 용서한다고 했잖아. 용서한다니까.

잘 생각해보세요. 정말 용서할 수 있으세요? 아마 모두 잊을 수 없을 거예요. 아, 정말 제가 왜 그랬을까요?

네가 듣고 싶어하는 것이 용서한다는 말인지, 용서할 수 없다는 말인지 알 수 없었다. 너는 나를 불쾌하고 불안하게 하기 위해 찾아온 것 같았다.

미안해요. 누군가를 용서하지 못한다는 게 어떤 건지 아니까 그 대상이 되고 싶지 않아요. 용서가 그렇게 쉬웠다면 제가 이렇게 살지는 않았을 거예요. 분명 언니도 나를 진심으로 용서하지 못할 거예요.

아니야, 네가 용서를 빈 순간 난 용서할 수밖에 없었어. 진심이야.

정말 그런가요? 내가 아직 이렇게 힘든 게 그 사람이 내게 용서를 빌지 않아서인가보네요. 사실 나는 여전히 그를 용서 못 하고 있어요.

오랜 세월 동안 집요하게 누군가를 용서하지 않은 채로 함께 지낸다는 게 어떤 기분일지 알 수가 없었다. 그 세월 동안 용서를 빌지 않았다는 그도 이해하지 못할 인간이었다.

그 사람을 육 년 만에 찾았어요. 베를린에 있었어요. 계획대로라면 우리는 그맘때쯤 함께 그곳에서 공부를 하고 있었겠지요. 그런데 그가 혼자, 거기 있었던 거예요.

내가 그곳을 떠나올 때 그가 쉽게 따라올까 두려워 돈을 한 푼도 남기지 않았다. 그렇다 하더라도 빌린 집을 처분해 어떻게든 들어올 수 있을 거라고 생각했다. 나는 뒤따라 들어올 그를 피하기 위해 도시와 멀리 떨어진 전원주택단지로 이사했다. 아기를 위해 좋은 공기와 넓은 집이 필요하다는 말에 남편은 마당이 있는 이층집을 구입했다. 다행히 그는 나를 찾아내지 못했다. 가끔 그가 어떻게 지낼지 궁금했지만 평생 다시 마주치지 않기를 바랐다. 가족들이 독일에서의 일들을 알게 될까 두려웠다. 그것을 아는 사람은 나와 그뿐이었으므로 안심이었다. 남편의 울타리 안에서 아기를 안전하게 키울 수 있어 행복했다.

거기서 돌아와 함께 지낸 거구나.

아니요, 그는 돌아오지 못했어요. 돌아온 건 사진 한 장과 만년필뿐이에요. 그는 베를린의 공원에서 노숙자로 지내다가 네오나치들에게 맞아 죽었다더군요. 나와 함께 지내는 건 그의 유품뿐이지만, 언제나 그가 내 곁에 있다고 느껴요. 하지만 그가 살아 돌아와 내게 용서를 비는 일은 없겠지요.

너는 내 앞에 사진 한 장과 만년필을 내밀었다. 유석과 나, 아기가 찍힌 사진이었다. 사진 속 나는 잠옷 차림으로 아기에게 젖을 물리고 있고 그 옆에서 유석이 거울을 통해 세 명의 모습을 사진 찍고 있었다. 그 속에는 우리가 함께 지냈던 독일의 낡은 집과 내가 두고 온 가재도구들이 그대로 담겨 있었다. 나는 사진을 애써 외면하며 만년필을 집어들어 뚜껑을 열었다. 촉이 없는 만년필에는 암갈색으로 말라비틀어진 리사의 탯줄이 들어 있었다. 너는 장식장 위에 놓인 리사의 아기 때 사진을 바라보며 넋을 놓고 앉아 있었다. 나는 얼른 정신을 추스르려 했지만 상상도 못 했던 일에 놀라 허둥거리기만 했다. 네가 어디까지 알고 있는지 도무지 감이 잡히지 않아 섣불리 말을 꺼낼 수가 없었다.

유품을 받고 도대체 무엇인지 알 수 없어 괴로웠는데 알고 나

니 더 괴롭더군요. 한동안 사진을 보면서 무슨 일인지 궁금했어
요. 같이 간 걸까, 우연히 만난 걸까, 아기는 누굴까, 같이 살았
던 걸까. 온갖 상상을 다 하며 자초지종을 짐작하고 난 뒤에도
언니를 이해해보려고 노력했어요. 얼마나 외로웠으면 그랬을까,
얼마나 답답했으면 그랬을까, 아니야, 무슨 일을 했든 언니가 그
럴 리가 없다고…… 나는 언니를 친구, 자매보다 더 좋아했으니
까요. 언니가 나이가 많아 나보다 먼저 죽는다면 언니 없는 세월
을 어떻게 지내나 하는 생각에 슬퍼지곤 했어요. 그런데 지금은
오히려 나보다 먼저 죽게 될 테니 얼마나 다행인가 하는 생각이
드네요. 이런 생각을 하게 되다니 참 슬프군요.

그래, 네가 뭘 상상하는지 알겠는데, 절대 그런 거 아니야. 리
사는 남편 아이야. 그리고 유석이는 나랑 갔던 것도 아니고……

누구의 아이건 관심 없어요. 그때 무슨 일이 있었는지 이제는
알고 싶지도 않아요. 이미 지난 일이고 난 상처받았으니까요. 그
가 살아 온다고 해도 소용없는 일이에요. 나는 당신에게 사과할
기회를 줬어요. 그런데 실망만 주네요. 용서를 비는 게 그렇게
힘든가요?

그제야 그녀가 원하는 것이 무언지 알았다. 더 그녀를 화나게
하고 싶지 않았다.

정말 미안해. 용서해줘. 진작 사과했어야 하는데 정말 미안해.

이제 소용없는 것 같네요. 당신이 용서를 빌면 금세 용서해버
릴까봐 절대 그러지 말자고 마음을 다잡곤 했는데 그런 걱정을
왜 했을까요? 진심으로 용서를 빌 사람도 아닌데…… 난 새로운

것을 갈구하고 배우려는 당신이 젊다고 생각했어요. 당신은 나이란 숫자에 불과할 뿐이라고, 앞으로도 절대 철들지 않을 거라고 말했죠? 내가 그때의 당신보다 나이를 더 먹고 보니 명확하게 말할 수 있어요. 철드는 게 나쁘거나 대단한 게 아니에요. 자신이 살아온 시간의 무게를 온전히 견딜 수 있는 사람이 되는 거예요. 당신은 그냥 자기 연민에 빠진 철부지였고, 당신 뜻대로 쉰이 넘은 지금까지 여전히 철이 안 든 것 같네요. 나는 당신을 경멸합니다.

너무 정중한 말투라 얼핏 들으면 당신을 존경합니다, 라고 말하는 것 같았다. 이상하게도 그 말을 듣고도 화나지 않았다. 내가 생각하고 있었던 것이 그녀의 입을 통해 쏟아져나온 것 같았다.

그 순간 중요한 사실을 깨달았다. 처음부터 눈치챘어야 했는데 나는 어리석게도 두려움 때문에 직시하지 못했다. 네가 한 번도 옷을 갈아입지 않았다는 것과 네 얼굴이 오래전과 달라지지 않았다는 것을 왜 의아하게 생각하지 않았을까? 내가 검은 롱코트 말고 다른 옷들은 전혀 기억하지 못하기에 넌 늘 그 코트 차림으로 나타난 것이 분명했다. 마을 어귀에 경차만 들어서도 소리가 울리는 이곳에 이른 아침 자동차 소리 없이 이곳에 왔다는 것도 이상했고 아무도 없는 시간에만 온 것도 수상했다. 그리고 네가 어떻게 내 내면을 알고 있는 것일까. 너와 한참 이야기했지만 우리의 대화는 유석과 리사에게 집중되어 있을 뿐 너의 현재를 전혀 알 수 없다는 것도 이상했다. 너는 실재 인물이 아닐 수도 있었다. 내가 억눌러두었던 죄책감과 내 자신을 경멸하는 마음이 너를 닮은 존재로 현현한 것이 분명했다. 너는 실재가 아니라 내게서 분열되어 나온 병리학적 인격체일지도 몰랐다.

나는 주방으로 가느라 너를 스치는 척하며 네 어깨를 짚어보았다. 손바닥으로 너의 몸이 생생하게 느껴졌지만, 그건 내 감관의 착각일 것이다. 이렇게 생생하게 느껴지지 않았다면 애초에 너를 집으로 들여 대화를 하는 일 따위는 없었을 것이다. 나는 도우미 아줌마가 올 때까지 너를 잡아두고 네가 보이는지 물어볼 계획이었다. 그러나 너는 조금도 지체하지 않고 밖으로 나가며 말했다.

남편한테 모든 걸 이야기하고 사죄를 하세요. 조금만 기다릴 겁니다. 제가 식구들에게 직접 말하게 하지는 마세요.

너의 경고는 어떤 말보다 공포스러웠다. 내일 너는 다시 찾아올 것이다. 이런 불편한 방문은 언제까지 계속될지 모른다. 결국 난 너를 견디지 못하고 기어이 내 입으로 남편에게 진실을 말해버릴 것 같은 불길한 예감이 들었다. 그뒤에 어떤 일이 벌어질지 모르지만 어쨌건 지금처럼 평온한 일상을 맞이할 수 없으리라는 것은 명약관화하다.

너는 마을 어귀를 향해 걸었다. 네가 갑자기 사라질지도 모른다는 생각에 네게서 눈을 떼지 않은 채로 자동차 키를 꺼내들고 따라 나갔다. 마당에 서 있는 자동차에 시동을 걸자마자 액셀러레이터를 세게 밟았다. 자동차는 네가 걷는 길을 향해 급발진했고 너는 공중으로 한 번 치솟았다가 바닥에 떨어져 자동차 바퀴 밑으로 빨려들어갔다. 커다란 굉음에 이웃들이 문을 열고 밖을 내다보았다. 나는 손을 흔들어 아무 일 없다는 것을 알리고 집을 향해 차를 돌렸다.

무슨 짓이에요. 사람이 깔렸잖아요?

감나무집 여자가 급히 뛰어나오며 소리를 빽 지르고는 차를 막아섰다. 그 소리에 다른 이웃들도 하나씩 밖으로 나와 웅성거렸다.

나는 안다. 그들이 보고 있는 것은 네가 아니라 자신의 마음속에 있는 죄책감이라는 것을. 혹여 네가 정말 너라 할지라도 돌이킬 수 없는 일이다. 클라인, 네게 조금의 관용이라도 있었다면 이렇게 추운 겨울 차가운 바닥에 등을 대고 눕는 일은 없었을 것이다. 나는 가정을 지키려던 가련한 주부에 지나지 않는다. 너는 리사의 선생님이고, 너의 실직에 대한 분풀이를 하러 내 집에 왔을 뿐이다. 자동차도 없이 찾아온 선생님을 바래다주려던 선의에 의한 사고에 대해 누가 나를 비난할 수 있을까? 급발진 사고는 간혹 일어나는 일이니까. 이 지경까지 몰아온 것은 네 탓이지 내 탓이 아니다. 정말이지, 나로서는 어쩔 수 없는 일이다. 나는 차 밖으로 나가 사람들에게 물었다.

정말 이게 당신들 눈에 보이나요?

사람들은 바퀴 밑에서 너를 꺼내기 위해 안간힘을 썼지만 너는 그 자리에……

너를 찾아가다

너에 대한 의문과 증오에 사로잡혀 불면에 시달린 적이 있다. 잠이 오지 않는 밤마다 배신의 경위를 추측했고 그에 상응하는 복수의 설계도를 그렸다. 밤이 깊어갈수록 설계도는 범죄에 가까운 수위로 치밀하게 완성되어갔다. 다행스러운 것은 낮이 수많은 밤들을 단절해준다는 사실이었다. 해가 뜨고 나면 네 과오에 비해 터무니없이 큰 내 증오가 무서워졌고, 정확한 자초지종도 알지 못하면서 끔찍한 복수를 꿈꾸는 성마른 내 성품이 얼마나 부끄러웠는지 모른다. 그러나 밤이 돌아오면 처음으로 돌아가 설계도를 다시 그리기 시작했다. 그런 반복 속에서 고통은 점점 심해졌다. 나는 문득 고통의 원인이 너의 배신이 아니라 너를 용서하지 못하는 내 자신에게 있다는 것을 깨달았다. 이상하게도 난 슬그머니 너를 두둔하기 시작했다.

어쩌면 내가 오해하고 있는 건지도 모르고, 다른 사정이 있었던 건지도 몰라. 뭐 그런 게 아니라 할지라도 네 입장에서 그럴 수 있는 일인지도 모르지. 누구나 자신의 입장에서 삶을 사는 거니까 너를 무턱대고 악인이나 비겁자로 몰지 말자. 그래도 우리가 알고 지냈던 시간은 행복했고, 함께 듣던 음악은 아름다웠으니 그것으로 된 거다.

나를 설득하는 데 꽤 오랜 시간이 걸리긴 했으나 어쨌건 너를 용서했고, 생각보다 쉽게 너를 기억에서 지웠다.

그리고 아주 오랜 세월이 흐른 뒤 우연히 너와 마주쳤다. 너를 한눈에 알아보았지만 네가 나를 알아보지 못하는 것 같았기에 굳이 알은체하지 않았다. 왜 그랬는지 그때는 나도 몰랐는데 이제는 알 수 있다. 혹여 네가 용서를 구할까 두려웠던 것이다. 그래, 그건 두려움이었다. 네 죄를 고백하고 사죄를 한다면 용서하기 싫어도 용서해야 할지 모른다는 두려움, 어쩌면 기다렸다는 듯 쉽게 용서해버릴지도 모른다는 두려움, 진실을 마주해야 한다는 두려움. 그 두려움은 오래전 내가 어렵게 성취한 것이 용서도 뭣도 아닌 내 마음의 평안을 위한 회피였을 뿐이고 사실 결코 너를 용서할 수 없었음을 깨닫게 했다. 너를 마주한 순간 증오와 불면은 순식간에 되살아났고 나는 고통스러웠던 과거에서 한 발자국도 떠나지 못하고 내내 머물러 있던 것임을 알았다.

하지만 맹세컨대 너를 찾아간 것은 복수가 아니라 용서를 하고 싶어서였다. 두려움을 버리고 널 용서해야 과거에서 벗어나 앞으로 나갈 수 있을 것 같았다. 어리석게도 세 번이나 냉대를 당한 뒤에야 네가 용서를 구할 사람도 아니고 하다못해 진실을 이야기해줄 사람도 아니라는 것을 알았다. 혼자 너의 사죄를 기대하고, 두려워하고, 어떻게 받아들이면 좋을지 고민했던 내 자신의 어리석음에 웃음이 났다. 너는 네 손톱 밑의 가시가 가장 아프고, 네가 가장 가엾으며, 네 행위는 언제나 정당하다고 생각한다. 그건 네 속에서 확고한 진실이므로 나로서 어떻게 할 수 없는 부분이다. 이제 너를 용서하지 못하는 내 자신을 부끄러워하거나 죄스러워하지 않을 것이다. 용서는 용서를 구하는 자의 몫이니까.

내가 할 수 있는 일은 단 하나뿐이다. 너를 찾아가 너의 죄를 끊임없이 상기시키는 것. 네가 진심으로 나를 환대하고 사죄하는 날까지, 그리고 변명이 아닌 너의 말로 이 소설을 고쳐 쓰는 날까지 나의 방문은 계속될 것이다. 하지만, 과연, 그런 날이 올까? 네가 나를 알아보기나 할 수 있을까? 내가 지금까지 말한 네가 너인지 알고나 있을까?

그리움, 마음의 그늘

신샛별

　지나간 시간에 대한 애타는 마음을 우리는 '그리움'이라고 부른다. 아득한 첫사랑이, 떠나간 연인이, 사별한 부모가 그리움의 대상인 것은 그 까닭이다. 그리움은 다시 돌이킬 수 없는 시간과, 그 시간을 함께 통과한 사람, 그리고 그와의 특별한 추억을 향한 뒤늦은 고백과 같다. 하지만 애끓는 심정으로 고백의 연서를 쓴다 한들 무슨 소용이 있을까. 이미 떠나온 한 시절, 세상에 부재하는 시간은 대답을 내놓는 법이 없기에, 그리움은 수신자 없는 편지처럼 하염없이 쌓여갈 뿐이다. 그 마음이 애처롭기도 하건만, 오래도록 묵히고 쌓아둔 그리움은 기어코 병이 되는 모양이다. 지나간 시간과 이별하지 못하고 그 시간에 붙잡혀 연명하는 삶은 차라리 죽음에 가깝다. 로테를 그리워한 베르테르가 열병을 앓다가 삶을 소진해 죽음에 이른 것은 결코 우연이 아니다. 오직 메아리로만 되돌아오는 고독한 외침 속에서, 더욱 명징하게 들려오는 것은 자신의 목소리일 뿐이니, 그리움은 곧잘 외로움으로 번져나가고, 외로움 가운데에서 삶은 궁벽해지기 마련이다.

정소현의 「너를 닮은 사람」의 화자인 '나'는 한때 자신의 젊은 시절을 그리워했다. 그녀는 부모로부터 물려받은 가난의 공포와 맞서기 위해 이십대의 절반을 보내버렸고, 가난으로부터 자신을 구제해준 남편을 만나 가정을 이룬 후에는 "낮잠처럼 무의미하게" 나머지 절반을 흘려보냈다. 비록 사랑스러운 아들이 자신의 "젊음을 파먹으며 쑥쑥 자랐"으나, 그녀는 과거를 돌이켜본 후 처연하게 이야기한다. "시간이 흐른 후 내게 남은 것은 외로움뿐이었다"고. 외적으로는 풍족한 일상을 영위하고 있지만, 내적으로는 견딜 수 없는 외로움에 신음하던 그녀는 피폐해진 자신의 삶을 복구하고만 싶다. 그래서 대부분 유학을 앞둔 청년들이 모여 있는 독일어 강좌를 수강하기로 한다. 물론 대학을 나오지 않은 삼십대 주부였던 그녀는 처음부터 다른 수강생들과 자연스럽게 어울리지 못했다. 계속 이질적인 존재로 부유할 것 같았던 그녀가 자격지심을 떨쳐버리게 되는 건 "유일하게 자신을 상대해주는 너"를 만나면서 부터이다.

그렇다면 '너'는 누구인가. 이 소설을 오해 없이 읽어가기 위해서는 이 질문을 계속해서 염두에 두어야 한다. 사실상 이 소설은 '너'의 정체를 확인하는 것으로부터 시작해 '너'의 실체를 의심하는 것으로 끝을 맺고 있으니 말이다. '너'라는 존재를 묻고 추론하는 과정은 서사의 궤적과 맞물리면서 특유의 긴장감을 조성하고, 작품에 뚜렷한 매력을 부여한다. 수수께끼 같은 사건이 일어나는 것도 아닌데 서스펜스가 느껴지는 것은 그 정체가 의뭉스런 '너'라는 인물 덕택이다. 본래 '나'와 같은 이름을 가지고 있었던 '너'는 독일어 강좌를 함께 들으면서 서로 다른 이름으로 불려야 했던 사정 때문에 '클라인'으로 새롭게 명명된 바 있다. '작다'와 '어리다'의 두 가지 뜻을 가진 '클라인'에는 '나'와 대비되는 당시 '너'의 모습이 함축되어 있다. 우선 '너'는 젊음을 지나온 '나'와는 달리, 젊음을 사는 중인 작은 '나'이다. 그런가 하면 '너'는 내가 살아보지 못한 젊음을 사는 어린 '나'이다. 분신(分身)이면서 동시에 이신(二身/異身)인 '너'를 통해 '나'는 가난으로부터 도망치느라 끔찍하고 치욕스럽게 보내버린 과거를 떠올린다. 그리고 그 시절을 덧칠하기로 한다. '나'는 '너'를 매개로 지나간 시간과 조우하는 기이한 경험을 하는 것이다. 그 기적과도 같은 만남은 "자신감과 에너지로 충만해" 가난조차도 장식품으로 만들어버리는 '너'의 모든 것을 부러워하며 좇는 '나'의 부지런한 몸짓으로 이어진다. '너'를 닮아가기 위해 독일어에 이어 그림까지 배우면서, 젊음의 반짝임과는 멀리 떨어져 있었던 '나'의 한 시절은 다르게 채색되기 시작한다. 외로움 끝에서 만난 '너'는 오랜 그리움에 대한 소중한 응답과도 같이, '나'의 젊음을 아름답게 되돌려놓는다.

그러나 클라인을 선망하고 모방하면 할수록, 이상하게도 그녀의 열패감은 짙어져갔다. 실상 그녀가 클라인을 경유하여 욕망했던 젊음이란, 그녀가 느낀 그대로 "가진 것들을 버려야 얻을 수 있는 것들, 어쩌면 버려도 얻을 수 없는 것들"이었기 때문일 것이다. 그리워한다고 해서 지나간 시간을 실제로 다시 살아볼 수는 없는 노릇이다. 그녀는 단지 젊음을 다시 사는 착각, 어둡고 칙칙했던 자신의 젊은 시절로 돌아가 그 시간에 빛을 부여하는 미망에 빠져 있었을 따름이다. 클라인을 가까이에서 지켜보면서, 자신의 이십대를 한없이 가엾게 여기는, 지독한 자기 연민에 빠져 있는 그녀가 그 사실을 인정할 리는 만무했지만 말이다. 책에서 본 파리의 여성들을 흉내내던 보바리 부인처럼, 그녀는 클라인을 모방하기만 하면 꿈꾸던 젊음에 다가갈 수 있을 줄 알았다. 하지만 클라인의 연인인 유석만은 도무지 어쩔 도리가 없었다. 이제 그녀는 클라인을 닮으려 애쓰길 그만두고, 클라인에게서 유석을 빼앗아야만 하는 처지가 된다. 클라인을 향한 그녀의 선망이 질투로 변하는 이 지점을 포착해내는 것은 중요하다. 딸 리사를 폭행해 용서를 빌러 온 '너'를 마주한 현재와, '너'와 친밀한 관계를 형성해나갔던 과거가 교차로 서술되는 가운데, 가장 나중에서야 밝혀지는 '나'의 잘못과 죄책감이 바로 여기에 잠복해 있기 때문이다.

독일로 유학을 떠나 가족 몰래 유석과 동거하며 리사를 낳아 키우던 '나'의 과거는 용서의 외피를 쓴 '너'의 심문이 도달하려는 최종심급에 놓여 있다. 그러나 '나'는 과거의 잘못과 그로 인한 죄책감을 외면하기 위해, '너'의 불편한 방문을 한사코 마다한다. '나'의 거부에는 얼핏 타당해 보이는 이유가 있었다. '나'는 리사를 폭행해 아이에게 씻을 수 없는 상처를 남긴 "널 쉽게 용서할 수 없었다". 그러니 용서를 빌겠다며 자꾸만 찾아오는 '너'의 집요함은 불쾌하기만 하다. 그런데 어느 순간부터 '너'의 방문은 불편을 넘어 불안을 야기한다. 용서를 받을 수 있을지 없을지 안절부절못할 사람은 '너'인데, 정작 불안해하는 사람은 '나'라니, 어째서 이런 아이러니가 발생하는가. 여기서 우리는 '너'의 정체를 새삼 의문에 부쳐보아야 한다. 해답의 단서는 "과거의 것들과 결별할수록 나는 더 나은 사람이 되었다. 내게 가장 좋은 시절은 늘 바로 지금이었다"는 문장 속에 있다. 말하자면 '나'는 '너'를 만나면서, '너'와 함께 통과한 어떤 과거로부터 원치 않은 습격을 받고 있었다. 비루한 젊음을 덧칠하기 위해, 바꿔 말해 끔찍한 '먼 과거'와 결별하기 위해 '너'와 보낸 '가까운 과거'가 '나'의 가장 좋은 시절인 '지금'을 망쳐놓고 있었던 것이다.

먼 과거와 가까운 과거, 그리고 바로 지금이 서로 얽히고설켜 있다는 이 소설의 전언은 "시간은 지나가지 않아요. 나는 여기 있는 게 아니라 갈기갈기 찢겨 과거들 속에 흩뿌려져 있어요"라는 구절에 집약적으로 암시되어 있다. 이 전언이 소설 말미에서 '너'를 차로 친 후 "이 지경까지 몰아온 것은 네 탓이지 내 탓은 아니다. 정말이지, 나로서는 어쩔 수 없는 일이다"라고 변명하는 자기기만적인 화자 '나'와 만났을 때, 어떤 효과를 산출해내는가. 기실 의지와는 관계없이 흘러가는 시간에 붙박여 살아가야 하는 인간에게, 시간은 언제나 떠나보내야 하는 대상이다. 의지가 관여할 수 있는 층위는 어디까지나 '어떻게' 떠나보낼 것인가에 불과하다. 이 소설은 이런 실존적이고 근원적인 문제를 윤리적인 선택과 삶의 자세라는 아주 어려운 물음에 포개어놓는다. 그러면서 종국에는 '그리움'에 대한 우리의 태도를 묻는다. 응답을 받을수 없기에 늘 그늘져 있는 마음인 그리움을 품고서 우리는 어떻게 살아야 하는가. 소설 속의 '나'처럼 그리움에 패배해 목적 없는 선망과 이기적인 질투 가운데 스스로를 방기해도 괜찮은 것인가. 작가는 과거로부터 온 망령에 다름아닌 '너'의 입을 빌려 "철드는 게 나쁘거나 대단한 게 아니에요. 자신이 살아온 시간의 무게를 온전히 견딜 수 있는 사람이 되는 거예요"라고 답해두었다. 그러니 그리워하며 그대로 살아가라고, 마음에 품은 그늘의 자장이 넓어지는 것은 그저 철드는 과정일 뿐이라고. 오래된 길과 다 쓰러져가는 건물, 무너진 담벼락을 주시하며 시간에 관해 글을 쓰는 '너'를 통해 작가가 품은 그늘의 크기를 짐작해본다. 육중한 그리움을 짊어지고 소설을 써내는 정소현의 다음 행보는 보지 않아도 미덥다. 분명 더 '철든' 소설이 나올 것이기에.

신샛별
동국대 국문과 졸업. 동대학원 석사과정 수료.
2012년 문화일보 신춘문예에 평론이 당선되어 등단.

김성중

국경시장

．
．
．
．
．

작가노트 다음 만월에 날 만나러 와줘
해설 장은정_주고받은 것

김성중
2008년 중앙신인문학상을 수상하며 작품활동을 시작했다. 소설집 『개
그맨』『국경시장』『에디 혹은 애슐리』, 중편소설 『이슬라』가 있다.
2010년, 2011년 젊은작가상, 현대문학상을 수상했다.

국경시장

영사관으로 전화가 걸려온 것은 조가 퇴근 준비를 마쳤을 무렵이었다. 국경 근처에서 밀입국자 한 명을 체포했는데, 반미치광이 상태로 한국말을 하고 있으니 속히 와달라는 내용이었다. 조는 피우던 담배를 비벼끄고 주차장으로 내려갔다. 차 안은 온실처럼 후텁지근했다.

두 시간 뒤, 국경경비대에 도착한 조는 문제의 남자와 대면했다. 한눈에도 그의 상태는 예사롭지 않았다. 흙과 피로 더럽혀진 상의는 군데군데 찢어졌고 드러난 살마다 푸른 멍이 보였으며 끊임없이 혼잣말을 지껄이는 입술에는 거품이 방울져 있었다. 발견 당시 남자의 소지품이라고는 바짓주머니에 들어 있는 노란 가루뿐이었는데, 성분을 분석하는 중이라고 했다.

조는 일부러 탁자와 사이를 두고 앉았다. 경찰이 지키고 있지만 착란상태의 남자가 수갑이 채워진 손을 들어 자신을 후려칠 수도 있기 때문이다. 신원미상의 남자는 마약사범처럼 보였다. 심장이 멎기 직전까지 약을 하고 객기로 강을 건너려다 붙잡혔으리라. N국과 P국의 경계가 되는 느네카 강은 과거에 마약상들이 보트를 타고 와 거래를 하는 곳으로 유명했다.

"담배 한 대 주시겠습니까……"

남자가 제대로 된 문장으로 말을 하자 조는 반가운 마음이 들었다. 겉보기보다 남자의 이성은 쓸 만한 상태일 수 있다. 그래서 물었다. 이름과 나이와 한국 주소, 어떻게 P국에 왔고 어쩌다 구금상태에 이르게 되었는지에 대해. 대답은 느리고 신중했으나 대부분 구멍이 뚫려 있었다. 그 사실을 넌지시 상기시켰지만 남자는 다른 생각에 사로잡혀 있었다. "여기가 P국이라고요?" 그는 의아한 듯 고개를 갸웃거렸다. "저는 분명 N국에 있었는데요……" 그때부터 혼란에 빠진 남자는 멍하니 창문만 바라본 채 말이 없었다. 더 어처구니가 없는 건 제대로 답할 수 없는 이유가 기억을 팔아버렸기 때문이라는 것이다. 조는 서울 말씨를 쓰는 이 남자가 제정신이 아니라는 결론을 내렸다. 마지막으로 생각나는 곳이 어디냐고 묻자 남자는 처음으로 확신에 찬 표정을 지었다.

"국경시장에 있었습니다."

당연히 이곳에 국경시장 같은 건 존재하지 않는다. 조는 펜 뚜껑을 닫고 노트를 덮었다. 제대로 된 조사를 하려면 밥부터 먹이고 정신이 돌아올 때까지 재우는 수밖에 없다.

조는 영사관에 즉시 보고할 터이니 걱정 말라고 남자를 안심시킨 후, 푹 쉬면서 생각나는 것들을 적으라고 일러주었다. 접견이 끝났다는 신호를 보내자 뒤에 서 있던 경찰이 남자를 데려갔다. 자국민이 재판을 받게 되면 변호사를 선임해주어야 한다. 이것은 조의 업무가 늘어난다는 뜻이다.

이 주 후에 남자의 몸에서 약물 반응이 나오지 않았다는 보고가 들어왔다. 경찰은 조의 부탁대로 남자가 쓴 종이를 팩스로 보내주었다.

다음은 팩스에 적힌 글이다.

*

어디서부터 시작해야 할까. 우선 떠오르는 것은 로나. 로나와 주코. 그들은 지금 없다. 아니, 이 근처 어딘가에 있을지도 모른다. 모든 것은 믿을 수 없는 달의 농간이니까. 다음 만월이 되면 나는 로나를 만나러 갈 것이다.

영사관에서 온 사람은 무엇이든 생각나는 것마다 써두라고 했다. 현명하고 적절한 조언이었다. 막상 종이가 주어지자 남은 기억이 얼마나 되는지 가늠할 수 있었으니까. 이 정도의 기억으로 물고기 비늘을 얼마나 살 수 있을지 모르겠다.

모든 것은 메카데의 수상 방갈로에서부터 시작되었다.

*

메카데는 N국의 국경 근처에 있다. 여행자의 눈길을 끌 만한 요소라고는 없는 시골 마을로 볼 곳도, 할 것도, 먹을 것도 변변찮은 곳이다. 나는 보름 전에 이곳에 도착했다. 권태에 찌들어— 내 여행은 팔 개월째 접어들고 있었다—아무렇게나 숙소를 정하고 빈둥거리다보니 시간이 꽤 많이 흘렀다. 이곳에 온 것은 비자를 연장하기 위해서였다. 그러자면 국경 너머의 P국에 다녀와야 한다. 메카데에 오는 여행자들은 오직 이런 이유에서만 이곳을 찾는다.

그러나 나는 국경에 가지 않았다. 느지막이 일어나 문을 열고 느네카 강을 멍하니 바라보는 게 일과의 전부였다. 느리게 흘러가는 유백색 강을 바라보고 있으면 마음이 평온해졌다.

해가 저물면 자전거를 끌고 나왔다. 저녁 무렵의 개들은 이방인을 향해 사납게 짖어댔지만 나무열매를 먹어 입술이 검게 물든 아이들이 개들의 목줄을 끌어당겼다. 이 시간이면 마을은 허물 벗는 뱀 눈처럼 부옇고 탁한 어둠속에 가라앉고, 길에는 오직 내 자전거 소리만 들렸다. 나는 그게 좋았다. 습도가 너무 높아 사람이나 짐승이나 축 늘어져 있는데 그것이야말로 지금의 내게 꼭 맞는 리듬이었다.

열두 채의 방갈로는 텅 비어 있었다. 도착한 다음날이면 국경으로 떠나는 여행자들이 가끔 들락거렸으나 나를 제외한 손님이라고는 주코뿐이었다. 묘하게 아시아인 같은 분위기를 풍기는 장발의 백인으로, 언제 봐도 손에 책이 들려 있었다. 사교에 무신경한 점 때문에 나는 그가 마음에 들었고 그도 마찬가지일 거라고 생각했다.

주코와 말을 길게 섞은 건 로나가 도착하면서부터였다. 그녀와는 다합에서 스쿠버다이빙을 함께 배운 사이였고 한동안 연인으로 지내기도 했다. 그러나 사소한 실수를 저지른 후 나는 그녀를 미워하게 됐고, 마침내 말도 없이 떠나버렸다. 나는 항상 내가 실수를 저지른 사람에게 적의를 품는다. 그들은 내 약점의 목격자이기 때문이다. 그랬는데…… 사 개월이 지나 사원 모퉁이에서 정면으로 마주친 것이다.

나보다 열 살이 많은 로나, 장기여행자답게 무엇에나 능숙한 로나, 독신 귀족처럼 고독하고 우아하며 어딘가 이기적인 로나. 그녀가 빙긋 웃으며 말을 걸어왔다.

"여기서 만나네. 잘 지내?"

무람없는 목소리. 냉담한 반응이 돌아올지도 모른다는 두려움은 전혀 느껴지지 않았다. 로나는 완벽하게 자신에게만 몰두하는 여자였고 그 무책임한 자기애에는 눈부신 부분이 있었다. 나도 모르게 보름짜리 애인이던 시절로 돌아간 것 같았다.

"똑같지 뭐…… 언제 온 거야?"

"방금."

그녀는 등을 돌려 여전히 작은 배낭뿐인 전 재산을 보여주었다. 그리고 스스럼없이 내가 머무는 방갈로에 따라왔다.

모처럼 숙소 주방에서 음식을 만들면서 로나의 이야기를 들었다. 함께 어울린 다이버들의 안부와 내가 포기한 이집트의 나머지 여정에 대해. 커플이 된 누구는 고국에 돌아가 결혼식을 올렸고 또다른 누구는 수단에서 봉사활동을 하는 중이라고 했다. 아부심벨은 근사했고 누비안 마을 깊숙한 곳은 더 좋았지만 가장 멋진 곳은 역시 지도에 나오지 않는 곳이라고 했다.

요리가 다 됐다. 다진 고기에 향초와 마늘을 넣고 노릇하게 구워낸, 오랜만에 솜씨를 부린 요리였다. 음식을 접시에 담아내는 순간 엉망이 되어버린 서울의 주방이 떠올랐다. 이태원 빌딩 한 층을 통째로 내줄 테니 마음껏 운영해보라던 J사장의 미소도. 그가 정상적인 사업가가 아니라는 것은 어렴풋이 짐작했지만 제대로 된 프렌치 레스토랑의 셰프가 될 기회를 놓칠 수 없었다. 배신자 소리를 들으며 스승에게서 독립해 팀을 꾸렸고, 오픈을 앞두고 모든 게 박살나버렸다. 구 개월 전 일이다.

로나는 음식 냄새를 풍겨놓고 우리만 먹는 게 마음에 걸린다며 다른 여행자도 부르자고 했다. 망설이던 나는 주코의 방문을 두드렸다. 거절할 줄 알았는데 뜻밖에도 그는 뚜껑도 따지 않은 위스키 한 병을 들고 야외 테이블로 왔다.

전력 사정이 좋지 않은 N국에서는 예고 없는 정전이 잦았다. 그날 밤 우리 세 사람이 친해진 것도 정전의 마술과 무관치 않다. 전깃불이 사라지자 바싹 내려온 달이 우리 사이에 끼어 과음을 하고 이야기를 나누도록 부추겼던 것이다.

우리는 각자가 걸어온 기나긴 복도에 대해 말했다. 주코는 책들에 대해, 로나는 세계 일주에 대해, 나는 뒤늦게 시작한 요리에 대해. 서로에게 타인이기 때문에 비밀을 나누는 것이 가능했다. 주코는 두꺼운 책들만 골라 읽다가 생활에 무능한 바보가 돼버렸다고 했고, 로나는 전 세계를 떠도는 것이 사실은 슬프다고 한숨을 쉬었다. 나는 다른 일을 찾지 못해 요리사가 됐으며 트라조돈(항우울제)을 이 년째 복용중이라고 털어놓았다.

대화중에 주코와 내가 동갑이라는 사실을 알게 됐다. 변변한 모험 없이 삼십대를 맞는 게 끔찍하다고 그가 말했기 때문이다. 그러자 로나는 자신의 팔에 그어진 절망의 세 눈금을 보여주었다. 열일곱에 한 번, 스물에 한 번, 스물아홉에 한 번 그었지. 하지만 서른 이후에는 괜찮았어. 주코에게 건넨 위로를 나 역시 누리고 있다는 것을 그녀는 몰랐을 것이다.

주코는 술이 떨어지기가 무섭게 새 술을 가져왔고, 마지막에는 정체를 알 수 없는 민속주까지 들고 왔다. 급기야 마리화나 한 봉지도 식탁에 올려놓았다. 담배도 피우지 않던 샌님의 방에서 줄줄이 나오는 쾌락의 도구에 나는 놀라 자빠질 지경이었는데, 그중 가장 흥미로운 것은 주코 자신이었다. 그는 함께 어울리기에 꽤 재미있는 괴짜였다.

나는 소년을 죽였노라, 내 기분을 위해……

느닷없이 노래 한 소절을 부른 그는 포켓용 성경을 꺼냈다. 그러고는 「욥기」와 「아가서」와 「사도행전」 중에서 각각 한 장씩 찢었다. 이러면 맛이 더 좋거든. 주코는 종이에 가루를 넣어 말면서 자기 행동에 주석을 달았다. 난 목사 아들이니까.

하늘에는 참견하기 좋아하는 별들이 반짝이고 있었다.

우리는 꼬박 일주일을 파티라는 괴물에 붙들려 있었다. 로나가 도착한 날 시작된 술자리는 그녀가 떠날 의사를 밝히고서야 막을 내렸다.

로나가 작별인사를 할 때 나는 잠깐 기다려달라고 한 후 충동적으로 짐을 쌌다. 떠나는 사람을 보자 비로소 P국으로 건너갈 마음이 생긴 것이다. 이런 일이 내게만 생긴 것은 아니다. 숙소 입구에 배낭을 깔고 앉은 주코가 문고본을 읽으며 기다리고 있었으니까. 여행자의 직감으로 그도 나처럼 떠나야 할 순간이라는 것을 깨달은 것이다.

"로나는 우리를 데려가기 위해 온 건지도 몰라."

주코가 이렇게 말했을 때 나는 공감의 뜻으로 고개를 끄덕였다. 가운데에 선 로나가 다정하게 팔짱을 꼈다.

우리는 끝내 P국으로 갈 수 없었다. 잠깐 자리를 비웠다던 관리는 해가 질 때까지 돌아오지 않았다. 출입국 관리소에서 반나절을 기다린 끝에 밖으로 나올 수밖에 없었다.

기념품 가게들이 모조리 문을 닫아 거리는 한산했다. 오직 개들만이 차가운 돌바닥에 배를 깔고 누워 있었다. 내일 다시 오기로 하고 우리는 올 때처럼 강을 따라 걸었다.

한참을 가도 마을로 가는 갈림길이 나오지 않았다. 게다가 갈수록 길이 좁아지고 있어 주위 풍경이 정오와는 사뭇 다른 느낌이었다. 어디선가 길을 잃은 것은 분명한데, 지도를 봐도 이유를 알 수 없으니 답답했다.

"모르는 사이에 국경을 넘어버린 건 아닐까?"

주코가 말도 안 되는 소리를 했다. 강을 건넌 적이 없으니 이치상 맞지 않는 소리다.

"뱃속에 커다란 터널이 뚫린 느낌이야. 걸으면 걸을수록 터널이 길어지고 있다고. 내 말은 배가 고파 죽겠단 소리야."

"다리에 감각이 없어."

"점심이나 든든히 먹어둘걸."

우리는 이런 말을 주고받으며 불안을 토로했다. 하늘에서 청회색 베일이 내려오고 불빛 없는 길은 순식간에 어두워졌다. 로나는 자꾸 팔을 쓰다듬었다. 길의 좌우로 뻗어나온 나뭇가지들이 몸을 찔렀던 것이다. 부지불식간에 숲으로 들어선 것 같은데, 노숙을 하지 않으려면 계속 걸을 도리밖에 없었다.

겨우 숲길을 빠져나오자 나무 사이로 간간이 보이던 달이 고개를 내밀었다. 풀문(full moon)이네. 로나가 보름달을 올려다보며 한결 밝은 목소리로 말했다. 길이 환해지자 발걸음에도 힘이 실렸다. 부지런히 걷다보니 마침내 강의 모습이 나타났다. 우리는 누가 먼저랄 것도 없이 안도의 한숨을 내쉬었다.

강에는 벌거벗은 소년들이 고기를 잡고 있었다. 야트막한 고무통을 타고 있는 꼬마가 있는가 하면 제법 큰 나무보트를 가진 소년도 보였다. 주코가 아이들을 불렀다.

"얘들아, 여기가 느네카 강 맞니?"

대여섯 명의 아이들이 일제히 노를 저어 왔다. 무리 중 키가 큰 소년이 앞으로 나와 고개를 끄덕였다.

"그럼 요기할 만한 데가 없을까? 우리가 저녁을 못 먹어서 말야."

소년은 삼각측량을 하는 기사처럼 신중한 눈빛으로 우리를 훑어보더니 한참 후에 말문을 열었다.

"국경시장에 있어요."

이 근처에서 야시장이 열린다는 말은 금시초문이었다. 하지만 좌우에 늘어선 소년들이 왁자지껄하게 설명을 보탰다.

"보름달이 뜰 때마다 장이 서요!"

"뭐든지 다 있어요!"

"우선 물고기를 사야 해요."

"우리가 잡은 물고기들이요."

한꺼번에 대답이 쏟아져나오는 바람에 우리는 어리둥절했다. 소년들의 눈빛에서는 호의와 악의 중 어떤 신호도 읽어낼 수 없었다. 물고기를 사달라는 뜻일까? 하지만 지갑에서 돈을 꺼냈을 때 아이들은 고개를 가로저었다. 여기서 팔 수 없으니 시장에서 사라는 것이다.

"좋아. 거긴 어떻게 가지?"

키 큰 소년은 낡아빠진 보트의 옆구리를 탕탕 치며 턱으로 강을 가리켰다.

"데려다줄 수 있어요."

삼십 분쯤 지나 우리를 태운 보트는 강둑에 멈췄다. 웃자란 풀들을 헤치고 올라가자 돌로 된 사면상(四面像)이 가장 먼저 눈에 들어왔다. 각각 네 방향을 바라보고 있는 사면상에는 성별과 감정이 모호한 사람의 얼굴이 새겨져 있었다. 문 위를 장식한 거대한 사면상 때문에 시장이 아니라 신전의 입구처럼 보였다. 그러나 안으로 들어가자 골함석 지붕 아래 알전구로 빛을 밝힌 노점들이 길게 늘어서 있었다.

온갖 것이 거기 있었다. 퓨마 가죽, 주철로 만든 찻주전자, 얇고 보드랍게 짠 면직물, 튼튼한 그물침대, 독을 제거한 애완용 전갈, 설탕물을 입힌 풋사과 꼬치, 신비로운 향이 나는 초와 비누 들, 항구가 그려진 장식타일, 18세기 전쟁에 쓰인 총알······ 눈앞에 펼쳐진 풍경에 한동안 정신을 차릴 수 없었다. 어둠 속에서 몇 시간을 헤맨 터라 좌판 위 물건들이 더욱 화려하고 이국적으로 보였다.

상인들의 면면도 눈요깃감이었다. 눈이 길게 찢어진 유목민과 매부리코에 푸른 눈을 가진 백인이 손님을 놓고 실랑이를 벌이는가 하면, 비바람에 닳아 붉은 가죽처럼 변한 피부의 고산족 노파가 장사에 초연한 듯 바느질을 하고 있었다. 젬베를 치며 노래를 부르는 사람, 목과 팔에 뱀을 감고 다니며 눈길을 끄는 사람 등 호객행위도 다양했다. 다행스럽게도 우리 같은 배낭객들이 골목마다 북적이고 있어 불안감을 떨칠 수 있었다.

"마라케시의 야시장보다 멋진데!"

황동접시를 들고 문양을 살펴보던 로나가 감탄하며 말했다. 그러자 주코가 이곳에 온 목적을 상기시켰다.

"일단 밥부터 먹자. 아무래도 난 큰 짐승이라서 말이지."

우리는 식당을 찾아 나섰다. 행인들과 어깨를 부딪치지 않고 는 발짝을 뗄 수 없는 좁은 골목을 빠져나오자 간이 탁자와 접이용 의자 들로 가득한 장방형의 광장이 나왔다. 노천식당이 늘어선 광장은 저녁식사를 하는 사람들로 붐비고 있었다. 빈 탁자를 차지한 우리는 음식을 잔뜩 주문했다.

찹쌀을 넣고 끓인 해물죽, 발효야채와 알요리, 향신료를 넣고 뭉근하게 끓인 고기전골, 새콤한 냄새를 풍기는 과일조림이 차례로 올라왔다. 김이 오르는 음식을 대하자 모두들 말도 없이 먹기에 바빴다. 음식은 여행중에 먹어본 어떤 요리보다 맛있었다.

문제는 계산이었다. 계산서를 들고 카운터에 가자 식당 주인이 고개를 가로저었다.

"달러는 받지 않나봐."

대신 N국 화폐를 내밀어도 마찬가지였다. 식당 주인은 탁자를 두드리며 돈을 재촉했고 뒤에 서 있던 사람들도 불쾌한 기색을 비치기 시작했다. 어쩔 줄 몰라 우왕좌왕하고 있는데, 누군가 대신 값을 치렀다.

"우선 내가 낼 테니 환전해서 갚아요."

돌아보니 중국식 상의를 입은 작달막한 남자가 사람 좋은 웃음을 짓고 있었다. 덕분에 곤란을 면한 우리는 다투어 감사인사를 했다.

"덕분에 살았어요. 정말 감사합니다."

"여기서 그런 종이쪼가리는 소용없어요. 봐요, 이런 게 돈이죠."

환전소를 향해 걸어가면서 남자는 지갑에서 뭔가를 꺼내 보여
주었다. 어른 손톱만한 크기의 노르스름하고 반투명한 조각이었
다. 자세히 살펴봐도 도무지 짐작이 가지 않았다.

"강 상류에서 잡히는 물고기 비늘입니다. 십오 세 미만의 소년
에게만 잡히는 진귀한 물고기들이지요. 산 채로 튀겨내면 비늘
하나하나가 곤두서서 떼어내기 좋은 상태로 변합니다. 듣자니
비늘만 쓰고 몸통은 버린다고 하더군요."

이처럼 허무맹랑한 소리는 들은 적이 없다. 그러나 주코는 호
기심을 보이며 다음 이야기를 재촉했다.

"그래서요?"

"한데 이 물고기들은 세상의 어떤 화폐로도 환전해주지 않습
니다. 오직 그 사람의 기억과 맞바꿀 수 있을 뿐이죠…… 자, 다
왔습니다."

환전소에 도착하자 중국식 상의를 입은 남자가 앞장서서 들어
갔다. 안에는 황금빛 물고기들이 들어찬 큼지막한 수조가 놓여
있고, 거래를 끝낸 손님 하나가 환전상과 악수를 나누고 있었다.
환전상은 기름이 펄펄 끓고 있는 솥에서 튀겨낸 물고기를 도마
위에 올려놓더니 익숙한 솜씨로 비늘을 훑어 주머니에 옮겨담
았다.

"꼭 솔방울병에 걸린 붕어들 같군."

주코가 조그맣게 속삭였다. 비늘마다 고름이 차 일일이 일어서는 '솔방울병'은 관상용 물고기 사이에서는 흔한 전염병으로, 우리의 대화에 화젯거리가 된 적이 있다. 하지만 갓 튀겨낸 물고기는 그렇게 징그럽지 않았다. 장미 꽃잎처럼 섬세한 비늘은 바깥쪽을 향해 살짝 말려 있었다.

손님을 보낸 환전상이 마침내 미소를 지으며 우리를 돌아보았다.

"어느 분이 거래를 하시겠습니까?"

로나와 내가 머뭇거리는 사이 주코가 앞으로 나섰다. 그러자 환전상의 눈동자가 어두운 곳에 있다 갑자기 밝은 곳으로 나온 고양이처럼 확 조여들더니 서서히 원래 크기로 돌아왔다.

"언제의 기억을 파실 건가요?"

이런 상황은 주코가 읽은 수백 권의 책에서도 나오지 않았을 것이다. 대답이 늦어지자 환전상은 백화점 직원처럼 사근사근한 말투로 일러주었다.

"대개 첫 거래에서는 출생부터 두세 살까지의 기억을 팝니다만."

"좋습니다. 어차피 생각도 나지 않는데. 팔겠습니다."

주코는 커튼이 쳐진 내실로 안내됐고 남은 우리는 밖에서 기다렸다. 오 분이나 지났을까. 주코는 우리가 앉은 소파로 걸어와 털썩 주저앉았다. 안에서의 일을 묻자 "긴 의자에 누워서 이마에 오일을 바른 것밖에 생각이 나지 않아"라고 대답했다. 환전상은 수조에서 손바닥만한 물고기 두 마리를 꺼내 기름에 튀기더니 비늘이 든 주머니를 건네주었다.

그때까지 잠자코 지켜보던 중국식 상의를 입은 남자가 재빨리 다가와 자기 몫의 비늘을 챙겼다.

"자, 그럼 행운을 빌어요!"

우리는 나중에야 그가 비늘 두 개를 더 가져갔다는 사실을 알아차렸다.

"이게 정말 돈 구실을 할까?"

주머니를 들여다보던 주코는 아무래도 미심쩍은 표정이다. 우리는 정말로 비늘이 통용되는지 알아보기 위해 시험 삼아 뭔가 사보기로 했다.

고서적을 취급하는 작은 가게를 보자 주코의 얼굴에 생기가 돌았다. 길가에 내놓은 나무궤짝에는 벌레가 쏠기 시작한 책들이 잔뜩 포개져 있었다. 신중하게 살펴보던 주코가 그중 한 권을 골라 안으로 들어갔다.

"맙소사, 비늘 다섯 개를 받고 이 희귀본을 췄어."

그는 복권에 당첨된 사람처럼 책을 흔들며 나왔다. 그때부터 주코는 서점만 보면 달려들었고 책들을 담기 위해 커다란 가방도 따로 샀다. 고가의 서적만 수집하다보니 비늘은 금세 바닥이 났다. 또다시 환전소에 다녀온 주코가 기세 좋게 선언했다.

"자, 돈이 있으니까 써보자고!"

우리는 발코니처럼 툭 튀어나온 이층 술집으로 올라갔다. 위에서 내려다보니 그사이 시장은 왕성하게 가지를 뻗은 식물처럼 불어나 있었다.

"역시 야시장을 제대로 즐기려면 뭘 사야 해."

"아예 당나귀도 사지그래? 이 무거운 걸 어떻게 들고 다니려고."

주코와 나는 농담을 주고받으며 킬킬거렸지만 생각에 잠긴 로나는 말이 없었다. 취기가 오르자 그녀는 결국 마음의 압력을 이기지 못하고 벌떡 일어섰다.

"네 말이 맞아. 이런 곳에서 구경만 하는 건 바보짓이야."

로나는 남은 술을 단숨에 털어넣더니 쿵쿵거리며 계단을 내려갔다. 그러고는 술병이 바닥날 무렵 두툼한 주머니를 들고 돌아왔다.

"세상에, 얼마나 팔았기에 이렇게 많아?"

주머니를 열어보던 주코가 깜짝 놀라며 물었다. 로나는 의미심장한 미소를 지으며 팔을 내밀었다.

"세 개의 눈금이 생기던 해의 기억들. 다 팔아치웠지."

"내가 왜 그 생각을 못 했지? 나쁜 기억을 팔면 물고기도 생기고 정신건강에도 좋고. 일거양득 아냐!"

주코는 무릎을 치고 당장이라도 환전소로 달려갈 기세였다. 느닷없이 시작된 딸꾹질을 누르며 나는 궁금했던 것을 물었다.

"그러면…… 자살하려던 순간은 전혀 생각이 나지 않는 거야?"

"자살이라고? 내가?"

로나는 입을 벌리고 머리 위의 전등을 한참 동안 올려다보았다.

"진짜로 기억 안 나. 그렇다면 물고기 비늘보다 멋진 건 그 빌어먹을 시간이 내 인생에서 사라진 거네."

"거짓말 같은데."

"못 믿겠으면 너도 해봐."

이런 식으로 로나가 나를 부추기고 있을 때 다리를 몹시 저는 걸인이 올라왔다. 창가에 턱을 괴고 전망을 즐기던 걸인은 로나와 눈이 마주치자 윙크를 했다.

"젊은이들, 그 요리 안 먹을 거면 나나 주지그래."

구걸치고는 당당하다. 벼락부자 행세를 하고 있던 주코는 먹던 안주에 새 안주까지 시켜 걸인을 대접했다. 로나는 한술 더 떠서 육즙을 빵에 적셔 먹던 남자에게 진지하게 물었다.

"다리를 고치는 데 얼마나 들까요? 저한테는 비늘이 아주 많은데."

"나는 이대로가 좋아."

음식을 내려놓은 걸인은 모욕이라도 받은 듯 노기 띤 목소리로 대답했다.

"결함은 대단한 자산이야. 시장 상인들이 번갈아가며 잘 돌봐주거든. 침구도 바꿔주고 먹을 것도 쟁반 가득 날라다준다네. 보름에 한 번 시장으로 나오면 이렇게 고급 요리도 맛보고 말야. 그런데 걸을 수 있게 되면…… 끔찍해! 안락한 습관에서 쫓겨나 갑자기 생활인이 되어야 하다니. 그건 기적이 아니라 재앙이야."

이 기묘한 논리에 나는 역겨움과 찬탄을 동시에 느꼈다. 그는 마음껏 나태하면서도 비난받지 않는 지위를 획득하고 있었다. 어찌 보면 내가 바라는 삶이기도 한데 나는 그처럼 과감할 수 없다. 하긴 '내가 바라는 삶' 같은 게 있기나 할까? 나는 절망에 고착되어 있으면서도 절망을 누리는 것이 좋았고, 그런 자신에게 또다른 절망을 느꼈다. 아버지의 말대로 무용지물이나 다름없는 인간인 것이다. 요리사나 해라. 어느 날 내가 끓인 국수를 먹던 아버지가 빈정대며 말했다. 아버지는 비웃는 방식이 아니고서는 나를 칭찬할 수 없는 사람이다. 그 순간이 떠오르자 요리사가 된 이유를 뒤늦게 깨달을 수 있었다. 나는 아버지를 화나게 하기 위해 주방으로 들어간 것이다. 주방은 아버지의 영향이 미치지 않는 유일한 곳이었으니까.

로나가 비틀거리며 술값을 계산했고 우리는 걸인과 헤어져 다시 거리로 나왔다. 로나와 주코는 골목을 누비며 닥치는 대로 물건을 사들였다. 그들은 흥청망청한 소비의 쾌락에 이제 막 눈을 뜬 상태였다. 주머니에는 여전히 달러가 고이 모셔져 있고 물고기 비늘은 암만 봐도 돈처럼 여겨지지 않으니 그럴 만도 했다. 로나는 슬픈 삶을, 주코는 지루한 삶을 팔기 위해 자주 환전소를 드나들었다.

보름달의 밝기는 절정에 달했고 그 빛에 조응하듯 국경시장 또한 거대하게 부풀었다. 세 개의 골목이 여섯 개로, 여섯 개의 골목이 다시 열두 개로 늘어났다. 밤이 깊을수록 더 많은 상인이 쏟아져나와 좌판을 여는 탓이다. 모두가 즐겁게 만월의 밤을 즐기고 있는 가운데 오직 나 혼자만 무엇에도 마음이 동하지 않았다.

로나는 마음에 드는 팔찌를 보는 족족 왼쪽 손목에 끼었다. 그녀는 '눈금' 두 개를 가릴 만큼 팔찌가 늘어났을 때 정색하며 내게 물었다.

"정말로 사고 싶은 게 없니?"

나는 어깨만 으쓱할 뿐이었다. 아무것도 원치 않았기 때문에 내 기억은 그대로였고 주머니도 여전히 비어 있었다.

두 사람 중에서도 주코의 낭비벽이 더 심했다. 기억을 팔면 팔수록 주코는 점점 더 강박적으로 물건을 샀다. 십여 미터 되는 골목에 들어선 여러 노점의 물건 전부를 사버린 것은 낭비의 절정이었다. 고르는 것도 귀찮다는 듯 좌판의 물건을 '전부 다' 달라고 한 것이다. 주코는 한여름의 산타클로스처럼 길 가는 사람들에게 물건을 마구 안겼다. 나는 이런 식으로 주목을 끄는 게 싫었다.

"목이나 축여야겠다. 광장 카페에 가 있을 테니 끝나면 데리러 와."

로나만 따로 불러 이렇게 말했다. 그녀는 고개를 끄덕인 후 주머니에서 비늘 한 줌을 꺼내 내 손에 쥐여주었다.

길동무들과 헤어지자 비로소 시장의 모습이 눈에 들어오는 것 같았다. 나는 홀가분한 기분으로 거리를 거닐었다.

광장을 지나쳐 조금 더 산책을 연장하기로 했다. 되도록 사람이 없는 곳, 어둡고 한산한 곳만 골라 다녔다. 뒷골목에서 누군가 느리게 아코디언을 연주하고 있었다. 지나가던 남녀 한 쌍이

걸음을 멈추고 음악에 맞춰 춤을 추었다. 밤과 음악과 가벼운 비애가 합쳐져 눈앞에 펼쳐진 것 같았다. 나는 처음으로 비늘을 꺼내 아코디언 연주자의 통 속에 넣었다.

인파 속을 서성이는 사이 막연한 확신이 들었다. 내가 원하는 물건이 무엇인지 알 수 없지만 눈앞에 나타나면 즉시 알아볼 것이라는 근거 없는 믿음이었다. 가면을 파는 가게에서 마침내 그런 상품을 찾아냈다. 어린 시절에 최초로 만들었던 종이가면과 놀랍도록 흡사한 것이었다. 소년잡지의 별책부록으로 딸려온, 당시에 한참 유행하던 로봇의 머리 부분이 굵은 펜선으로 그려진 가면이다.

나는 크레파스를 쥐는 것도 서투른 꼬마였지만 그 가면만은 반드시 내 손으로 완성하고 싶었다. 반나절을 꼬박 들여 색칠하는 일에 매달렸다. 어머니가 가위로 종이를 오려주고 구멍을 뚫어주었다. 마지막으로 까만 고무줄을 달자 마침내 완성이 됐다. 나는 가면을 썼다…… 아무 일도 일어나지 않았지만 동물 탈을 쓴 원시 부족처럼 등줄기에 기합이 가득 들어가는 느낌이었다.

한동안 어딜 가나 가면을 들고 다녔지만 고무줄이 달린 귀 부분이 떨어지면서 서랍 깊숙이 넣어두었다. 이후로 영영 잊고 있었는데 갑자기 그 물건이 나타난 것이다.

"이거, 얼마죠?"

놀랍게도 가격이 매우 비쌌다. 가지고 있는 비늘로는 턱없이 모자랐다. 잊었던 기억을 상기시키는 물건을 사기 위해 남아 있는 기억을 팔아야 하다니, 나는 잠시 말을 잃었다.

"비싸면 관두쇼."

망설이는 나를 보자 상점 주인이 돌아섰다. 국경시장에서 상인과 손님과의 거래는 이런 식이다. 전당포 주인과 손님의 관계처럼 일방적이고, 부당하고, 난폭하기까지 하다. 하지만 종이가면을 꼭 손에 넣고 싶어진 나는 양해를 구하고 환전소를 찾았다.

인생에서 좋았던 순간이라고는 아버지와 떨어져 살던 시절밖에 없으므로 유년을 팔 생각은 터럭만큼도 없었다. 나는 아버지가 해외 파견근무를 마치고 귀국한 이후의 기억 일부를 팔기로 마음먹었다.

가면을 사고 난 다음에도 비늘은 꽤 많이 남아 있었다. 약속한 카페로 갈까 하다가 길거리 음식을 맛보기로 했다. 낯선 음식을 먹으며 재료와 요리법을 추측하는 것도 꽤 즐거울 것 같았다.

나는 머릿수건을 두른 뚱뚱한 여자의 노점 앞에 앉았다. 되도록 많은 음식을 맛보기 위해 주문한 요리를 모두 한 입씩만 먹었다. 입안을 헹구려고 술도 곁들였다. 조금씩 먹었는데도 어느새 포만감이 밀려왔다. 나도 모르게 포크를 쥔 채 꾸벅꾸벅 졸기 시작했다.

내가 기억하는 것은 꿈이 네 조각으로 갈라지는 순간부터다. 달콤한 꿈을 꾸고 있었기에 깨어나지 않으려고 힘껏 꿈을 붙들었다. 그러나 꿈은 '힘껏' 붙들 수 있는 게 아니었다. 그럴수록 의식이 선명해져 도리어 깨어버리니 말이다.

'여기가 어딜까.'

낯선 침대 위에서 눈을 뜬 나는 천장에 붙은 도마뱀을 멍하니 쳐다보았다. 국경시장의 일들이 꿈처럼 허망했다. 그러나 창밖을 내다보니 여전히 보름달이 휘황했고 두 줄로 이어진 노점 불빛이 허공에 빛의 복도를 이루고 있었다. 열두 골목들이 밤바다를 가르는 호화 유람선처럼 눈부시게 빛났다.

누군가가 문을 열고 들어왔다. 흑단처럼 검고 청동처럼 매끈한 피부의 여인이었다. 무슨 말인가를 했는데 안타깝게도 전혀 알아들을 수 없는 외국어였다. 뜻이 통하지 않자 여인은 내 손을 잡더니 어디론가 나를 이끌었다.

계단을 오르내리며 미로처럼 복잡한 복도를 지나가자 양탄자가 깔린 넓은 방이 나왔다. 많은 여인들, 줄잡아 스무 명이 넘는 여인들이 거기 있었다. 하나같이 금실로 수놓은 자수 허리띠를 둘렀을 뿐 벌거벗은 상태였다. 거울로 된 천장과 벽들이 여인들의 숫자를 왜곡시켰다. 그들은 누가 먼저랄 것도 없이 다가와 침상에 나를 눕혔다.

나는 무자비한 쾌락에 두들겨맞아 정신을 차릴 수 없었다. 내 인생에서 비슷한 경험이라고는 집단폭행을 당한 순간뿐이었다. 눈앞의 쾌락 또한 구타와 비슷한 부분이 있었다. 고개를 젖혀 거울 달린 천장을 바라보자 만화경 속의 무늬들이 모양을 바꾸듯 나와 여인들의 결합이 끊임없이 다른 모습으로 변하고 있었다.

엔토르, 자레르, 이와쉬, 그리고 느네카…… 그녀들의 이름을 알기 위해 내가 몇 년치의 기억을 팔았는지도 가물가물하다. 아득한 시간이 흐른 것 같은데, 따지고 보면 달이 동쪽으로 몇 걸음 옮겨갈 정도의 시간이 지났을 뿐이었다.

여섯번째 환전을 하고 나오는데 길 한복판에 유달리 인파가 북적거렸다. 원을 이룬 사람들 가운데 목 없는 남자의 시체가 뒹굴고 있었다. 얼굴은 사라졌지만 나는 그 옷을 똑똑히 알아볼 수 있었다. 식당에서 만난 남자가 입고 있던 중국식 상의였다. 순간 온몸의 털이 곤두서는 것 같았다.

"로나! 주코!"

뒷걸음질치다가 문득 큰 소리로 친구들을 불렀다. 그들을 찾아 이곳을 빨리 나가야 한다는 생각뿐이었다. 남자의 최후가 그 이유를 말해주고 있었다.

다시 모이기로 한 카페에 가봤지만 친구들의 모습은 보이지 않았다. 나는 그때부터 국경시장에서 들렀던 모든 골목과 상점을 거꾸로 되짚기 시작했다. 입이 바짝 마르고 목이 잠겨 소리가 잘 나오지 않았다. 어느새 관광객의 숫자가 현저하게 줄어들어 불안감은 더욱 커졌다.

마침내 몇 개의 골목을 헤맨 끝에 뜻밖의 장소에서 로나를 발견했다.

"로나!"

로나는 인형을 파는 진열대 안쪽에 앉아 있었다. 마치, 상인처럼.

"뭐하는 거야? 빨리 떠나야 해."

팔을 잡아끌었지만 그녀는 꼼짝도 하지 않았다. 나를 전혀 알아보지 못하는 눈동자였다. 겁이 더럭 난 나는 빠르게 설명했다. 나 몰라? 주코와 함께 몇 시간 전에 여길 왔잖아. 술을 얼마나 마신 거야…… 하지만 아무 소용이 없었다.

나는 답답한 마음에 가슴을 마구 쳤다. 로나는 겁먹은 표정이 되어 뒤로 물러나더니 짚이는 게 있는지 안에서 사진 한 장을 꺼내왔다. 그러고는 사진과 나를 번갈아 쳐다보다 내게 내밀었다. 로나와 내가 다합에서 찍은 사진이었다. 뒤에는 '나를 데리러 온 남자에게 줄 것'이라는 메모가 적혀 있었다. 로나의 글씨였다.

이 종이를 읽을 때쯤 나는 너를 알아보지 못할 거야. 기억을 모두 팔아 이 가게를 샀거든.

첫 줄을 읽자마자 무슨 일이 벌어졌는지 알 수 있었다. 로나는 마지막 환전을 하기 전에 이 글을 써두었던 것이다.

전 세계를 돌아다녔지. 처음에는 육 개월, 다음엔 이십오 개월, 그다음엔 오 년이 걸렸어. 떠날 때마다 내 여행은 점점 더 길어져. 비행기를 타면서 이번이 마지막이라고 스스로에게 다짐했어. 수많은 나라에서 이방인이 되어봤으니 진정한 고향을 발견하면 그곳에 머물러 다시는 떠나지 않겠다고.

"여기가 네 고향이라고?"
이미 대답할 수 없게 된 로나에게 물었다. 그녀는 의아한 눈빛으로 나를 바라보았다. 설명을 해야 할 사람은 나라는 듯이. 나는 눈물을 흘리는 대신 마지막 문장을 읽었다.

다음 만월에 날 만나러 와줘.

그녀는 모든 기억을 전소시킨 순간에 이런 부탁을 남겼다. 로나는 더이상 로나가 아니었다. 우아한 독신 귀족 같은 여자는 이제 사라졌다. 그녀는 슬픈 기억을 모두 버린 후에도 여전히 세상으로 나갈 자신이 없었던 것이다.

로나는 내게서 천천히 고개를 돌렸다. 그녀의 텅 빈 눈동자는 거리의 손님들을 향해 있었다.

달이 기울어지자 문 닫는 가게들이 하나둘씩 늘어났다. 만월의 밤에만 열리는 국경시장은 달의 고도에 따라 번영하다가 쇠퇴하는 것이다.

나는 아직 빛이 남아 있는 거리를 향해 발걸음을 돌렸다. 로나가 이곳에 뿌리를 내려버렸으니 주코라도 찾아야 했다. 어쩌면 기억을 모두 팔고 중국식 상의를 입은 남자와 마찬가지 신세가 됐을지도 모른다는 생각에 조바심이 났다. 기울어진 달을 보니 시간이 많지 않았다.

나는 가장 높아 보이는 건물의 지붕 위로 올라갔다. 높은 곳에서 내려다보면 미로 같은 시장을 빠져나가는 길을 쉽게 찾을 수 있을 것 같아서였다. 곳곳에서 파장의 기색이 역력했다. 내 눈길을 끈 것은 샛강 한 줄기가 시장 뒤쪽으로 흘러들어온 곳이었다. 거기에는 커다란 가방을 멘 장발의 남자가 환전상을 붙들고 실랑이를 벌이고 있었다.

'주코!'

놀란 나머지 지붕에서 떨어질 뻔했다. 멀리서 봤지만 주코가 틀림없다. 잠깐 사이에 주코는 환전상에게서 무언가를 강제로 뺏어 달아나려 했다. 나는 정신없이 내려가 샛강을 향해 마구 달렸다.

막상 도착해보니 주코의 모습은 보이지 않았다. 다리 위에 책으로 가득한 가방이 버려져 있을 뿐이었다.

순간 불길한 예감이 엄습했고 나는 고개를 들었다. 강 한복판을 향해 주코가 헤엄쳐가는 것이 보였다. 더이상 물고기를 살 수 없자 직접 잡으려고 뛰어든 것이다. 그러나 이 물고기들은 십오세 미만의 소년에게만 잡힌다고 하지 않았던가.

"주코, 돌아와!"

있는 힘을 다해 소리쳤지만 돌아본 건 주변의 소년들뿐이었다. 주코의 몸은 부글거리는 거품 속에, 달빛을 받아 황금색으로 빛나는 포말 속에 휩싸여 있었다. 수백의 물고기들이 달려들어 기억을 잃어버린 텅 빈 육체를 공격하기 시작한 것이다. 사지를 물어뜯긴 주코의 주변으로 핏물이 확 번졌다. 동시에 길고 고통스러운 비명이 메아리쳤다.

물고기떼가 흩어졌을 때 강에는 아무것도 남아 있지 않았다. 덤덤하게 이 장면을 지켜보던 소년들이 강으로 뛰어들어 포식한 물고기들을 맨손으로 잡았다.

국경시장의 먹이사슬을 목격한 나는 무력한 공포에 사로잡혔다. 그제야 거리를 가득 메운 여행객들이 어디로 사라졌는지 알 것 같았다. 달이 저물기 전에 시장을 빠져나가지 못한다면 내 운명은 어떻게 될 것인가.

나는 빛이 남아 있는 골목을 향해 달리기 시작했다. 왕성한 번식력을 자랑하던 시장은 열두 개의 골목에서 여섯 개의 골목으로, 여섯 개의 골목에서 다시 세 개의 골목으로 줄어들고 있었다. 모든 것이 변덕스럽고 믿을 수 없는 달의 음모인 것이다. 이미 동쪽 끝에서부터 새벽이 시작되고 있었다.

이제 국경시장에는 단 하나의 골목만 남아 있을 뿐이었다. 거리를 달리는 사람 또한 나 혼자였다. 길의 끝에서부터 불어온 바람이 채찍처럼 내 등을 후려쳤다. 최후의 골목마저 줄어들고 있어 숨이 막히도록 뛰어야 했다. 더이상 내 뒤로 빛도, 소리도, 냄새도 느껴지지 않을 무렵에서야 안개에 휩싸인 사면상의 모습이 드러났다.

거대한 사면상을 통과하자 보이지 않는 육중한 문이 닫히는 소리가 들려왔다.

*

그루터기 앞에서 무릎이 꺾인 나는 간밤에 먹은 술과 음식을 모조리 토했다. 토해도, 토해도 끝이 없었다. 흐르는 침과 눈물을 소매로 닦은 후 벌렁 드러누웠다. 어디선가 새소리가 들려왔다. 나는 아침의 명백함을 일깨워주는 새들에게 강렬한 적개심을 느꼈다.

겨우 숨을 고르고 몸을 일으켜보니 거기에는 내가 두려워한 풍경이, 아무것도 없는 텅 빈 벌판이 펼쳐져 있었다. 거대한 사면상도, 열두 골목을 가득 메운 이국적인 상품도, 물고기를 잡던 소년들과 수상한 환전상도, 멋진 창녀들과 처음으로 산 종이가면도, 로나와 주코도 모두 사라지고 없었다. 부서진 노란 물고기 비늘만이 지나간 밤을 증거하고 있을 뿐이었다. 나는 먼지바람이 불어오는 강둑에 서서 풀숲 사이의 허공을 뚫어지게 바라보았다.

빛나는 거리들은 어디로 갔단 말인가. 나는 그저 술과 밤에 취한 어리석은 방랑객일까? 지구 한복판을 통과해 반대쪽으로 나온 사람처럼 모든 것이 낯설었다. 간신히 국경시장에서 탈출한 나는 망연히 주저앉아 도리어 지난밤의 일들을 떠올리고 있었다. 기억을 너무 많이 팔아버린 내게 그리워할 것이라고는 그곳밖에 남아 있지 않기 때문인가?

눈을 감았다. 눈꺼풀 안에 아직 국경시장의 모습이 남아 있으니까. 소경이 자기 어둠 속에서 만들어낸 풍경에 머물러 있는 것처럼 나는 눈을 감은 채 풀숲에 누워 잠이 들었다. 다시 눈을 떴을 때 어제와 비슷한 달이 내 몸을 비추고 있었다.

그러나 이지러진 달은 나를 국경시장에 데려가주지 않았다.

*

　조는 팩스를 내려놓고 한숨을 쉬었다. 보고서를 작성하기에는 도움이 되지 않는 글이다. 하지만 대민업무에 치인 육 년 근무를 통틀어 가장 흥미로운 사건이기도 했다. 조는 석방될 남자를 직접 데려오기로 마음먹었다. 어차피 임시여권이 발급될 때까지 그가 돌봐야 할 터였다.

　민원이 밀려 그날은 출발할 수 없었다. 다음날은 영사관의 휴무라 하루가 더 미뤄졌다. 그 이틀 사이로 조는 남자를 영원히 데려올 수 없었다. 발작을 일으킨 남자가 병원으로 호송되는 도중에 숨을 거두고 말았던 것이다.

　"노란 가루 있잖아요? 그게 눈꺼풀에 묻어 있더라고요. 이상한 일이죠? 다 압수한 줄 알았는데……"

　시체를 지켜본 경찰이 못내 신기했는지 통화 끝에 이런 말을 덧붙였다.

다음 만월에 날 만나러 와줘

1

메싸이는 태국의 국경 근처에 있다. 여행자의 눈길을 끌 만한 요소는 없는 지방도시로, 볼 곳도 할 것도 먹을 것도 변변찮은 곳이다. 나는 한 시간 전에 이곳에 도착했다. 권태에 찌들어—내 여행은 막바지에 접어들고 있었다—발길 닿는 대로 돌아다니다가 과일주스를 샀다. 이곳에 온 대부분의 여행자들은 태국 비자를 연장하거나 미얀마로 가기 위해 국경을 넘는다.

그러나 나는 국경을 넘지 않았다. 과일주스를 마시며 국경을 구경하는 게 그날 일과의 전부였다. 국경에는 콕 강이 흘렀고, 다리 중간에 검문소가 있다. 내 눈에는 다른 나라가 코앞에 보이는 것보다 주변에 거대한 시장이 형성된 것이 더 신기했다. 두 나라의 상인들이 노천에 온갖 물건을 늘어놓았는데 생필품을 사고파는 곳이라 그런지 자잘한 공산품이 많았다.

높은 습도 때문에 뇌 속이 오래 데친 시금치처럼 흐물흐물해진 느낌이었다. 나는 볕이라도 피해볼 요량으로 다리 아래로 내려갔다. 콕 강은 아주 작아서 강이라기보다 개천에 가까웠다. 더러운 물에는 반짝이는 물비늘이 돋아 있었고, 고기 잡는 소년들의 검은 등도 달군 조약돌처럼 반들거렸다.

어떤 빛을 만나면 반드시 종이를 찾게 되는데, 그 빛이 그랬다. 소년의 등에서 반사된 정오의 햇빛과 마주치자 여행 내내 꼼짝 않던 수첩이 그제야 진동했다.

'국경시장'

일단 제목부터 썼다.

2

환상성이 강한 무대를 만들면 이야기의 중력을 고민하게 된다. 내 소설이 뜬구름 잡는 얘긴가 아닌가 자문하며 현실에서 영 벗어날까봐 두려워하는 것이다. 솔직히 털어놓자면 첫 책을 묶을 때까지 나는 현실과 환상이 앞뒷면을 이루는 카드를 선호하는 편이었다.

그런데 여행지에서 제목만 정해온 이 글 무더기를 통과하는 동안, 환상이 스스로의 플롯을 만들기 시작했다. 일대일의 조응은 사라졌고 모호한 골목들이 새로 열렸다. 어처구니없는 줄거리지만 인물들은 그 길을 택해 걸어갔다. 감각에 복종해 마침표를 찍고 나니 아주 낯선 실종은 아닌 듯싶었다.

언제나 소설은, 소설쓰기를 예감할 때가 가장 행복하다. 움베르트 에코 식으로 말하면 '씨앗 관념'이 싹터올 때 말이다. 동결된 순간이 언어를 통과하며 녹는 시간들, 그러니까 집필의 시간들은 유실되는 것이 하도 많아 고통스럽다. 그러나 더 힘든 것은 백지가 백지인 채로 완강할 때다. 그럴 때면 나는 내 환상에게 로나의 입을 빌려 말을 걸고 싶다. 다음 만월에 날 만나러 와줘. 보름이 지났으니 새 이야기를 시작할 수 있도록.

3

지난 이 년간 아르바이트를 하지 않았다. 용케도 전업작가처럼 살았는데 왜 그런가 생각해보니 이 책의 빚이 크다. 종이에는 날마다 거짓부렁을 늘어놓으면서도 3회째 내 글이 수상작이 되었다는 전화는 도무지 허풍 같고 믿어지지 않았다. 책에 연루된 모든 이들과 독자들에게 감사하다. 이렇게 써놓으니 고별사 같아 뭣하지만 인사를 생략하고 글을 닫긴 어려웠다. 고맙습니다. 모두들.

주고받은 것

장은정

　여기 세 명의 장기여행자들이 모였다. 이들에게 여행이란 떠나온 곳으로 돌아가는 우회로가 아니라 더이상 나아갈 수 없는 막다른 길과 같다. 그 때문에 그들의 여행은 낯섦이 선사하는 설렘과 흥분 대신 오래된 피곤과 고단함으로 지쳐 있다. 각자 자신만의 긴 복도를 외롭게 통과해온 그들은 이제야 진짜 여행을 떠날 준비를 하는 것처럼 정전 속에서 온갖 음식들과 술, 마리화나로 가득한 일주일간의 긴 파티를 벌인다. 파티가 끝나자 셋은 지금이야말로 "떠나야 할 순간이라는 것"을 알아차리고 국경을 향해 나아간다. 그러나 도착하게 된 곳은 만월 속에서만 열린다는 화려한 국경시장이다. 이렇게 그들의 진짜 여행이 시작된다.

　N국과 P국 사이, 국가와 국가 사이의 경계 속에서 달빛처럼 부풀어오른 이 제3의 공간은 대체 어디인가. 이곳이 '분위기'

속에서 형성되었다는 사실에 주목하자. 헤매던 숲길의 끝에서 드디어 정면으로 마주한 보름달, 소년들이 잡고 있는 물고기, 소년들이 태워다주는 배를 타고 건넌 강, 이 모든 낭만적인 정황들은 뚜렷한 실체 없이 그저 몽환적이고 달콤한 분위기만을 풍기는데, 이 분위기는 단지 매혹적으로 읽히는 서사의 설정에 그치지 않는다. 그들은 아무리 벗어나려 해도 벗어날 수 없었던 삶이라는 복도의 끝에서 마지막 만찬을 즐겼으며, 이제 그 복도를 완전히 벗어나기 위해 필요한 모든 준비를 마친 상태였다. 그때 찾아온 이 몽환적 분위기는 자신의 삶으로부터 '드디어' 벗어날 수 있다고 믿게 만드는 결정적인 유혹의 표지였던 것이다.

국경시장에서 그들은 기억을 팔면서 본격적으로 그들을 가두었던 삶을 탕진하는 것에 몰두한다. 로나는 슬픈 기억들을 팔고, 주코는 지루한 기억을 팔아넘긴다. 기억과 화폐를 교환하는 행위는 그 자체로 국경시장의 원리를 반영하고 있다. 로나가 팔아넘긴 기억의 고유성과 주코가 팔아넘긴 기억의 고유성은 전혀 다른 종류의 것이지만, 이것을 물고기 비늘과 교환하는 순간 그들의 기억은 고유성을 잃고 화폐라는 동일한 추상적 속성으로 전환되고 만다. 그런데 이것은 자본주의 시장의 원리가 아닌가. 일찍이 마르크스가 성찰했듯 상품은 각 물건의 질적인 차이를 통해 구별되는 사용가치를 기반으로 형성된다. 그러나 이 사용가치가 다른 물건들과의 관계를 통해 형성되는 교환가치로 전환되면 그 질적 차이는 삭제되고 양적인 차이로만 인지되고 만다. 이러한 고유성의 박탈이야말로 '상품'이 형성되는 데 있어서 가장 결정적이다. 즉, 그들이 자신의 기억을 물고기 비늘과 교환하겠다고 내놓는 것은 그 자체로 자신의 기억을 다른 물품의 가치와 비교 가능한 상품으로 간주했기 때문이다.

파티중에 주코가 중얼거리는 노랫말을 기억하는가. "나는 소년을 죽였노라, 내 기분을 위해……" 로나와 주코는 오로지 '분위기'로만 이루어진 곳에서, 해방되는 순간의 '기분'을 위해 기억으로 이루어진 삶을 내어놓기를 망설이지 않는다. 로나의 손목에 그어진 눈금이 새로 산 팔찌로 점차 가려지는 장면은 개인의 고통스러운 기억을 소비가 어떤 식으로 활용하는지를 단적으로 잘 보여준다. 이처럼 로나와 주코는 그들의 기억을 화폐로 교환함으로써 자신의 고통스럽던 고유성을 추상적 단위로 전환시키고 고통스러웠던 삶으로부터 흥청망청 달아난다. 역설적인 것은 그들이 주체적으로 과거를 떠나보내기보다는 국경시장이라는 장소에 잠식당하는 형태로써 삶을 탕진하는 것처럼 보인다는 점이다. 결국 그들이 최초로 떠난 여행인 국경시장은 "진정한 고향"이자 '무덤'이 되어버린다.

그런 점에서 '나'가 보여주는 소비의 방식은 흥미롭다. 어린 시절에 만들었던 가면과 흡사한 물건을 사기 위해 나쁜 기억을 팔고, 폭력에 가까운 무자비한 쾌락 속에서도 창녀들의 이름을 알기 위해 기꺼이 기억을 판다. 그는 탕진하기 위해서가 아니라 기억하고 간직하기 위해 거래한다. 그 때문에 그는 국경시장의 잔혹한 거래구조를 깨닫고 출구를 찾아야 한다는 사실을 잊지 않는 유일한 존재이다. 하지만 그곳에서 탈출하자마자 국경시장에서 산 모든 것은 사라져버린다. 먹었던 술과 음식 들을 남김없이 게워낼 뿐 아니라, "기억을 상기시키는 물건을 사기 위해 남아 있는 기억을 팔아야" 하는 역설을 감내하면서까지 구입한 물건들도 사라지고 만다. 국경시장에서 팔았던 것은 '기억'이라는 구체적 개별성이지만, 사들인 것은 그저 곧 사라져버릴 '분위기'에 불과했던 것이다. 결국 간밤에 보름달처럼 차올랐던 포만감은 이제 공허로 밀려든다. 그에게 남아 있는 것이라곤 "아무것도 없는 텅 빈 벌판"과 "강렬한 적개심"을 불러일으키는 "새소리" 뿐이다. 결국 시장 내부에서 이루어지는 거래는 삶을 보존하는 데 사용할 때조차도 삶의 고유성을 요구한다.

이처럼 화폐의 무표정에는 그 어떤 인간적 속성도 깃들어 있지 않다. 시장의 입구에 들어설 때 서 있던 사면상에 "성별과 감정이 모호한 사람의 얼굴이 새겨져" 있던 것이나, 물고기를 잡던 소년들의 "눈빛에서는 호의와 악의 중 어떤 신호도 읽어낼 수 없었"던 것은 이 때문이다. 이처럼 국경시장은 소설적 상상력이 만들어낸 환상의 자율적 공간이지만, 현실로부터 완전히 무관한 독립적 공간은 아니다. 이때의 환상적 설정은 마치 물이 가득 차있던 물컵에 더 물을 부어 컵을 넘쳐나는 것과 같이, 소설의 바깥인 우리의 현실세계에 생동감 있는 상상력을 부어 현실을 초과함으로써 생겨난 공간인 것이다.

이 '초과'에 집중해서 읽을 때, 이 소설은 더욱 흥미진진해진다. 이 소설은 세 겹으로 이루어져 있다. 조가 속해 있는 곳은 이야기를 듣는 세계로서 독자의 자리와도 같다. 이곳이 소설의 시작과 끝을 감싸고 있다. 두번째는 나와 로나, 주코가 국경시장에 가기 전까지의 삶이 있던 곳이다. 그리고 마지막으로 소설의 중핵에 위치한 곳이 바로 국경시장이다. 세 겹의 세계는 내용으로는 구분되어 있지만, 이 소설의 이야기가 '나'가 첫번째 장소에서 기억나는 것들만을 추려 두번째와 세번째 세계를 새롭게 재구성한 것임을 다시 짚어본다면 이 세 가지의 세계의 핵심이 바로 '나'임을 알 수 있다. 그러니 우리는 이 세 가지 세계에 모두 속해본 적 있는 '나'를 중심으로 소설을 다시 한번 종합해야 한다.

나와 로나, 주코가 두번째 구체적 삶의 세계에서 세번째 국경시장의 세계로 건너갈 때, 우리들 역시 그들과 함께 건너간다. 그런데 그들의 행로와 독자 사이에 갈림길이 생겨나는 지점이 있다. 환상적 세계 속에서 기억을 팔고 첫 거래를 시작할 때까지만 해도 우리는 놀라움과 즐거움 속에서 그들과 함께 존재하지만, 로나와 주코가 점차 광기에 사로잡혀가고 '나'가 그 사실로부터 거리를 두기 시작하는 것을 통해 우리는 사실상 이곳이 그저 환상적 공간이 아니라 우리의 현실적 세계와 퍽 닮아 있음을 점차 깨닫게 된다. 결국 독자의 입장에서 보면 소설의 환상적 공간 속으로 들어서는 것은 결국 우리가 속해 있는 현실적 세계로 들어서는 것과 다르지 않다. 그리하여 우리는 이미 이와 같은 국경시장에 속해 있을지 모른다는 인식에까지 다다르게 된다. 그제야 '나'처럼 이곳의 출구가 어디에 있는 것인지 서둘러 두리번거리게 되는 것이다. 이 단계까지 이르게 되면 이 소설은 네번째 겹의 세계를 형성하게 된다. 그것은 소설 바깥의 우리가 살아가

고 있는 세계다. 이 소설은 그 자체로 상품들에 둘러싸여 살아가
는 현대인의 유서가 아닌가. 우리는 알록달록한 팔찌로 무엇을
가리고 있는가. 보이지 않는 육중한 문이 닫히고 있다.

장은정
명지대 문예창작과 박사과정 재학중.
2009년 대산대학문학상에 평론이 당선되어 등단.

이영훈

모두가 소녀시대를 좋아해

.
.
.
.
.

작가노트 탐정이 되는 법
해설 이학영_아케이드에서 공룡이 살아가는 법

이영훈
2008년 문학동네신인상을 수상하며 작품활동을 시작했다. 장편소설
『체인지킹의 후예』, 중편소설 『연애의 이면』이 있다. 문학동네소설상
을 수상했다.

모두가 소녀시대를 좋아해

집요하게 비를 뿌리는 11월의 하늘을 향해 일곱 개의 다리가 뻗쳐 있었다. 아케이드의 입구에 걸린 신발회사의 대형 광고판이었다. 각각 다른 생김새의 신발을 신은 다리들은 회색의 하늘을 배경으로 더욱 도드라져 보였다. 광고판 아래쪽에 알록달록한 색깔의 과장된 알파벳이 그려져 있었다. 나는 알파벳이 뜻하는 문장을 입으로 중얼거렸다.

"위, 아, 더, 슈즈."

그러니까, 너희들이 신발이란 거니?

그럴 리가 있나. 다리의 주인은 소녀시대였다. 회사의 동료 한 사람이 얼마 전 들려준 이야기가 떠올랐다. 이제는 소녀시대를 모르는 게 더 창피한 거야. 동료는 침을 튀겨가며 소녀시대에 대한 칭찬을 늘어놓았다. 업무에도 도움이 된다구. 일 이야기만 하는 건 딱딱하잖아. 가끔 애들 이야기를 섞기만 해도 대화가 한결 부드러워진단 말이야. 웃어넘기긴 했지만 아주 무시할 수도 없는 소리였다. 실제로 내 또래의 남자들과 술자리를 할 때마다 소녀시대는 빠지지 않는 화젯거리였다. 소녀시대에 대한 이야기를 꺼내면 분위기는 한결 화기애애해졌다.

매끈하게 뻗은 종아리들을 눈으로 훑으며 다리 주인의 이름을 하나씩 외워보았다. 준, 아영, 위니, 세리, 민희, 성아, 그리고.

한 명의 이름이 가물가물 기억이 나지 않았다. 누구였지? 다시 광고판을 봤다. 한껏 다리를 들어올린 소녀들은 인기가 많은 순서대로 일렬로 줄을 지어 화사하게 웃고 있었다. 맨앞의 준은 한눈에 제대로 들어오지 않을 만큼 커다란 얼굴로 웃고 있었고 그 뒤로 세리, 위니, 아영, 민희, 성아가 서 있었다. 원근에 따라 소녀들의 얼굴은 점점 작아졌다. 이름이 기억나지 않는 멤버는 줄의 끝에 서 있었다. 눈을 가늘게 뜨고 얼굴을 들여다봐도 끝쪽에 조그맣게 번진 그녀의 얼굴은 간신히 형체만을 이루고 있었다. 작은 점이 된 그녀의 얼굴에서 떠오르는 것은 생소한 음절들뿐이었다.

이름을 기억하는 것을 포기하고 주변을 둘러봤다. 지하철 삼성역과 연결된 통로를 따라 간간이 사람들이 지나다니고 있었다. 아케이드 입구는 한적했다. 핸드폰을 열어 시간을 확인했다. 일곱시를 조금 넘은 시각이었다. 그대로 그녀에게 전화를 걸었다. 몇 번의 신호음이 울리다 끊어지고 잠시 후 문자메시지가 날아들었다. 조금 이따 전화드릴게요. 아직 업무가 덜 끝난 모양이었다. 건조한 문자였지만 전화를 피하지 않는 것을 다행스럽게 생각해야 할지도 모른다.

　그녀와 나는 결혼정보회사의 주선을 통해 만난 사이였다. 특별히 규칙이 정해진 것은 아니지만 회사에서 주선한 만남은 세 번의 데이트를 거치게 되어 있었다. 세 번의 데이트가 끝난 후에는 만남의 상대와 관계를 계속해나갈 것인지 아니면 다른 상대를 만나볼 것인지 결정해야 했다. 만남을 계속한다면 그 시점에서 회사와의 계약은 끝이 났고 다른 상대를 만나려면 추가비용을 지불해야 했다. 회사를 통해 대여섯 명의 여성을 만나봤지만 결과는 신통찮았다. 마음에 드는 여성이 없었던 것은 아니지만 내가 만남을 계속하고 싶어하는 여성은 나를 거절했고, 간혹 나를 마음에 들어하는 여성들은 내 쪽에서 싫었다. 만남이 계속될 때마다 추가비용은 착실히 통장에서 빠져나갔다.

　회사에서 주선하는 만남에 회의가 들기 시작할 무렵 그녀를 만났다. 첫인상은 그저 희미했다. 그러나 두번째 만남에서 뭐, 이 여자라면, 하는 생각이 들었다. 더도 덜도 말고 그저 뭐, 이 여자라면, 대충. 단순한 결정이었다. 특별한 미인은 아니지만 그렇다고 아주 밉상도 아니었다. 부딪칠 만한 취향이나 취미도 없었다. 두 자매 중 동생이라는 것도 맘에 들었고 언니는 외국에 나가 산다는 것이 좋았다. 사무원치고는 연봉이 괜찮았고, 결혼 후에도 할 수 있는 일이란 것도 마음에 들었다. 넉넉한 집안은 아니지만 그럭저럭 도움을 받을 수 있는 형편이란 게 안심이 됐다. 더이상 회사에 추가비용을 지불하는 게 싫었고, 그렇다고 아무런 소득 없이 회사와의 관계를 끊는 것도 싫었다. 새삼스레 뜨거운 사랑을 시작하고 싶은 게 아니었다. 그저 몇 개월간 만나보고 싶은 상대를 결정하는 거라면 그녀는 알맞은 상대였다. 그녀쪽에서도 특별히 싫지 않은 반응을 보였으므로 이쯤에서 결정을 짓는 게 좋을 것 같았다.

11월 11일에 날짜를 맞춰 세번째 약속을 잡았다. 장소는 그녀회사에서 가까운 삼성역으로 정했다. 역 근처 아케이드의 적당한 식당을 예약하고 갖고 있는 옷 중에서 제일 괜찮은 은색 양복을 입었다. 오늘, 나는 그녀에게 정식으로 교제 신청을 할 생각이었다.

광고판 속의 소녀시대를 봤다. 커다란 두 눈을 반짝거리며 입꼬리를 올린 준이나 살짝 입을 벌리고 도자기처럼 하얀 앞니를 드러낸 세리가 눈에 들어왔다. 육감적인 위니의 몸매도 좋았고 잘 뻗은 아영의 다리도 예뻤다. 저절로 미소가 지어졌다. 아마도 저기 있는 소녀들 중 한 명이 내게 다가온다면 그대로 사랑에 빠질지도 모른다. 하지만 소녀시대의 누군가와 만나려면 대체 어느 정도의 추가비용이 필요할까? 무엇보다 저애들이 과연 나와의 만남을 계속하는 것을 바랄까? 어딘가의 초등학교 선생이나 회계사에게도 거절당하는 나를 말이다.

핸드폰이 울렸다. 전화를 받아들었다. 한껏 목소리를 낮춘 그녀가 말했다. 전화하셨죠. 네, 오늘 약속 때문에요. 그거 말인데 다음으로 미루면 안 될까요? 다음으로요? 왜요? 갑자기 일이 생겼어요. 어딘가에서 계산이 틀어진 모양이에요. 잠시 말문이 막혔다. 일이 생겼다니. 엉성하게 만든 변명 같기도 했지만 정말로 일이 생겼다 해도 불쾌했다. 다음으로 미루는 건 곤란한데요. 미리 예약해둔 식당이라서 말이죠. 식당을 예약하셨어요? 이번엔 그녀가 잠시 침묵했다. 그러시면, 그녀가 말을 이었다. 한두 시간 정도 늦겠지만 나갈게요. 삼성역이었죠? 네, 거기 아케이드 안이에요. 지금 거기 괜찮아요? 뭐가요? 거기 교통 통제하고 있잖아요. 교통 통제요? 네, 오늘하고 내일, 거기에서 G20 정상회의가 있잖아요. 그제야 아케이드 입구에 걸린 안내판이 눈에 들어왔다. 찬찬히 안내판을 눈으로 좇았다. 전면적인 통제가 이뤄지는 것은 다음날인 12일이었고 오늘은 일부 시설만 통제된다는 문구가 적혀 있었다. 내심 불안했다. 아케이드 안을 들여다봤다. 통로에 늘어선 상점들 중 몇 군데에 불이 꺼져 있었다. 문을 연 곳도 있고, 열지 않은 곳도 있는 모양이었다. 예약을 해두었으니 식당이 닫혀 있을 염려는 없었지만 모르는 일이었다. 약속을 취소해야 할 것 같기도 했다. 하지만 이런 종류의 약속은 한번 미루면 영영 다시 기회를 찾기가 힘들다. 애써 차려입은 옷도 아까웠다. 망설이던 끝에 입을 열었다. 괜찮을 거 같네요, 늦더라도 오세요.

약도가 그려진 전광판을 보고 식당의 위치를 살폈다. 식당은 아케이드의 깊숙한 곳에 자리하고 있었다. 전화를 걸어 오늘 영업을 하느냐고 물었다. 여직원에게서 그럼요, 라는 명쾌한 대답이 돌아왔다.

드문드문 불이 꺼진 아케이드 안은 쓸쓸한 것을 넘어 을씨년스럽기까지 했다. 누렇게 조명이 뜬 복도에 발소리만이 둔한 메아리처럼 멀리 울렸다. 문을 연 음식점의 기름 냄새가 공기중에 떠돌고 있었다. 울컥 짜증이 치밀었다. 날을 골라도 하필 이런 날에, 장소를 골라도 하필 이런 곳에서 교제 신청을 해야 한단 말이지? 물론 일정을 확인하지 못한 내 책임이 크긴 했다. 하지만 약속을 잡은 것은 이 주 전이었고, 그사이 회사 일은 지독하게 바빴다. 무엇보다 여자와 만나는 일과 세계정상회의를 연결시킬 만큼 상상력이 뛰어난 사람이 있기나 할까. 데이트와 정상회의가 무슨 상관이라고.

그러나 예약한 식당에 도착하자 짜증은 어느 정도 누그러졌다. 식당은 깔끔하고 꽤나 분위기가 좋았다. 무엇보다 손님이 별로 없어 소란스럽지 않다는 것이 마음에 들었다. 어쩐지 그녀와의 이야기도 잘 풀릴 것 같았다. 그녀가 여기까지 오는 도중 아케이드의 가라앉은 분위기에 놀라 도망치지만 않는다면.

카운터에서 예약을 확인한 후, 시간을 조금 늦춰야 할 것 같다고 말했다. 여직원은 그러세요, 하고 시원스레 대답했다. 자리에 앉아 그녀를 기다릴까 하는 생각도 들었지만 우두커니 앉아 시간을 보내긴 싫었다. 사람이 없는 아케이드를 조금 걸어보고 싶었다. 나는 식당 밖으로 나왔다.

그리고 복통이 시작됐다.

처음엔 아랫배에서 가볍게 꾸르륵하는 소리가 났다. 어쩌면 소리는 훨씬 전부터 났을지도 모른다. 그저 내가 미처 의식하지 못한 것일 수도. 몇 걸음을 떼자 엉덩이 쪽에 돌멩이가 걸린 것 같은 느낌이 들었다. 그와 동시에 배 안쪽에서 미묘한 떨림이 느껴졌다. 떨림은 곧 뱃속 가득 퍼져나갔다. 싸한 아픔이 온몸을 타고 흘렀다. 식당으로 돌아가 카운터의 직원에게 화장실의 위치를 물었다. 직원은 눈썹을 찡그렸다. 나가서서 오른쪽 모퉁이를 돌면 화장실이 한 군데 있긴 한데, 하고 직원이 말끝을 흐렸다. 이전과는 다르게 명쾌하지도 시원하지도 않은 대답이었다. 지금도 열려 있을지는 모르겠네요. 오늘 저녁부터 내일 오후까지 화장실을 폐쇄한다는 이야기가 있었어요.

서둘러 식당을 빠져나와 직원이 가르쳐준 길을 따라갔다. 오른쪽 모퉁이를 돌자 문이 닫힌 한식집과 액세서리를 파는 작은 가게가 나왔다. 그 사이에 협소한 통로가 뚫려 있었다. 복도 맞은편에 화장실 표시가 그려져 있었지만 문은 잠겨 있었다. 문 앞에 안내문이 붙어 있었다. G20 세계정상회의 기간 동안 아케이드 내의 화장실을 폐쇄합니다. 화장실을 사용하실 분들은 근처의 가까운 곳을 이용해주시기 바랍니다. 근처의 가까운 곳? 그러니까, 거기가 어디야. 당황할 틈도 없이 뱃속에서 꾸륵거리는 소리가 났고 또다시 아픔이 온몸에 흘렀다. 왔던 길을 돌아 식당으로 갔다. 근처에 다른 화장실은 어딥니까? 될 수 있는 한 침착한 태도로 직원에게 물었지만 겁먹은 듯한 직원의 표정으로 내가 그다지 침착하지 못하다는 걸 알았다. 거기가 닫혀 있으면 근처에는 화장실이 없는데요. 그럼 여기 사람들은 어딜 사용하는

데요? 저희도 모르죠. 그러고 보니 우린 어딜 쓰면 되지? 직원이 되물었다. 기가 막혔다.

식당을 나와 폐쇄된 화장실 반대편 쪽으로 걸었다. 지하철역으로 가야 하나? 하지만 이미 아케이드 안으로 깊숙이 들어와 있었다. 아픈 배를 감싸안고 왔던 길을 되돌아가긴 싫었다.

이리저리 눈을 돌려 화장실의 위치가 그려진 표지판을 찾았다. 상점으로 둘러싸인 아케이드에는 아무런 표지도 없었다. 걸음을 옮길 때마다 엉덩이에 걸린 돌멩이가 점점 무거워졌다. 근처에 문이 열려 있는 옷가게로 들어갔다. 따분한 표정으로 자리에 앉아 있던 직원이 화들짝 놀라 일어섰다. 그녀가 놀란 이유가 내가 갑자기 뛰어들어왔기 때문인지, 아니면 나의 험악한 표정 때문인지 알 수 없었다. 다시 한번 침착한 태도로 나는 또박또박 말했다. 여기, 화장실이, 어디 있나요? 직원의 표정이 살짝 일그러졌다. 퉁명스럽게 직원이 말했다. 나가셔서 길을 따라가다보면 큰 식당이 하나 나오는데요, 거기에서 조금 걸으면 오른쪽으로 모퉁이가, 더 들을 필요도 없었다. 폐쇄된 화장실이었다.

옷가게를 나와 여남은 개의 상점을 지나자 널찍한 공간이 나왔다. 공간의 한편 가득히 어설픈 대리석 기둥과 조잡한 여신의 조각상으로 꾸며져 있었다. 대리석 기둥 사이에 문이 뚫려 있었고 그 위에는 성형외과의 간판이 걸려 있었다. 성형외과의 문 옆에는 사람 크기의 입간판이 서 있었다. 입간판은 한쪽 팔을 치켜든 여성의 형태였다. 소녀시대에서 가장 가슴이 큰 위니의 등신대 입간판이었다.

그 앞에 경찰관 제복을 입은 남자가 서 있었다.

경찰관은 위니의 입간판을 뚫어져라 바라보고 있었다. 경찰관
에게 다가갔다. 인기척을 느낀 경찰관이 내 쪽으로 고개를 돌렸
다. 내 얼굴을 본 경찰관은 놀라 두세 걸음 뒤로 물러섰다. 나는
서둘러 손을 들어 경찰관을 안심시키려 했다. 하지만 그 동작이
그를 더욱 놀라게 한 모양이었다. 경찰관이 몇 걸음 더 물러났
다. 맙소사, 저따위가 경찰이라고.

사정을 차분히 설명할 시간이 없었다. 여기, 화장실이, 어디
있나요? 힘겹게 입을 뗐다. 동그랗게 눈을 뜨고 있던 경찰관은
그제야 사정을 파악한 듯 뒷걸음질을 멈췄다. 경계를 풀고 경찰
관이 말했다.

이 구역 내의 화장실은 모두 폐쇄됐을 겁니다.

나직하고 차분한 목소리였다.

그럼, 지하철역까지, 가야 합니까?

복통 때문인지, 절망감 때문인지 신음처럼 말이 새어나왔다.
잠시 고개를 갸웃거리던 경찰관이 조심스레 입을 열었다.

꼭 그런 건 아닙니다.

네?

폐쇄된 건 이 구역의 화장실이니까요. 음, 조금 설명이 필요하
겠네요.

나는 설명을 들을 여유조차 없는 상태였다. 그러나 내 상태와
는 관계없이 경찰관의 설명이 이어졌다.

이 아케이드는 몇 개의 구역으로 나뉘어 있습니다. 각각의 구역마다 관리하는 곳도 다르죠. 회의기간 동안 화장실을 폐쇄하기로 한 것은 이 구역 관리사무소의 결정일 겁니다. 하지만 다른 구역은 아닐 수도 있죠.

경찰관이 등 뒤쪽을 가리키며 말했다.

저 방향으로 조금만 걸어가면 구역이 바뀌게 됩니다. 어쩜 그쪽의 화장실은 열려 있을지도 모릅니다.

뭔가 희망이 보이는 것 같았다. 경찰관이 가리키는 방향 쪽에서 따스한 바람이 불어오고 있었다.

그쪽이 지하철역보다 가까운가요?

많이 걸려봐야 오 분 거리입니다. 지하철역 화장실과는 비교할 수도 없죠. 다만, 길이 좀 복잡한 편입니다.

길이 복잡해요?

저쪽은 갈림길이 많거든요. 상점가나 극장, 수족관 쪽으로 가는 갈림길이 몇 군데 있습니다. 길을 잘못 들면 구역이 바뀌겠죠. 어느 구역이든 화장실이 열려 있을 가능성은 있지만, 문제는 구역이 바뀌면 구조도 바뀐다는 점입니다. 구조가 바뀌면 화장실이 있어야 하는 곳에 관리실이나 잡화점 같은 곳이 들어서게 될 수도 있죠. 이 아케이드의 구조에 대해 잘 모르시죠?

나는 고개를 끄덕였다.

그럼 곤란합니다. 여긴 상점과 통로로 된 미로입니다. 십중팔구는 길을 잃어버리게 될 거예요. 그러니,

경찰관이 고갯짓을 했다.

따라오시죠. 안내해드리겠습니다.

맙소사, 이런 훌륭한 경찰을 봤나.

셰익스피어는 비참한 인간들에겐 희망이 약이라고 했다. 추가하자면 복통을 앓는 인간에게도 희망은 약이다. 경찰관을 따라 걷는 동안 복통은 서서히 가라앉았다.

복통이 가시자 차츰 생각이 정리됐고, 새삼스레 짜증이 밀려왔다. 생각해보면 대수롭지 않은 날이 될 수도 있었다. 그저 그녀와 데이트하는 날, 그리고 잘하면 교제를 시작하는 날이 됐을 터였다. 그저 우연히 G20 세계정상회의 일정과 장소가 겹쳤다는 것만으로 사람이 이렇게 곤란해질 수 있는 건가? 아케이드가 제대로 영업을 하지 않는 것은 그렇다 치자. 대체 화장실은 왜 막아놓은 것인가? 테러 방지 대책의 일환으로? 하기야 세상 어딘가에는 테러를 저지르기 전에 대변을 먼저 보는 테러범이 있을 수도 있겠지. 혹은 화장실이 폭탄의 온상이라 미리 폐쇄한 것일 수도. 그렇더라도 사람이 살 수는 있게 해야 할 것 아닌가. 세계 정상들은 화장실도 가지 않는다는 건가?

아침부터 먹었던 음식들을 곰곰이 되짚어보았다. 어차피 저녁에 그녀와 제대로 된 식사를 하려고 마음먹고 있었기에 점심식사는 제대로 하지 않았다. 집에서 챙겨온 배즙을 한 팩 마시긴 했는데 그게 문제였을까? 그럴 리가 없었다. 배즙은 어제도 먹었고 그제도 먹었다. 하루 사이에 이렇게 뱃속이 난장판이 될 정도로 배즙이 상하진 않았을 것이다. 그럼 아침 회의시간에 마셨

던 콜라가 문제였나? 캔 음료수를 마시고 배탈이 났다는 이야기
는 들어본 적이 없다. 그 외에 입속에 털어넣은 것은 피로회복
드링크와 인스턴트 커피뿐이었다. 배탈을 일으킬 만한 음식물은
아무것도 없었다.

어느새 우리 두 사람은 상점가 한복판에 닿았다. 그곳에서 길
은 몇 갈래로 갈라져 있었다. 방향을 틀며 경찰관이 말했다.

이쪽입니다.

가까이에서 보니 경찰관은 앳된 얼굴의 청년이었다. 나이가
많아봐야 스물대여섯 살 정도일 것이다. 나보다 열 살은 어린 청
년이 이렇게 훌륭하게 시민을 돕다니. 이 나라에도, 나의 복통에
도 아직 희망은 있었다.

그래도 참을 만하신가봐요? 아까는 굉장히 급해 보였는데.

네, 저도 이상하네요. 갑자기 복통이 싹 가셨어요.

경찰관이 갑자기 걸음을 멈췄다.

복통이, 가셔요?

경찰관이 등을 돌려 내 안색을 살폈다.

혹시 지금 급한 용무가 작은 게 아니라 큰일이었습니까?

고개를 끄덕였다. 경찰관의 얼굴이 굳어졌다.

이거 정말 큰일이군요. 서둘러야겠습니다.

경찰관의 걸음이 빨라졌다. 무슨 영문인지 알지 못한 채 나는
잠자코 경찰관의 뒤를 따라갔다. 걸음을 재촉하며 경찰관이 말
을 이었다.

소변은 말입니다, 참기가 힘듭니다. 참으려고 해도 요의는 계

속해서 느껴지거든요. 적어도 오줌 마려운 기분이 사라지는 일은 없습니다. 하지만 큰일은 어느 정도 선까지는 참을 수 있습니다. 특히 설사 같은 경우가 그렇죠. 미친 듯이 배가 아프다가도 꾹 참고 있으면 갑자기 아픔이 가실 때가 있어요. 문제는,

걱정스러운 듯 경찰관이 다시 한번 나를 돌아봤다.

아픔이 다시 돌아온다는 겁니다. 그리고 다시 돌아올 때, 고통은 몇 배가 됩니다.

몇 배, 라는 말이 내 귀에 날아와 꽂혔다. 기다렸다는 듯 배에서 이상한 소리가 나기 시작했다. 나는 황급히 말했다.

서두릅시다.

경찰관은 나를 아케이드의 구석진 곳으로 이끌었다. 막다른 곳에 야트막한 계단이 있었다. 계단을 타고 내려가자 아케이드와는 분리된 외부의 통로가 길게 뚫려 있었다. 통로 안쪽은 나무 재질의 벽지로 덮여 있었고 조명은 아늑했다.

근처의 호텔과 연결된 통로입니다. 화장실은 저 끝이고요.

경찰관의 손가락이 통로의 맞은편을 가리켰다. 배에서 나는 소리가 조금씩 커지기 시작했다. 조바심이 났다. 뛰어볼까도 생각했지만 자칫 몸을 격렬하게 움직였다간 돌이킬 수 없는 일이 벌어질 것 같았다. 겨우 복도 끝에 닿았을 때 경찰관이 숨을 깊이 들이쉬었다. 경찰관의 얼굴은 심한 복통이 일어난 것처럼 일그러져 있었다. 경찰관의 표정에서 나는 화장실 문이 닫혀 있음을 알았다.

그리고 다시 아픔이 밀려왔다.

몇 배?

아니, 몇십 배.

처음엔 작은 강아지 한 마리가 뱃속에서 뛰어노는 것 같은 기분이 들었다. 잠시 후 강아지는 진돗개나 도베르만처럼 몸을 불렸고 이윽고 사자나 호랑이가 되었다가 얼마간은 기린이 되었다가 다시 또 입을 벌린 하마가 되었다. 뱃속의 짐승이 몸을 불릴 때마다 둔부에는 심상치 않은 압력이 가해졌다. 아픔이 온몸을 헤집었다. 머릿속에서 누구는 참으라고 윽박질렀고, 누구는 참지 말라고 구슬렸다. 새삼스레 참는다, 라는 말이 얼마나 우스운 것인지 깨달을 수 있었다. 그러니까 참는다는 건 아픔을 느끼지 못한다는 뜻인가? 혹은 아픔을 잊는다는 말? 어느 쪽도 아니다. 아픔을 참는다는 것은 그저 아프다는 말이다. 느끼지 못한다면 참을 필요가 없고, 잊는 것은 불가능하다. 짐승이 향유고래나 티라노사우루스 급으로 커지자 내가 할 수 있는 일이라곤 그저 눈을 질끈 감고 온몸의 힘을 엉덩이에 집중하는 것뿐이었다. 무릎이 저절로 꺾였다. 나는 바닥에 두 손을 짚고 숨을 몰아쉬었다.

경찰관이 다가왔다.

일어나세요.

나직한 목소리가 울렸다.

아직 끝난 게 아니에요. 확실히 열려 있는 화장실이 한 군데 있습니다.

한 군데의 화장실이 문제가 아니었다. 전 세계의 화장실이 다 열려 있어도 나는 꼼짝할 수 없었다. 경찰관이 한발 더 다가왔다.

오늘 여기 왜 오셨어요?

내 말이 그 말이다. 대체 내가 여길 왜 왔을까.

혼자 오신 건 아닐 테고 일행이 있거나 약속이 있으신 거 아니에요?

힘겹게 고개를 들어 경찰관을 봤다.

약속이 있어요.

어떤 약속인데요?

잠시 대답할 말을 골랐다. 몇 가지 복잡한 이유가 떠올랐다. 그렇지만 그 이유들을 말로 옮길 수가 없었다. 뱃속의 소리가 커졌고 참으려 해도 입에서 신음이 흘렀다. 나도 모르게 말이 튀어나왔다.

청혼입니다.

입을 다물고 있던 경찰관이 손을 내밀었다.

그럼 더더욱 여기서 이러고 계시면 안 되죠.

나는 경찰관이 내민 손을 잡았다. 경찰관의 힘을 빌려 가까스로 몸을 일으켰다. 자세를 바로잡기 위해 허리를 펴자 다시 끔찍한 아픔이 밀려왔다. 거세게 숨을 토하며 등을 움츠렸다. 목에 맨 넥타이가 지독하게 거추장스러웠다. 경찰관이 나를 부축했다.

아랫배에 힘을 꽉 주세요. 천천히 가겠습니다. 이번 화장실은 정말 확실합니다.

피식 웃음이 나왔다. 나는 느릿느릿 말했다.

경찰 아저씨, 지금 아랫배에 힘을 주면 큰일나요.

경찰관이 나를 보며 웃었다. 나는 경찰관의 몸에 기대어 걸음을 뗐다.

경찰관이 이끄는 대로 걷고 있을 때, 손바닥에 이물감이 느껴졌다. 경찰관과 맞잡은 손이었다. 나는 손바닥을 폈다. 작은 손가락 하나가 놓여 있었다.

제 겁니다. 일단 갖고 계세요.

경찰관이 내 눈앞에 손을 흔들어 보였다. 오른손 검지가 있어야 할 자리가 뭉툭하게 비어 있었다.

의지(義指)예요. 값이 싼 걸 사용하니 조금만 힘을 줘도 자꾸 빠지네요.

어쩌다가?

군대 있을 때요. 작업을 하던 중에 정신을 딴 데 팔고 있다가 다쳤어요. 덕분에 남들보다 일찍 제대했죠.

대수롭지 않다는 듯 경찰관은 웃고 있었다. 정신없이 경찰관의 손가락을 양복 안주머니에 넣었다. 경찰관이 말했다.

원래는 그 통로에서 위로 올라가면 호텔 화장실을 사용할 수 있었어요. 그런데 지금은 사용을 못 해요. 다 막아놨거든요.

호텔 입구를, 막았다고요?

검문대 같은 게 있어요. 오가는 사람들은 전부 조사를 받아야 해요. 호텔의 투숙객이 아닌 이상 검문을 통과하긴 힘들었을 거예요. 오면서 검문받아보셨을 거 아니에요.

안 받았는데요.

진짜로? 신기하네요. 아케이드 입구나 지하철역 올라올 때 잡는 사람 없었어요?

네, 한 명도.

운이 좋은 건지, 나쁜 건지 모르겠네요.

정말로 그랬다. 지금 이 상황이 행운인지 불운인지 알 수 없었다. 결과만 놓고 따진다면 나는 무척 불운한 상태였다. 하지만 그 와중에도 함께 화장실을 찾아줄 믿음직한 경찰관을 만났다. 이건 운이 좋은 게 아닐까. 그녀와의 약속 역시 마찬가지다. 만일 그녀가 제시간에 나왔다면 어쩜 그녀 앞에서 추한 꼴을 보였을지도 모른다. 정상적으로 영업이 되지 않고 있는 아케이드 때문에 분위기 좋은 식당의 좋은 자리를 차지할 수 있었고 지나다니는 사람에게 배를 앓는 모습을 보이지 않을 수 있었다. 그런 반면, 애초에 오늘 이곳에서 약속을 잡지 않았다면 이 모든 일은 벌어지지 않았을 것이다. 다가오는 모든 일이 행운과 불운으로 뒤섞여 뱃속에서 요동치고 있었다.

상점가의 한 구역에 들어서자 눈에 띄게 주변이 어두워졌다. 주변에는 문을 닫은 상점뿐이었고, 조명도 제대로 켜져 있지 않았다.

이 구역은 정상회의 기간 동안 아예 문을 닫기로 했다나봐요.

새로 들어선 상점가에는 주로 대형 브랜드의 옷가게가 자리하고 있었다. 상점마다 근사한 외모의 모델들이 각기 다른 스타일의 옷을 입고 과장된 포즈를 취한 사진이 붙어 있었다. 불이 꺼진 상점의 유리창에 우리의 모습이 비쳤다. 제복을 입은 경찰관과 은색의 빛나는 양복을 입은 남자. 얼핏 액션영화의 한 장면처럼 비치기도 했지만 현실은 초라했다. 뱃속에서는 고래와 공룡이 결투를 벌이고 있었고, 엉덩이 쪽에서는 쉴새없이 위험신호가 감지됐다. 정신을 분산시킬 필요가 있었다. 나는 물었다.

왜 경찰이 됐어요?

경찰관이 머쓱한 웃음을 지으며 대답했다.

제복이 멋있어서요. 곤란한 사람들 도와주면 보람도 있고.

수줍은 듯 말없이 경찰관은 몇 발짝을 뗐다. 다시 물었다.

여긴, 화장실이 몇 군데나 있죠?

구역마다 대여섯 개는 있는 것 같던데요.

그런데 어쩜 이렇게 한 군데도 눈에 띄지 않는 거죠?

대부분 상점가 뒤쪽으로 붙어 있어요. 아케이드 가운데는 옷이나 신발 가게들이고, 구석으로 가면 액세서리나 잡화점, 그리고 음식점이 있죠. 그 뒤쪽은 대부분 병원인데, 화장실은 병원의 통로 쪽에 주로 있더라고요.

병원이 있다고요? 이 아케이드에?

네, 대부분은 성형외과예요. 아까 우리 둘이 만난 곳도 성형외과잖아요. 재밌지 않나요?

재밌어요? 뭐가?

맨 처음 아케이드에 들어온 사람들은 옷과 신발을 보게 되죠. 그후엔 액세서리를 고르고요. 그렇지만, 아케이드의 끝까지 가게 되면 언제나 성형외과에 닿게 돼요.

성형외과가 그런 곳에서 장사가 되나?

의외로 잘되는 거 같던데요? 아케이드 끝에 있으니 주차장하고 가깝잖아요. 성형외과에 다니는 게 남들 눈에 띄는 건 불편한 일이잖아요. 조금만 신경을 쓰면 병원에서 주차장까지 상점 뒤쪽의 통로로 오고갈 수 있죠. 쓸데없이 길을 복잡하게 만든 이유도 그런 거 아니겠어요? 불편한 걸 감추려고.

경찰관이 의미심장하게 웃어 보였다. 하지만 복통에 시달리는 나로서는 그게 왜 재미있는 건지 이해할 수 없었다.

안주머니에서 진동이 느껴졌다. 아마도 그녀일 것이다. 하지만 도저히 전화를 받을 엄두가 나지 않았다. 설사 받는다고 해도 뭐라고 설명하면 좋단 말인가. 대충 거짓말로 둘러댈 순 있을 테지만 그러는 것도 귀찮았다. 나는 전화를 무시했다.

전화 안 받아도 괜찮으시겠어요?

진동을 느꼈는지 경찰관이 물었다.

일단, 볼일부터 본 다음에.

애인분 아닐까요?

그러니까, 일단 화장실부터.

말없이 우리 두 사람은 걸음을 뗐다. 못내 신경이 쓰이는지 경찰관이 물었다.

애인분은 어떤 분이세요?

어떤 분이냐고? 글쎄, 나도 아직 잘 모르겠는걸. 하지만 잘 모른다는 대답을 할 순 없었다. 이 사람은 그런 걸 왜 묻는 걸까? 다시 복통이 심해졌다. 대답이 튀어나왔다.

그냥, 평범해요.

그냥 평범해요?

네, 그냥 평범하고, 그리고,

또, 뱃속에서 괴상한 소리가 점점 커졌다.

그리고 또, 만만하고.

짜릿한 고통이 등을 타고 올라갔다.

우리 다른 이야기 합시다.

다른 이야기요? 어떤 이야기요?

아, 그러니까, 차라리,

어두컴컴한 통로 맞은편에 불이 켜진 신발가게가 있었다. 계시처럼 하늘을 향해 뻗쳐 있는 일곱 개의 다리가 눈에 들어왔다.

소녀시대 이야기 어때요?

경찰관이 걸음을 멈췄다. 경찰관의 입이 기분좋게 올라갔다.

소녀시대, 좋아하세요?

언젠가 한번은 입에 올렸던 익숙한 주제가 반복됐다. 준의 단아한 미모와, 위니의 풍만한 가슴에 대한 이야기. 혹은 아영의 가창력이나 세리의 춤 실력에 대해. 민희의 운동신경과 귀여운 성아에 대해. 우리는 소년처럼 수줍게 웃으며 대화를 나누었다. 소녀시대는 기적 같은 존재였다. 복통마저도 소녀시대의 이야기를 하는 동안 어느새 가라앉고 있었다.

역시 소녀시대는 굉장하네요.

소녀시대는 모두들 좋아하죠. 배는 괜찮으세요?

다시 가라앉았어요. 화장실은 여기서 먼가요?

얼마 안 남았습니다. 가시죠.

부축도 필요 없었다. 우리는 재빨리 움직였다.

그런데, 애인분 말이에요.

갑자기 경찰관이 물었다. 또 그 이야기인가?

어떻게 생겼어요?

그녀의 얼굴을 떠올려봤다. 어떻게 생겼더라. 딱히 떠오르는 말이 없었다. 정확히 말해 나는 그녀의 얼굴을 떠올릴 수 없었다. 평범하고, 만만하다 이외에 그녀에 대해 할 수 있는 말이 내겐 없었다. 그녀에 대해 생각하기 시작하자 조금씩 배가 아파올 것 같은 기분이 들었다. 대답 대신 나는 물었다.

소녀시대 멤버가 전부 일곱 명이죠?

경찰관이 고개를 끄덕였다.

준, 위니, 세리, 민희, 성아, 아영, 그리고 남은 멤버 한 명이 누구죠?

남은 한 명을 모르세요?

네, 가물가물한 게 도무지 기억이 나지 않네요.

남은 한 명은 혜영이에요. 손혜영.

경찰관이 슬그머니 미소를 지었다.

그런 스타일 좋아하시나봐요.

네?

혜영이 딱 그런 스타일이거든요. 평범한 스타일.

복도 맞은편으로 눈을 돌렸다. 소녀시대가 다리를 치켜들고 서 있었다. 아무리 뚫어지게 쳐다봐도 혜영의 얼굴은 확인할 수 없었다. TV에 출연했던 혜영의 모습이 단편적으로 떠올랐다. 그러나 혜영의 얼굴은 희뿌연 점이 되어 곧 흩어졌다.

의외로 인기가 많은 거 같더라고요.

경찰관이 말했다.

그 혜영이란 애가?

네, 제일 만만하거든요.

만만해요? 소녀시대인데?

경찰관이 걸음을 멈췄다. 경찰관이 물끄러미 나를 바라봤다.

이상한 소리를 하시네요?

내가요?

아까 아저씨 애인도 평범하고 만만하다면서요?

아니, 그녀는 그렇다 쳐도, 혜영인가 하는 애는 아무리 평범해도 소녀시대인데,

애초에, 소녀시대 좋아하는 게 그런 거잖아요.

네?

만만하니까 좋아하는 거잖아요. 주변에 만만하지 않은 사람들뿐이니까. 아저씨가 그 애인분에게 청혼하려는 것도 그런 거잖아요. 나이든 사람들이 소녀시대 좋아하는 것도 그런 거고. 어린데, 착하게 굴고, 예쁘고. 다들 좋아하고.

빛을 등지고 경찰관이 서 있었다. 그림자에 가려져 얼굴을 제대로 알아볼 수 없었다. 그저 어린 청년으로만 생각했는데 의외로 나이가 많을지도 모르겠다. 뱃속에서 신호가 오기 시작했다. 나는 허리를 꺾었다. 어둠 속에서 경찰관이 이를 드러내

며 웃었다.

아저씨 양복, 멋지네요. 눈이 부셔요.

경찰관이 뒤돌아 걷기 시작했다.

원래는 말이죠,

경찰관이 말했다.

원래는, 여기 아무 데서나 똥 싸도 되잖아요.

경찰관이 휘휘 손을 저었다.

그렇잖아요? 여기 어디서 대충 똥 싸도 되고, 굳이 만만한 사람에게 청혼하지 않아도 되고. 원래는 그런 거잖아요. 그런데 그렇게 못 하잖아요? 그래서 소녀시대 좋아하는 거 아니에요? 모두가 아무것도 만만하지 않으니까. 이것저것 못 하는 게 너무 많으니까. 그렇지만, 좋아하는 건 공짜니까, 그래서 그렇게 소녀시대가 좋은 거 아니에요?

공짜, 라는 말이 귀에 박혔다. 경찰관이 말했다.

공짜니까, 기왕이면 열심히 하는 게 좋겠죠.

경찰관이 방향을 틀었다. 모퉁이를 돌자마자 계단이 나왔다. 경찰관은 주저 없이 계단을 오르기 시작했다.

계단은 지상으로 뚫려 있었다. 계단 끝의 벽에 바짝 등을 붙인 경찰관이 내게 손짓했다. 나는 경찰관의 뒤에 섰다. 복통이 다시 찾아들었다. 시작부터 머리털이 쭈뼛 설 만큼 아팠다. 다른 생각을 할 여지가 없었다. 나는 있는 힘껏 엉덩이를 긴장시켰다.

경찰관이 계단에서 조금 떨어진 곳의 건물을 가리켰다. 뿌연 밤하늘에 주변과는 비교도 안 될 만큼 높은 건물 하나가 일직선으로 곧게 뻗어 있었다.

무역센터예요. 뒤에서는 처음 보시죠? 대부분 앞이나 옆모습만 익숙할 테니까.

다시 한번 건물을 바라봤다. 내가 알고 있는 무역센터 건물은 층층이 각이 진 모습이었다. 한국의 경제성장지표를 건물 디자인의 모티프로 삼았다는 이야기를 들은 적이 있었다. 그러나 눈앞의 건물은 아무런 굴곡 없이 밤하늘을 향해 일자로 뻗쳐 있었다. 경찰관이 내게 가까이 왔다.

열려 있는 화장실은 이제 저기뿐이에요. 무슨 소리인지 아시겠어요? 아저씨는 이제 저기 화장실 이외에 다른 선택이 없어요.

복통은 이미 한계까지 치닫고 있었다. 경찰관의 말대로 더이상 시간을 끄는 것은 무리였다. 반드시 저 건물 안의 화장실을 사용해야 했다.

건물의 경비가 있긴 하겠지만 경찰은 아니에요. 사정을 설명하면 들여보내줄 거예요. 문제는 여기 주변 순찰을 도는 경찰에게 걸리면 곤란해진다는 거예요. 그러니까,

경찰관의 얼굴이 비장하게 굳어졌다.

내가 시간을 끌어줄게요.

경찰관이 알아들었냐는 듯 내 눈을 응시했다. 나는 고개를 끄덕였다. 마지막 인사라도 하듯 경찰관이 손을 내밀었다. 우리 두 사람은 굳게 손을 마주 잡았다. 헤어질 시간이었다. 경찰관이 내 귓가에 속삭였다.

일, 시원하게, 보세요.

경찰관이 몸을 일으켰다.

저기,

경찰관이 나를 돌아봤다.

왜 이렇게 날 도와주는 거예요?

질문을 뱉고 나니 왠지 바보가 된 것 같았다. 왜 도와주긴, 경찰이니 그런 것 아닌가. 경찰관이 씩 웃으며 말했다.

우리 둘 다 소녀시대 좋아하잖아요.

배가 아팠지만 웃음이 나왔다. 자칫했다간 엉덩이에 실은 힘이 풀릴 것 같았다. 경찰관이 계단 끝으로 걸어올라갔다. 지상에선 경찰관이 주변을 둘러봤다. 그리고, 경찰관은,

으아아아아아아악!

하고 괴성을 지르며 앞을 향해 뛰쳐나갔다.

어안이 벙벙했다. 분명히 경찰관은 시간을 끌어주겠다고 했다. 하지만 난 경찰관이 다른 경찰에게 말을 거는 정도의 행동을 할 거라고 생각했다. 소리를 고래고래 지르며 주변을 뛰어다니는 것은 상상하지 못했다. 괴성이 주위에 울려퍼졌다. 오른쪽에서 왼쪽으로, 앞에서 뒤로 경찰관은 쉴새없이 달려다녔다. 누군가 제지하는 목소리가 들렸지만 경찰관은 멈추지 않았다. 복통이 더욱 심해지고 있었다. 넋을 놓고 있을 시간이 없었다. 나는 몸을 일으켜 계단을 올랐다.

추적추적 비가 내리고 있었다. 계단 바로 옆에 커다란 손모양의 조각상이 세워져 있었다. 비에 젖어 반질반질해진 조각상은

무역센터를 향해 기도라도 올리듯 곱게 손을 모으고 있었다. 블록이 깔린 바닥에 빗물이 군데군데 얕은 웅덩이를 이루고 있었다. 아직 잡히지 않았는지 경찰관의 괴성이 메아리치고 있었다.

무역센터 쪽으로 발을 뗐다. 지금껏 겪어보지 못한 강도의 아픔이 온몸을 덮쳤다. 한 걸음 한 걸음을 떼는 것이 고역이었다. 걸음을 옮길 때마다 방망이로 배를 두들겨맞는 기분이 들었다. 그래도 걸었다. 이제 걷는 것 이외에 특별히 할 수 있는 일이 없었다.

고개를 들어 무역센터를 봤다. 건물은 조금의 흔들림도 없었다. 그 뒤에는 구불구불한 곡선이 감춰져 있었고 그 아래에는 상점으로 이루어진 세계가 있었다. 쓸데없이 복잡하고 끝도 없이 뭔가를 감춘 장소들. 배를 움켜잡고 앞으로 나아가며 나는 중얼거렸다.

뭐가 그렇게 잘났길래, 저렇게 일직선이야.

그래도, 열심히 살아야지, 하고 생각했다.

열심히 살아야 돼, 열심히. 이런 꼴을 당하지 않으려면, 뭘 해도 그냥 열심히 사는 수밖에. 열심히 일하고, 열심히 뛰어다니고, 아무튼 열심히. 안주머니에서 진동이 울렸다. 그녀일 것이다. 그래, 그녀에게도 열심히 해야지. 안주머니에 든 전화기를 꺼내려는데 손가락 끝에 생소한 물건이 만져졌다. 물건을 꺼냈다. 미처 돌려주지 못한 경찰관의 의지였다.

돌연한 생각이 스쳤다. 검지가 없는 사람도 경찰이 될 수 있을까? 권총을 쏠 수 없을 텐데. 물론 중지로 쏠 수도 있겠지. 하지만,

으아아아아아아악!

빗속을 뚫고 경찰관의 괴성이 들렸다. 꽤 멀리까지 갔는지 소리는 건물 바깥쪽에서 울리고 있었다. 경찰이 과연 저런 일을 할까? 그것도 저렇게 열심히. 아케이드 안에서 경찰관이 한 말이 떠올랐다. 그런데 그렇게 못 하잖아요. 의지를 손 안에 쥐었다. 딱딱한 가짜 손가락이 주먹 안에 들어왔다. 꽤 오랫동안 오늘 일을 떠올리게 될 것이다. 지금 이 순간이 지나가면 또다시 아무렇지 않은 표정을 짓고 하루하루를 살아가겠지. 하지만 지옥 같은 고통에 시달리며 어둠침침한 상점의 통로를 쫓기듯 통과하는 기분은 언제까지나 곁에 도사리고 있을 것이다. 몸에 걸친 양복이 비에 젖어 무거웠다. 누군가 혹은 무언가가 끝없이 내 몸을 잡아끌고 있었다.

무역센터의 입구가 눈앞이었다. 일직선의 굵직한 창이 배를 찌르고 있었다. 대체 왜 이런 고통을 견뎌야 할까. 나는, 그리고 우리는 뭣 때문에 이렇게. 전화기의 진동이 멈췄다. 이제 그녀는 빠져나갔다. 상관없었다. 그녀도 열심히 살아야지. 나는 입구로 들어섰다. 데스크에 앉아 있던 경비 두 사람이 몸을 일으켰다.

데스크 옆에 세워진 입간판이 눈에 들어왔다. 일곱 명의 소녀가 각자 포즈를 잡고 한데 뭉쳐 있었다. 간판 가운데 과장된 글씨가 적혀 있었다. 나는 간판에 적힌 글씨를 읽었다.

G20, 정상회의의, 성공적인, 개최를, 기원합니다.

너희들까지 이러기냐?

경비 한 사람이 다가왔다.

무슨 일이십니까?

입간판에서 도무지 눈을 뗄 수가 없었다. 예쁜 준, 섹시한 위
니, 노래 잘하는 아영, 춤 잘 추는 세리, 건강한 민희와 착한 성
아, 그런데 평범한 혜영은 대체 어디 있는 걸까. 자세히 살펴보
니 가운데에서 몸을 숙인 혜영의 얼굴은 글씨에 가려 제대로 확
인할 수 없었다. 너희들 이거 너무 만만하게 생각하는 거 아냐?

곁에 다가온 경비가 문을 막아섰다.

무슨 일입니까? 신분증을 제시해주십시오.

부아가 치밀었다. 무슨 일이냐고? 그걸 내 입으로 말해야 하
나? 치사하고 창피해서 도저히 입을 열 수 없었다. 다 큰 남자가
대변을 해결하지 못해 배를 부여잡고 여기저기 헤매는 꼴이라
니. 아픔이 온몸에 돌았다. 화가 치밀었다. 왜 이렇게 된 거야,
도대체 왜, 내가 뭘 잘못했길래. 다시 경찰관의 말이 귓가에 돌
았다.

원래는 여기 아무 데서나 똥 싸도 되잖아요. 그런데 그렇게 못
하잖아요.

못 해? 내가 왜 못 해? 왜 그러면 안 되는데?

경비가 인상을 썼다. 이러시면 경찰을 부르겠습니다.

경찰. 그래, 내가 방금 전까지 경찰관하고 같이 있었어. 그 사
람하고 무슨 일이 있었는지 알면 깜짝 놀랄걸? 뱃속의 전쟁이
거의 절정을 향해 치닫고 있었다.

마지막이라는 듯 경비가 위압적으로 말했다. 어서 신분증 제
시하십시오.

경찰관이 내 귓가에 속삭였다.

일, 시원하게, 보세요.

나는 눈을 감았다. 그리고 엉덩이의 힘을 풀었다.

신분증이 달콤하게 몸 밖으로 흘러나왔다.

탐정이 되는 법

1. 어릴 적 꿈은 탐정이었다.

집안 사정 때문에 시골에서 산 적이 있다. 서해 끝의 TV도 제대로 나오지 않는 곳이었다. 어머니는 책을 살 돈만은 늘 넉넉하게 주셨다. 주로 사모은 것은 어린이용 추리소설 시리즈였다. 코넌 도일, 애거사 크리스티, 체스터턴, 모리스 르블랑, 그리고 윌리엄 아이리시 혹은 코넬 울리치가 유일한 위로였다. 자연스레 장래희망은 탐정, 아니면 괴도 신사였다. 당시에 나왔던 책 중에 『명탐정이 되는 법』이란 게 있었다. 잠들기 전, 매일 그 책을 읽었다. 미행의 요령, 관찰력의 중요성, 탐정이 사용하는 도구들에 관한 글을 거의 외우다시피 했다.

초등학교 삼학년 때, 장래희망을 발표하는 시간이 있었다. 아이들은 번호 순서대로 꿈을 말했다. 누구는 대통령이 될 거라고 했고, 누구는 과학자가 될 거라고 했다.

내 차례가 되었을 때, 나는 무덤덤한 목소리로 탐정이 될 거라고 말했다. 당연한 일이었다. 그 외에 하고 싶은 일이 없었으니까.

교실은 단숨에 난장판이 됐다. 책상을 두들기며 나를 놀리던 아이들의 웃음소리가 아직도 귀에 선하다. 뭔가, 불합리하다고 생각했지만 어쩔 도리가 없었다. 과학자는 이과에 지원하면 될 것이고, 대통령은 국회의원 비서부터 시작하면 된다. 하지만 탐정이 되기 위해 할 수 있는 일은 없었다. 탐정은 원한다고 해서 할 수 있는 일이 아니었다. 차선책으로 괴도 신사가 되는 방법도 있었지만, 글쎄…… 장래희망이 범죄자인 인생은 너무 비참하지 않은가.

의기소침한 나는 자리에 앉아 멍하니 창밖을 바라봤다. 여자아이 하나가 일어나 또박또박 자신의 꿈을 말했다. 저는 소설가가 되고 싶습니다. 연이어 일어선 다른 여자아이가 말했다. 저도 소설가가 되고 싶어요.

생각해보면 놀라운 일이다. 경기도 끝의 작은 초등학교에 소설가가 되겠다는 여자아이가 둘씩이나 있었다니. 아니, 그보다 나는 그 아이들이 소설가가 되겠다고 하기 전까지 소설가란 직업을 떠올리지도 못했다. 내게 세상이란 추리소설 속의 탐정이 범인을 맞히는 곳이었다. 나는 그 탐정을 만들어낸 사람에 대해 상상하지 않았다.

가끔 두 여자아이를 훔쳐보곤 했다. 두 사람은 늘 붙어다녔고 비슷한 종류의 책을 함께 읽었다. 『빨강머리 앤』을 펼쳐놓고 귓속말을 주고받던 모습을 기억한다. 몇 번인가 말을 붙여볼까도 생각했지만 쑥스러워서 하지 못했다.

둘은 지금 소설을 쓰고 있을까.

한 명은 잘 모르겠고, 다른 한 명은 확실히 소설을 쓰지 못한다.

그해 여름이 가기 전에 교통사고가 났다. 트럭이 여자아이를 덮쳤다. 다들 겁에 질렸고 심하게 낙담했다. 하지만 그뿐이었다. 여자아이가 죽기 전에도 내 또래의 아이가 교통사고를 당했다. 그때 죽은 아이는 나의 가장 친한 친구였다. 작은 마을은 이상하게 교통사고가 잦았다. 마을 어른들은 무당을 불러 굿을 했다. 알록달록한 옷을 입은 무당이 여자아이가 죽은 곳에서 춤을 췄다.

굿을 보고 돌아오는 길에 나는 무슨 일이 벌어지고 있는지 고민했다. 친구들이 사라지고 있었다. 누군가를 불러 굿을 하고, 울음을 터뜨리고, 술을 마시는 것보다 합리적인 해결방법이 있을 거라고 여겼다. 하지만 아무리 머리를 굴려봐도 답은 없었다.

돌아가는 길은 차도와 맞닿아 있었다. 서해 쪽에 새로 지어지는 공업단지의 자재를 실은 트럭들이 하루에도 수십 대씩 내달리곤 했다. 멀리서 트럭 한 대가 고함을 지르며 곁을 지나쳤다. 여자아이와 친구를 밟은 것도 저런 트럭이었을까.

길고 누런 흙먼지를 남긴 채 트럭이 길 너머로 사라졌다. 고무가 타는 매캐한 냄새를 맡으며 나는 탐정이 되는 것을 완전히 포기했다. 무슨 일이 벌어지고 있는지조차 알 수 없다면, 복잡한 살인사건을 해결하거나 실종된 사람을 찾는 것은 불가능하기 때문이다.

그날, 돌아오는 길은 아주 멀었다.

2. 긴 시간이 흘렀다.

몇 년 사이, 나는 몇 가지 단어를 굳이 피해왔다. 작가, 혹은 소설가라는 명칭이다. 그 이름들은 내게 너무 무겁고 민망했다.

최근 깨달은 것이 있다. 소설가라는 이름을 굳이 피해온 것은 내가 특별히 겸손해서가 아니라 오히려 지극히 무책임하고 오만했기 때문이다. 그 이름에서 도망치는 걸로 나는 아무것도 하지 않는 나 자신을 납득시켰다. 아주 많이 부끄럽다. 아이들에게 놀림을 받던 때나, 탐정이 되는 것을 포기했던 때보다 더.

얼마 전부터 작가, 혹은 소설가에 대해 예전보다 꼼꼼하게 고민한다. 고민을 하면 할수록 문제는 더욱 복잡해진다. 어떤 사람을 작가라고 하는가. 소설가는 어떤 일을 해야 하는가. 단순하게 생각하면 그저 소설을 쓰는 것만이 남게 되지만, 현실은 그렇게 단순하지 않다.

다만 이런 것을 발견했다. 누군가 '소설가'라고 말할 때, 그것은 '탐정'이라고 말하는 것과 비슷하다. 소재나 장르 혹은 현실과 이상에 대해 이야기하는 것이 아니다. 이것은 살아가는 태도에 관한 문제다. 소설가는 원한다고 해서 할 수 있는 일이 아니다. 그것은 오직 어떠한 과정 안에서만 성립되는 말 같다.

좋아하는 탐정의 취향도 변했다. 내게 있어 탐정이란 주어진 단서를 살피는 것만으로 해답을 알아내는 사람이었다. 이제 방 안에 앉아 머리를 굴리는 탐정은 지겹다. 능숙하게 모든 답을 알아내는 것은 포기했다. 그럴 능력이 안 된다는 것은 아주 잘 알고 있다. 그러니, 이젠 몸과 끈기밖에 믿을 것이 없다. 단서를 모으듯 끈질기게, 단어를 떠올리려고 한다.

다음 소설에 대해 고민하고 있다. 그리고 그 다음과 다음을. 남은 하루하루를. 그러니까 살아가는 일과 그 태도를. 용서할 수 없는 사람이 생긴다면 복수극이 될 것이고, 사랑하는 사람이 생긴다면 로맨스가 될 것이다. 어느 쪽이든 있는 그대로를 받아들이려고 한다.

그리고 도망치는 일은 그만두겠다.

3. 이 소설은 두 번 쓴 것이다.

같은 제목의 첫번째 소설은 대체 무얼 말하려고 했던 건지 나조차도 이해할 수 없었다. 문제는 그 사실을 깨달은 것이 마감 당일이었다는 점이다. 낙담해서 정신을 놓고 며칠을 보내다 독촉을 받고 나서야 마음을 잡았다.

소설의 배경이 되는 곳을 다시 한번 찾아갔다. 아케이드를 걷는 사람들은 모두 즐거운 표정을 하고 있었다. 이런 게 요즘 사람들의 표정이란 걸 생각하니 어쩐지 쓸쓸한 기분이 들었다.

집에 돌아와 처음부터 모든 내용을 새로 적은 것이 지금 이 소설이다. 덕분에 마감을 한참 넘겼다. 편집부에 정말로 죄송스러운 일이다. 앞으로는 그러지 않으려고 노력하겠지만, 잘될지 모르겠다.

아케이드에서 공룡이 살아가는 법

이학영

　이영훈의 단편소설인 「모두가 소녀시대를 좋아해」는 삼십대 중반의 남자가 대변을 해결하기 위해, 폐쇄되지 않은 화장실을 찾아 미로와 같은 아케이드를 헤매다가 끝내 거대한 빌딩의 입구에서 배설하고 만다는, 이를테면 성인의 노상방분담(路上放糞談)을 들려준다. 도대체 어쩌다가 다 큰 남자가 그것도 도심에서 그러한 '실례'를 범하게 된 것일까? 작중화자이자 주인공인 '나'는 데이트를 앞두고 원인 모를 복통과 배설욕구를 느낀다. 일반적인 경우라면 그것은 가벼운 해프닝으로 끝날 일이었겠지만, G20 세계정상회의 때문에 광대한 아케이드 내의 화장실이 모두 폐쇄되었다는 상황은 그의 욕구 해소를 지연시켜 쉽게 종결되지 않는 고통과 인내의 서사를 만들어낸다. 이 와중에 우연히 만난 한 경찰관이 그를 부축하며 길을 안내하고, 순찰중인 다른 경찰관들의 주의를 돌리기 위해 괴성을 지르는 등 그를 적극적으로 돕는다. 하지만 그 경찰관은 단순한 조력자가 아니다. 그는 배설 참기에 모종의 사회적인 억압이 작동하고 있음을 '나'에게 일깨우는 역할도 한다. 그리하여 마지막 장면에서 '나'의 방분행위는 불가피한 실수라기보다는 사회적인 금기에 대한 다분히 충동적인 위반으로 묘사된다.

실제로 복통과 인내력 사이의 긴장이 점차 고조되는 과정을 지켜보면 신체를 무대 삼아 벌어진 그 드라마에 개입된 문화적인 힘의 존재를 의식하지 않을 수 없다. 아픔을 생생하게 느끼는 와중에 '나'는 이런 말을 한다. "머릿속에서 누구는 참으라고 윽박질렀고, 누구는 참지 말라고 구슬렸다." 그렇다면 '나'의 내부에서 울리는 그 목소리들의 주인과 진정한 원천을 밝히기 위해서는 그와 그의 복통을 둘러싼 환경을 탐색해볼 필요가 있겠다. 다시 말해서 배설욕구의 좌절과 노상방분의 스토리는 한 개인과 그가 속한 집단 혹은 문화 사이의 갈등이라는 맥락 위에서 읽을 필요가 있다.

맨 처음 찾아간 화장실에서 '나'는 "G20 세계정상회의 기간 동안 아케이드 내의 화장실을 폐쇄"한다는 안내문에 가로막힌다. 배설충동을 억압하는 문화적인 압력은 그러한 폐쇄 결정을 내린 아케이드의 관리자들에 의해서 전달되는 셈이다. 하지만 그들은 심층에서 암약하는 '정신'이 부리는 하나의 '손'일 뿐이다. 우리는 G20 세계정상회의를 위해서 실제로 그와 유사한 '손'들이 나타났던 것을 기억한다. 가령 서울시는 악취를 우려해 분뇨 처리 시설의 가동을 멈췄고, 어떤 구에서는 마찬가지 이유로 음식물

쓰레기 처리 시설의 가동을 중단할 계획을 세우기도 했다.[1] 어쩌면 잠시 동안만이라도 오물이 전혀 존재하지 않는 것처럼 보이는 도시를 구현하려는 '정신'이 여러 사람을 사로잡았는지도 모르겠다. 밀란 쿤데라는 문자적 의미에서나 상징적 의미에서나 "키치란 본질적으로 똥에 대한 절대적 부정"[2]이라고 정의했다. 그의 논의를 빌려 말하자면, 이 소설에 나타난, G20 세계정상회의가 열린 날의 아케이드, 즉 화장실은 아예 폐쇄되고, 검문과 순찰을 통해 불순분자가 즉시 걸러지던 아케이드야말로 키치의 미학적이고 정치적인 이상에 가까운 세계이며, 그것이 주인공의 배설 충동을 억압하는 일차적인 환경이라고 말할 수 있다.

경찰관의 안내를 받아 찾아간 두번째 화장실 역시 문이 닫혀 있어 '나'는 배설 욕구를 만족시키지 못한다. 그곳은 아케이드에서 다시 계단을 타고 내려가 나오는 통로, 즉 아케이드의 내부와 외부의 경계에 위치해 있다. 그러한 경계에서 경찰관의 시선을 통해 아케이드 전체를 조망할 때 드러나는 것은 동물적인 본능의 억제에 기반을 둔 우리의 문명이다. 정치적인 키치를 한 꺼풀 벗기고 내려가면 그곳에는 물질문명과 소비문화의 키치가 모습을 내민다. 주인공이 "지옥 같은 고통에 시달리며 어둠침침한 상점의 통로를 쫓기듯 통과하는" 동안 아케이드의 구조는 문명이 만들어낸 복잡한 미로의 이미지로 재현되며, 그와 동시에 복통

---

1) 김보미, 「악취 날까봐… 서울시 G20 기간 중 분뇨 처리 중지」, 경향신문, 2010.11.10.
2) 밀란 쿤데라, 『참을 수 없는 존재의 가벼움』, 이재룡 옮김, 민음사, 2011, 382쪽.

은 그 속에서 억압된 리비도나 공격성의 은유임이 암시된다. 요컨대 이 소설에서 해소되지 않는 배설 충동에는 '문명 속의 불만'이라는 차원이 내포되어 있다.

적절한 방출구를 찾지 못해 단속적으로 거세지는 복통은 뱃속에서 점점 더 크게 몸을 불리는 동물들로 표현된다. 그것은 작은 강아지에서 출발해 진돗개나 도베르만, 다시 사자나 호랑이를 거쳐 향유고래나 티라노사우루스에 이르기까지 팽창한다. 인간의 내부에서 거칠게 날뛰는 이 동물들의 이미지는 인간의 원초적인 본능을 상기시키기에 충분하다. 문명화 과정에 대한 프로이트의 플롯은 문명의 발달은 개인의 동물적인 본능 가운데 일부를 희생한 대가라는 전제에서 출발한다. 그런 맥락에서 보면 문명 속에 적응해 살아가는 일은 금욕적인 삶을 받아들이는 일과 관계가 있다. 그래서 배설 충동을 억누르기 위해서 "눈을 질끈 감고 온몸의 힘을 엉덩이에 집중하는" 주인공의 상태는 동물적인 욕망의 단념을 강요당한 공룡의 곤경과도 같다. 그것은 한 개인이 지닌 욕망의 거대함에 비해 그것을 금지하는 문화적인 요구가 지나치게 강한 상태를 의미하기 때문이다.

어딘가 암시적이고, 섬뜩한 놀라움을 주는 경찰관의 말 속에는, 금욕적인 동물로서의 문명인, 그리고 그들이 사는 문명 생태계의 축도(縮圖)로서의 아케이드 공간에 대한 이해가 담겨 있다. 그의 시선을 통해서 아케이드는 인간의 동물적인 본성을 상기시키는 것들을 되도록 피하고 감추려는 의도가 지배하는 세계임이 드러난다. 화장실은 "상점과 통로로 된 미로"의 가장 바깥쪽 구석에 배치

되어 있어 폐쇄 여부와 상관없이 눈에 잘 띄지 않는다. 프로이트는 인간의 동물적인 본성을 상기시키는 성(性)과 배설기능 등을 "지상의 찌꺼기"³⁾로 비유한 바 있다. 아케이드에 포진해 있는 상점들의 세계, 즉 상품경제의 교환관계 속으로 승화되지 못한 리비도는 일종의 상징적인 '배설물'이다. 그렇다면 화장실의 이러한 은폐성은 바로 그 "지상의 찌꺼기"에 대한 문명사회의 거부감과 억압을 상징한다고 볼 수 있다. 재미있는 것은 아케이드에서 화장실과 성형외과가 동일한 위상에 놓여 있다는 점이다. 아케이드에 들어선 사람들이 옷과 신발, 액세서리 가게를 거쳐 성형외과에 이르면서 추구하는 신체의 미적 개조가 몸의 '비천한' 자연적인 소여를 부정하는 것이라면, 성형외과의 은폐성 역시 "지상의 찌꺼기"에 대한 불편함과 연관되어 있다고 볼 수 있다.

문명적인 키치의 미학을 체현하고 있는 존재, 그래서 마치 문명세계의 문장(紋章)처럼 아케이드 곳곳의 광고판을 장식하고 있는 존재가 바로 '소녀시대'이다. 아케이드 입구에 걸린 신발회사의 광고판에 등장한 그녀들의 모습을 상기해보자. 인기가 많은 순서대로 일렬로 늘어서 화사하게 웃으며 한껏 다리를 들어올려, "하늘을 향해 뻗쳐 있는 일곱 개의 다리"가 부각된 그 모습은 "지상의 찌꺼기"를 완벽하게 떨쳐버리고 천상적인 존재로 도약하려는 문명적인 키치의 이상을 표현하고 있다. 여기에서 이 소설의 두 가

---

3) 지그문트 프로이트, 「지그문트 프로이트의 서문」, 존 그레고리 버크, 『신성한 똥』, 성귀수 옮김, 까치, 2002, 10쪽.

지 중심 모티프인 '소녀시대'에 대한 집단적인 팬덤 현상과 배설 참기의 연관성이 드러난다. 즉 강박적인 팬덤 현상은 인간의 본능을 지나치게 억압한 문명 생태계의 파생물이라는 가설이 두 모티프를 엮어준다. 그러한 인식은 "모두가 아무것도 만만하지 않으니까. 이것저것 못 하는 게 너무 많으니까. 그렇지만, 좋아하는 건 공짜니까, 그래서 그렇게 소녀시대가 좋은 거 아니에요?"라는 경찰관의 말 속에 분명하게 드러난다. 이 소설에서 '소녀시대'에 대한 집단적인 팬덤은 꿈이 상실되고, 성(性)이 억압된 사회에서 나타나는 문화적인 징후이다. 물론 매력적인 판타지에 몰입함으로써 본능적인 충동을 잠시 가라앉힐 수 있을지 모르지만 시간이 지나면 그것은 더욱 강하게 변해 돌아올 것이다. 마치 잠시 가셨다가도 몇 배의 고통으로 다시 찾아오는 복통처럼 말이다.

정치적이며, 문명적인 키치의 아케이드를 통과해 지상으로 올라온 주인공은 이제 배설 참기와 이러한 문화적인 욕구 불만을 분명하게 연관지어 생각하고 있음을 보여준다. 그에게 복통은 단순한 생리적인 욕구가 아니라 반문명적인 충동으로 인식된다. 마지막 세번째 화장실을 품고 있는 무역센터 빌딩을 향한 그의 반감은 바로 그러한 충동에서 비롯된 것이다. 아케이드를 딛고 수직으로 우뚝 솟은 무역센터는 "한국의 경제 성장지표를 건물 디자인의 모티프로 삼았다는" 데서도 암시되어 있듯이 각 개인들이 본능을 억제한 대가로 구축된 문명의 성과를 상징한다. 이 건물의 형태와 위치에 대한 묘사는 본능에 있어서 공룡과도 같은 인간이 아케이드 속에서 몸을 웅크리고 살아갔기에 그러한 성채가 만들어질 수 있었음을 보여준다. 그 성채는 문명의 금기와 규제를 어기며 자발적인 금욕자가 되기를 거부한 일탈자, 혹은 배교자를 용납하지 않을 것이다. 경찰관의 잘린 손가락은 바로 그러한 일탈자에 대한 처벌을 상징한다.

이제 무역센터를 향해 걸어가는 '나'의 모습에 주목해보자. 그는 "일직선의 굵직한 창이 배를 찌르고" 있는 고통을 참으며, 양복을 입은 채 빗속을 걷고 있다. 그는 멋진 양복을 입은 문명세계의 주민이었으나 어떤 이유에서인지 그 성채에 들어갈 자격을 잃고 자연적인 힘에 노출된 채 고통스러워하고 있다. 그는 악에 받쳐 분노한다. "왜 이렇게 된 거야, 도대체 왜, 내가 뭘 잘못했길래." 그는 무엇을 잘못한 것일까? 그는 열심히 일하며 살아왔고, 평범하고 만만한 여자에게 교제 신청을 하려던 것뿐이었다. 어쩌면 그 여자에게 만족할 수 없었던 그의 본능적인 충동이 복통을 일으켰던 것일지도 모른다. 하지만 그렇다 하더라도 그 복통을 해소할 길을 열어주지 않는 문화적인 환경에 돌아갈 책임이 줄어드는 것은 아닐 것이다. 그가 무역센터의 입구에서 엉덩이의 힘을 풀어버린 것은 그러한 억압적인 환경을 향한 선전포고일 수도 있다. 어떠한 공룡도 아케이드에서 그리 오래 견딜 수는 없을 것이다.

이학영
서울대 국문과 박사과정 수료.
2008년 중앙신인문학상에 평론이 당선되어 등단.

2012 제3회 젊은작가상

심사 경위
심사평

.
.
.
.
.

심사위원 김화영 남진우 신형철 은희경 이혜경

선고위원 강지희 노대원 신샛별 이소연 이학영 장은정 정실비 황예인

| 심사 경위 |

　'젊은작가상'이 올해로 3회째를 맞는다. 등단 십 년 이내 작가의 작품 중 심사 전년도 1월부터 12월까지 한 해 동안 주요 문예지와 공동소설집을 비롯한 각종 지면에 발표된 모든 중단편 소설을 대상으로, 총 일곱 편의 작품을 젊은작가상 수상작으로 선정하고 그중 한 편에 대상의 영예를 안기는 방식이다. 지난 일 년간 발표된 수많은 단편소설을 모두 검토하는 즐거운 노고는 이번에도 젊은 비평가들의 몫이었다. 2011년 계간 『문학동네』의 '리뷰 좌담' 코너를 맡아준 노대원, 장은정, 황예인 씨, 2012년에 같은 코너를 맡아준 신샛별, 이소연, 이학영, 정실비 씨, 그리고 객원 선고위원으로 참여해준 강지희씨 등 총 여덟 분이 그들이다. 한 달 동안의 열띤 논의를 거친 끝에 총 열다섯 명의 작가의 열여섯 편의 작품이 추려졌다.

김화영, 남진우, 신형철, 은희경, 이혜경 이상 다섯 분이 모여 1월 20일에 본심을 진행했다. 일곱 명의 수상자를 결정하는 일은 순조로웠다. 이미 한 권 이상의 단행본을 출간하여 호평을 받고 있는 김미월, 김성중, 김이설, 황정은 씨의 작품이 역시나 좋은 평가를 받았고, 아직 첫 책을 출간하지 않은 신예인 손보미, 이영훈, 정소현 씨의 작품이 눈길을 끌었다. 대상작 한 편을 결정하는 일에는 짧지 않은 토론이 필요했고 그 결과는 이변이었다. 수상자들 중 나이로나 경력으로나 가장 신예라고 해야 할 손보미 씨에게 영예가 돌아갔다. 단편소설 양식의 미학적 위력을 유감없이 보여준 작품 「폭우」는 각자 다양한 관점과 취향을 대변하는 심사위원 모두를 사로잡았다. 젊은작가상의 성격과 지향을 분명히 보여준 결과라고 할 만하다.

김화영(불문학자, 문학평론가)

작년에 비하여 올해는 작품들의 성격이 한결 다양해진 느낌을 받았다. 젊은 작가들이 어떤 일정한 공통의 경향을 드러내기보다는 각기 자신의 세계로 분기한다. 내게는 상대적으로 덜 익숙한, 그야말로 '젊은' 작가들의 약진에 특히 시선이 갔다.

우선 이미 몇 권의 소설집과 장편으로 그 탄탄한 능력을 인정받은 두 작가. 김미월의 「프라자 호텔」은 고전적인 서술형태를 선택하고 안정된 짜임새를 선보이지만 마지막 반전은 익숙한 방식을 한번 더 뒤집어 이중의 놀라움을 자아낸다. 그러나 이것은 처음 이 작품 한 편만을 읽었을 때의 인상일 뿐이다. 이 작품은

김화영

김미월이 최근에 내놓은 소설집 『아무도 펼쳐보지 않는 책』(창비, 2011) 전체의 문맥 속에 놓고 읽는 것이 옳다. 흘러가는 시간에 의하여 해체되고 마는 무의미한 일상에 어떤 형태와 의미를 부여하여 고정시키려는 노력이 소설이라면, 김미월은 그 어렴풋한 형태마저 다시 지워버리는 질긴 일상의 힘에 독자의 시선을 끌어들인다. '프라자 호텔'이라는 동일한 공간 속에서 부부의 바캉스라는 평범한 현재와 불발로 끝난 욕망의 흔적("아무도 펼쳐보지 않는 책"처럼)으로서의 과거가 만드는 미적 긴장, 그리고 그 일시적 긴장이 다시 일상에 의하여 지워지려 할 때 느껴지는 여운이 이 작품의 힘이다.

김이설의 「부고」는 이 작가가 줄기차게 제기하는 여성 문제의 또다른 버전이다. 세 사람의 남성과 세 사람의 여성 사이의 가해와 피해의 아라베스크가 모두에서 "네 엄마가 죽었다", 끝에서 "네 아버지가 죽었다"라고 전하는 목소리 속에 갇힌 채 조탁되면서 운명의 얼굴이 그려진다. 그러나 가해자인 남성들 앞에서 느끼는 두 여성 피해자 서로간의 공감, 그리고 진실을 직시하려는 결연한 태도는 가상하지만 그 이상의, 혹은 그와 다른 무엇을 더 기대하게 되는 김이설의 애독자에게는 아쉬움이 남는다.

황정은의 「양산 펴기」는 무엇보다 소설이 기대 밖의 정서를 생산하는 언어의 마술임을 다시 한번 경쾌하게 상기시키는 작품이다. 나와 녹두, 장어와 지구본, 양산과 스카프, 햇빛과 비, 양산과 우산, 이웃돕기 바자회와 철거민 시위, 무더운 실외와 서늘한 실내, 이태리 메이커와 중국의 제조 등 삶의 희비극적 세목들이 단문과 장문이 교차하는 리듬에 실려 정답고도 비루한 모자이크를 만들며 양산을 팟, 하고 펴면 드러나고 착, 하고 접으면 사라진다. "국산 빤스 나와라 양말 세 켤레 구청장 오천원 전통 있고 몸에도 좋은 우리 생존권" 같은 어느 하루의 소박한 초현실주의(카다브르 엑스키)는 최신의 광고 팁처럼 신선하고도 느끼한 모자이크다.

두 편의 '미로소설'은 지난 한 해의 흥미로운 수확이었다. 미로는 공간과의 문제적 관계를 의미한다. 우선 작가의 이름이 내 눈에 매우 생소한 이영훈. 그의 「모두가 소녀시대를 좋아해」는 일견 단순하고 흥미진진한 이야기로 쉽게 읽히는 장점을 갖추면서도 신화적인 틀을 변주하는 능력이 탁월하다. 그는 공간적 구조로서의 외적 미로("상점과 통로로 된" 거대 아케이드)와 내적 생리적 미로(소화기관)를 절묘하게 중첩시키면서 집요하고 절박한 출구찾기과정을 유머러스하게 그려나간다. 신화의 뼈대를 이루는 배역의 설정(테세우스, 미노타우로스, 아리안-G20, 아케이드, 경찰관), 미로의 입구('지하'철 삼성역과 음식물이 '들어가는' 청혼용 식당)와 출구(계단 위의 지상공간과 소화된 음식물이 배출되는 화장실) 사이의 대비와 긴장의 생산장치가 정교하다. 특히 미로를 탈출하는 과정의 안내역으로서 출구를 "지시하는" 경찰관의 손가락이 '의지(義指)'라는 설정이 절묘하다. 따라서 그의 손가락이 인도하는 출구가 닫힌 공간으로서의 "화장실"이 아닌 개방적 공간, 즉 '소녀시대'가 '겉모습'을 과시하는 지상공간인 것은 당연한 아이러니인지도 모른다. 한편 김성중의 「국경시장」은 미로소설의 가장 고전적인 공간과 상황을 빌려온다. 두 나라, 혹은 성과 속 사이의 '경계'지역인 국경과 강, 미로의 가장 전형적인 공간인 '시장', '달'이 뜬 밤이라는 낭만주의 특유의 환상성, 미로를 통과하는 행동주체로서의 방황하는 세 '여행자'들이 그러하다. 이런 미로의 장치 속에 작가는 기억과 정체성 사이의 모순적 관계라는 문제를 던져놓는다. 기억은 출구를 찾는 수단인 동시에 출구(통일)의 탐색을 가로막는 장애다. 시장에서 이 기억을 사고파는 행위는 발자크의 '상어가죽'을 연상시키는 모순적 관계를 드러낸다. 착종된 미로공간인 국경시장이 "단 하나의 골목"으로 환원되는 대단원은 다수를 하나로 통일하는 것이 미로 통과의 해답인 동시에 죽음이라는 신화적 의미를 되새기게 한다. 미로가 길을 잃게 하는 것이 아니라 막다른 골목에 처한 마음이 미로를 만든다.

끝으로 내게는 매우 생소한 '젊은' 두 작가의 자아분열, 분신 혹은 거울의 소설. 이항대립, 대조, 대칭은 소설의 형식과 내용에 있어서 의미생산에 가장 흔하게 동원되는 중요한 요소다. 두 개의 항 사이에는 거울이 놓여 있다. 이 거울은 대상을 정직하게 반영할 수도 있지만 많은 경우 흐리거나 왜곡된 모습으로 비춘다. 정소현의 「너를 닮은 사람」은 그 제목에서부터 이 주제를 정조준한다. "너" 클라인과 "나"는 키와 나이와 환경이 다르지만 이름이 같다. 그들 두 여자 가운데 한 남자와 아이가 그들의 정체성을 비추는 거울처럼 가로놓여 있다. 둘 사이에 장치된 거울은 서로의 모습을 비추고 동시에 매혹과 혐오를 자아낸다. "창문의 안쪽에 미동도 없이 서 있는 여자의 모습", 이것이 "나"의 '알테르 에고'다. 이렇게 마주 보는 두 여자의 얼굴은 동일한 존재가 분열된 것으로 대립적이면서 서로 상호보완적인 관계를 드러낸다. 둘로 분열된 동일한 존재의 집요한 관심과 공포 혹은 증오가 보호와 위협의 이중적인 에너지로 분출하여 마침내 존재의 부정에 이른다. 그러나 "암갈색으로 말라비틀어진 리사의 탯줄"만 담긴 "촉이 없는 만년필"이 상징하는 이 음산한 글쓰기가 독자의 마음에 우울의 그늘을 보태기는 하지만 젊은 작가다운 신선함을 드러내는 것 같지는 않다.

손보미의 「폭우」는 그 매혹이 어디에서 오는지 끝내 의문이 풀리지 않는 기이한 작품이다. 한편에 사고와 수술 끝에 실명한 남편과 무역회사 접수원인 서른세 살의 "못생기고 가난한" 아내가 짝을 이룬 "불쌍한" 부부, 다른 한편에 미국음악을 강의하는 사십대 강사와 그보다 다섯 살 아래인 "반듯한 콧날과 가느다란 목"의 아내가 이루는 부부. 그 두 쌍을 서로 비추는 거울은 비에 젖어 흐려져 있다. 아니 이때의 거울은 시각매체라기보다는 청각이나 후각에 가까울 만큼 애매하고 다의적이다. 줄기차게 쏟아지는 빗소리, 천둥번개 소리, 비냄새. 외국어 번역문체를 연상시키는 서술, 고의적으로 의미와 표현 사이의 틈을 벌려놓는 작가 특유의 언어는 자동차의 와이퍼처럼 거울 위에 쏟아지는 빗물을 닦아내지만 그 위로 다시 쏟아지는 빗물은 거울을 다시 흐려놓기 때문에 그 암시적 여운이 오래 남는다. 이 기이하고 매혹적인 작품은 말과 침묵 사이의 틈새로 흐린 욕망의 풍경을 언뜻언뜻 드러낸다. 언어가 말을 더듬을 때까지 벼랑으로 몰고 가며 태연하게 연출하는 이 잔잔하고 불안한 한 편의 연극은 그 어떤 단정적인 해석도 거부하지만 마지막 페이지를 덮으면 그 잔상이 길게 남는다.

남진우(시인, 문학평론가)

김이설의 「부고」는 새롭다는 느낌을 주는 작품은 아니다. 출생에 얽힌 비밀이나 성폭행, 가족 내부의 소통의 단절 등의 테마는 어떤 면에선 진부하다는 생각마저 들게 하는 면이 있다. 그런데도 잔잔하게 읽히는 힘이 있다. 특히 생모가 죽은 후 그녀의 유골을 강물에 뿌릴 때 키워준 엄마가 근처에서 웅크리고 앉아 냉이를 뜯는 장면은 압권이었다.

김미월의 「프라자 호텔」은 조금 심심한 작품이다. 평이하게 읽히고 다 읽고 나면 그래 이런 게 인생이지 하는 생각이 들게 만드는 그런 작품이었다. 크게 욕심 부리지 않고 안정적으로 이야기를 끌고 가는 작가의 능력을 확인할 수 있었다.

황정은의 「양산 펴기」도 심심하다는 느낌을 주는 면에서는 뒤

지지 않는 작품이다. 일당을 받고 양
산을 파는 아르바이트를 하는 주인
공의 하루가 담백하게 그려져 있다.
우리 시대의 여러 정치사회적 상황
과 풍속이 이 짧은 단편 안에 군더더
기 없이 담겨 있다. 우리 시대의 '겨
우 존재하는 것들'에 대한 작가의 애
정 어린 시선을 엿보게 해주는 작품
이었다.

남진우

이영훈의 「모두가 소녀시대를 좋
아해」는 제목이 기대하게 하는 만큼 발랄하거나 당돌한 작품은
아니다. 잘 짜여진 단편소설이 줄 수 있는 딱 그만큼의 효과를
주는 작품이었다. 엉뚱하게도 나는 소설에 나오는 경찰의 돌출
행동에 더 마음이 끌렸다. 아직도 그 경찰이 왜 그런 퍼포먼스까
지 벌여야 했는지 논리적으로 납득이 되지 않는다. 이처럼 그 행
동은 이해는 안 되지만 그렇다고 뭐 이런 게 다 있어 하는 느낌
을 주기보다는 오래도록 여운이 남아서 되새기게 만드는 힘을
발휘한다. 어디 술자리 같은 데서 만나면 작가가 직접 설명이라
도 해주길 바란다.

정소현의 「너를 닮은 사람」은 인간의 내면과 인간관계의 이면
을 섬뜩하게 보여주는 작품이다. 인간이 얼마나 자기기만으로
얼룩져 있는 존재인지를 이 작품은 독특한 화자 설정과 반전의
묘미를 통해 보여준다. 한 인간 속에 숨어 있는 죄의식을 끈질기

게 파고드는 이런 집중력은 우리 문학에선 흔치 않은 것이다.

김성중의 「국경시장」은 기억/망각에 대한 우화이다. 우화인 만큼 현실의 중력은 상대적으로 약해서 환상적인 설정이 상당부분을 차지하고 있다. 속도감 있게 이야기를 끌고 나가는 힘이 돋보이지만 이런 유형의 작품이 늘 부딪치는 문제, 즉 알레고리의 적절성에 대해 이런저런 생각에 잠기게 만드는 작품이었다.

손보미의 「폭우」는 '불행은 우리 모두의 거처'라는 금언을 떠올리게 만드는 수작이다. 지나치게 빡빡한 스타일로 쓰여진 게 아닌가 하는 느낌을 주기도 하지만 다 읽고 나면 전체적인 그림이 떠오르면서 삶의 연약함에 대한 애잔한 페이소스를 주는 작품이었다.

이 일곱 명의 젊은 개성들에 대해서 한국문학은 마땅히 경의와 기대를 표해야 한다는 데 나는 동의했다. 그 경의와 기대는 이들이 앞으로 지속적인 감시대상으로 블랙리스트에 오르게 됐다는 것에 다름아니다.

신형철(문학평론가)

장편소설에 대한 논의가 최근 활발해졌지만 나는 단편소설에 대해서도 아직 궁금한 것이 많다. 해럴드 블룸은 『How to read and why』(S. B. Company, 2001)에서 현대 단편소설이 두 개의 전통을 갖고 있다고 정리한다.[1] 하나는 체호프-헤밍웨이적 양식(A)이고, 다른 하나는 카프카-보르헤스적 양식(B)이다. 이 두 양식의 '미학적' 차이를 정교하게 논의할 법한 대목에서 그는, 그러는 대신, 두 양식의 '효용적' 차이를 이야기한다. "우리는 서로 다른 필요 때문에 그것들을 원한다. 전자가 리얼리티에 대한 우리의 갈망을 충족시켜준다면, 후자는 저 리얼리티라고 하는 것 너머의 것을 우리가 얼마나 갈구하는지 가르쳐준다." 이번 심사에서 내가 특별히 호감을 느낀 세 편의 소설을 먼저 밝히고 이 분류법으로 되돌아오기로 한다.

김성중의 「국경시장」은 기억을 매매하는 시장으로 독자를 데려간다. 이 기발한 이야기는 의외로 고전적일 정도로 진지한 물음 하나를 품고 있다. N국의 국경 근처에 두 남자와 한 여자가 있다. 이들의 나이에 주목해야 한다. 두 남자는 스물아홉 살 동갑내기("주코와 내가 동갑이라는 사실을 알게 됐다. 변변한 모험 없이 서른이 되는 게 끔찍하다고 그가 말했기 때문이다.")인데, '나'는 구 개월 전에 무리하게 어떤 기회를 붙잡으려다가 모든 걸 망치고 도망치듯 한국을 떠나온 청년이고, '주코'는 두꺼운 책들만 골라 읽다가 생활인으로서는 무능력해진 청년이다. 그리고 그들 곁에는, 세 번의 자살시도 이후 이제는 자유를 만끽하며 세계를 일주하는 중인, ("나보다 열 살이 많은") 서른아홉의 여자 '로나'가 있다. 이들은 함께 강을 건너 P국으로 가려 한다.

---

1) 국역본은 『교양인의 책읽기』(해바라기, 2004)와 『해럴드 블룸의 독서기술』(을유문화사, 2011), 2종으로 출간돼 있다.

그렇다면, 그들이 도달해야 할 P국이란, 나와 주코에게는 '삼십대'라는 이름의 나라, 로나에게는 '사십대'라는 이름의 나라일 것이다. 그러니 P국의 입구에서 악전고투하는 이 세 사람의 이야기는, 인생에서 새로운 십 년(decade) 속으로 진입한다는 것의 의미는 무엇인가, 라는 통과제의적 물음을 다시 묻기 위해 고안된 것이다. 이 물음에 이 작가는 어떻게 답했나. 그는 고백과 잠언에 기대어 그럴듯한 대답을 제시하기보다는, 매력적인 알레고리를 창조해 물음 자체를 달리 묻는 길을 택했다. 이것이 더 세련된 방식이라는 점을 굳이 강조할 필요가 있을까. 이 작가는 올해로 3회를 맞는 젊은작가상을 세 번 받았다. 이 작가에게 이야기를 설계하는 뛰어난 재능이 있다는 사실을 이제는 누구도 부인하기 어려울 것이다.

정소현의 「너를 닮은 사람」은 용서를 빌어야 할 사람과 용서를 해야 할 사람의 관계가 역전됐을 때 발생하는 '상황의 아이러니' 위에 구축돼 있다. 나에게 '작은' 잘못을 범한 그녀가 용서를 구할 때, 과거에 그녀 모르게 그녀에게 더 '큰' 잘못을 범하고 이를 은폐한 나는 어찌해야 하나. 그리고 여기에 이런 질문이 엄힌다. 그녀는 내가 범하고 은폐한 그 잘못을 모르는 게 확실한가? 혹시 알고 있다면, 그녀가 용서를 빌기 위해 자꾸 나를 찾아오는 것은 나에게 심리적 지옥을 선사하기 위한 고도의 복수가 아닌가? 이렇게 정소현은 상황을 한 번 비틀어서 아이러니를 만들었고, 한 번 더 비틀어서 서스펜스를 만들었다. 현재와 과거가 교차서술되면서 아이러니와 서스펜스가 피차 가중되고, 끝에서

이 두 층위가 만날 때 이야기는 폭발
한다.

신형철

　깊은 전언이 숨어 있다. 과거의 시
간을 매장하고 현재의 자신이 되는
데 성공한 사람에게 가장 두려운 것
은 과거의 시간이 되돌아오는 사태
라는 것. 왜냐하면 과거의 시간은 과
거의 '나'를 데려오는데, 그렇게 두
개의 '나'가 동시에 존재하게 되면
정체성은 붕괴하기 때문이다. 이는
분신(double) 모티프의 핵심이기도 하다. 두 주인공의 이름이
같다는 설정은 이런 맥락에서 아주 적절하며, 덕분에 이 소설은
끝에 이르러 분신 환상담으로 살짝 번져나간다. '너를 닮은 사
람'이라는 제목은 '나를 닮은 사람'으로 읽혀도 무방하리라. 덧
붙이건대, 이 작가의 정직하고 규범적인 문장들이 이상하게 둔
탁한 울림을 뿜어내는 것은, 서술(narration) 층위에서의 기량,
즉 이야기를 효과적으로 풀어낼 줄 아는 기량이 문장들에 전압
을 부여하기 때문일 것이다.

　손보미의 「폭우」는 도저히 촌스러울 수 없는 방식으로 쓰인
소설이다. 두 개의 이야기가 교대로 진행된다. 이 경우 대개는
'같은 시간, 다른 장소'의 이야기가 대등하게 교차된다. 그런데
이 소설에서는 이미 과거의 어느 시점에 완료된 이야기(a)가 현
재시점에서 실시간으로 진행되는 이야기(b) 사이에 끼어드는데,

사분의 삼 지점에 이르면 a가 b의 원인임이 밝혀지면서 b의 울림이 비약적으로 커진다(즉 a와 b의 서사적 '기능'은 대등하지 않다). 그런데 b의 진실이 불편하게 드러나는 순간, b에 한 원인을 제공한 a가 추가적인 의미를 부여받게 되고, a는 a대로 자신만의 쓸쓸한 울림을 빚어낸다(즉 a와 b의 서사적 '가치'는 대등하다). 일상의 삶이란 얼마나 연약한 것인지, 각자의 삶의 연약함들은 또 어떻게 서로 연결돼 있는지를 이 소설은 '구조적으로' 입증해낸다.

이 작가는 여타의 한국 단편소설들이 가장 감상적인 말들을 늘어놓을 것 같은 대목에서 어김없이 입을 다문다. 그 대신 "어떤 감정들이 되살아나는 것을 느꼈다" "뭔가 이상한 감정을 느꼈는데" "무언가가 부서지는 느낌에 사로잡혔고" 등과 같은 문장들을 쓴다. 말로 '규정'하지 않고 침묵으로 '환기'하는 이 스타일의 효과는 절묘하다. 그럴 때마다 두 부부 사이에서 발생 중인 어떤 '파열'의 조짐이 마치 살아 있는 생명체처럼 꿈틀댄다. 언젠가 '단편소설의 최소조건은 파열선의 포착'이라고 규정해본 적이 있는데, 이 소설은 그 규정에 (레이먼드 카버가 그런 정도로) 거의 정확히 부합한다. 이런 형질의 단편소설이 이 정도 완성도에 도달한 사례를, 과문한 나는, 황정은의 「야행」(『창작과비평』 2008년 여름호) 이후 처음 발견했고 경탄했다.

앞에서 현대 단편소설을 체호프-헤밍웨이적 양식(A)과 카프카-보르헤스적 양식(B)으로 분류했다. 이 분류법이 단편소설 양식의 두 대극(對極)을 규정한 것은 아닐 것이다. 세상의 모든 단편소설을 A와 B 사이에 늘어놓을 수는 없다는 뜻이다. 수많은 양식 중에서 오늘날까지 지속적인 영향력을 행사하는 두 유형을 대열에서 한 발 앞으로 끌어낸 것이리라 짐작한다. 나에게 손보미의 소설은 A의 미덕을 빼어나게 체현한 사례로, 정소현의 소설은 A에 가깝되 B의 효과를 부분적으로 채용한 사례로, 김성중의 소설은 B의 매력을 유감없이 발산한 사례로 보였다. 유전자가 다른 소설들이므로 우열을 가리는 일은 무의미했지만, 나는 셋 중 한 사람을 다시 반 발 더 앞으로 끌어냈고, 그 선택은 다수의 다른 심사위원들과 일치했다.

은희경(소설가)

매우 즐거운 심사였다.

나의 경우 즐겁지 않은 심사는 대략 세 가지이다. 읽어야 할 작품이 전반적으로 재미가 없을 때와 뽑고 싶은 작품이 끝내 한 편도 나타나지 않을 때, 심사위원들 사이에 의견대립이 예상될 때이다. 의무적이고 지루한 독서는 수험생이나 하는 것이고, 뽑고 싶은 작품이 한 편도 없을 때의 초조함은 그럼에도 심사비를 받아야 하는 민망함으로 이어진다. 그리고 심사위원은 누구나 관점이라는 이름의 문학적 편견을 갖고 있으며 그것이 충돌하는 건 당연한 일이다. 남을 설득할 자신이 없는 성격 급한 나에게 있어 의견대립이란 번번이 받아들이기 어려운 결론에 사인을 하

은희경

는 건 물론이고 내가 나를 설득하는 과정에서 그 일이 쉽게 성사되도록 돕기까지 했다는 자괴감을 불러일으키곤 했다. 이번 심사는 이 세 가지와 거리가 멀었다.

우선 한 편도 빠짐없이 문학작품을 읽는 재미를 주었다. 문예지에서 띄엄띄엄 보았던 여러 작가의 작품들을 한꺼번에 읽으니 마치 한국문학의 다양한 파장을 품은 빛의 줄기가 한 가닥으로 꿈틀대며 유려하게 눈앞을 흘러가는 것 같았다. 다만 당선작 한 편을 고르는 일이 쉽지 않았다. 몇 편을 빼고는 어떤 작품이 당선작이 되든 상관없다는 마음이었기 때문이다. 그것은 다른 심사위원들이 어떤 작품을 당선작으로 결정하든 대부분 동의할 수 있다는 뜻이었으므로 심사는 점점 즐거워졌다.

누구나 알다시피 상은 축제이기도 하다. 나는 동료이기도 한 젊은 작가들의 작품을 대상으로 한 이 상의 심사에 축제의 플래카드 한 귀퉁이를 드는 마음으로 참여했다. 작품에 대한 평보다는 간단한 소감 정도로 나의 애정을 표현하고 싶다.

황정은과 김미월의 작품에서 리듬을 타고 흘러가는 문장의 편안함 혹은 긴장의 유연한 변주, 그리고 꿰맨 자국이 드러나지 않는 이야기 솜씨의 매끈함을 보았다. 너무 다른 개성적 작품세계를 갖고 있고 나 또한 단지 취향에 따른 것이지만 호감도의 차이를 갖고 있으므로 두 작가를 함께 언급하는 건 어울리지 않는 짓이다. 하지만 그동안 만들어온 자신들의 세계가 완숙해져 설정의 과정이 불필요하게 되었다는 점에서 황정은의 「양산 펴기」와 김미월의 「프라자 호텔」 모두 비슷한 신뢰와 반가움으로 다가왔다.

이영훈의 「모두가 소녀시대를 좋아해」는 무거움을 가볍게 만드는 법, 사소함을 구조적 부조리로 연결시키는 법, 이 두 가지 솜씨만으로도 즐거움을 주었다. 정소현의 「너를 닮은 사람」은 전복적 구성과 서술방식이 인상적이었다. 김성중의 「국경시장」과 김이설의 「부고」는 둘 다 작품의 완성도에 대한 집념 혹은 치열함을 느끼게 한다.

당선작은 손보미의 「폭우」이다. 세련되고 치밀하고 그러면서도 모든 걸 다 말해주지 않는 조용한 비밀의 분위기가 있다. 특별한 이야기가 아닌데도 낯설고 긴장감을 조성하는 매력적인 작품이다.

후보작 모두 당선작이 되어도 상관없을 만큼 엄선된 작품이다. 당선작은 큰 의미가 없을지도 모른다. 그래서 최종결정에는 '젊은작가상'이라는 상만이 가질 수 있는 관점이 자유롭게 반영되었다. '젊은 작가'가 한국문단에서 가지는 의미와 역할에 대해서도 의견이 오갔다. 그 과정에서, 작가가 아니라 작품을 대상으로 하는 만큼 검증된 작가의 범작보다는 신인의 뛰어난 작품에 점수를 주는 것은 당연한 일이라는 데 의견이 모아졌다. 그러고 보니 당선작의 의미가 커졌다. 모두 진심으로 축하드린다.

이혜경(소설가)

'젊은 작가'의 글을 읽는 것은 즐겁다. 그것도 한 해 동안 발표된 글 가운데 선고위원들이 추려 뽑은 글을 모아 읽는 일은 우리 소설계의 현주소를 가늠할 수 있게 해준다. 우선 지난해보다 좀 더 다양해진 듯해서 반가웠다.

김성중의 「국경시장」은 작가 특유의 발랄한 상상력을 다시 드러낸다. 여행지에서 우연히 만난 사람들이 가게 된 국경의 시장. 화폐를 사기 위해 기억을 내준다는 설정이, 김성중 특유의 상상력에 힘입어 실재인 듯 몽환인 듯 구분되지 않는 한 세계를 그려낸다.

김미월의 「프라자 호텔」은 담박하다. 무심한 듯 이야기를 이끄는 은근한 힘이 빛난다. 젊음을 막 상실한 사람이 돌아보는 젊음의 한때와 현재가, 시청 앞 광장이 내려다보이는 프라자 호텔, 시위대에 쫓기던 젊은 날과 개혁적이던 대통령의 죽음 등으로 노련하게 중첩된다.

김이설의 「부고」에는 좀 지나치다 싶게 얽히고설킨 가족이 나온다. 각자가 지닌 상처는 때로 교집합을 이루기도 하지만, 그건 극히 일부분에 지나지 않는다. 서로 상처를 핥아주는 짐승들처럼 때로 온기를 나누기도 하지만, 결국 혼자 감당해야 하는 것임을 다시금 환기시킨다.

손보미의 「폭우」는 '폭우 속에서 슬픔과 분노 때문에 멈춰버

린 사람들'에 관한 이야기다. 자신의
불행이 '멍청함' 때문이라고 생각한
한 여자에게 싹튼 교양에 대한 선망.
그녀는 그 교양을 익히려 노력하고
그 세계에 다가가려 한다. 그 과정에
서 생긴 오해가 증폭되면서 빚어지
는 일들이 마치 희곡처럼 형상화되
어 있다.

이혜경

이영훈의 「모두가 소녀시대를 좋
아해」는 경쾌하다. '만만한' 게 없는
세상, 한 사람이 나름대로 공들인 계획은 그 개인과 무관하게
틀어진다. 무역센터라는 한 장소를 무대로, 짧은 시간에 벌어진
단순한 이야기를 끌고 나가는 작가의 만만치 않은 입심이 흥미
롭다.

정소현의 「너를 닮은 사람」은 안정궤도에 접어든 한 여자의
일상에 출현한 과거의 기억, '악령'의 출현을 다룬다. 저마다 갖
고 있을 덮어두고 싶은 기억, 거기에서 끝내 자유로워질 수 없다
는 전언이, 조금 작위적으로 느껴질 수도 있는 설정과 결합하면
서 독특한 인상을 남긴다.

황정은의 「양산 펴기」는 덤덤하다. 지구본 구입이나 장어 먹
기에도 큰마음을 먹어야 하는 가난한 젊음의 어느 하루. 호객을
위한 구호가 생존권 확보를 위한 시위대의 구호와 절묘하게 맞
물리고, 구청장 선거에 나온 정치인의 관념은 생활에 깊이 물든

사촌누이의 자약한 말과 대비된다. 과장도 아우성도 없이 다만 삶의 단면을 보여주는 덤덤함이 오히려 더 서늘하다.

사람도, 그 사람이 쓰는 글도, 쉬 바뀌지 않는다. 바뀌는 것만이 좋은 것도 아니다. 그럼에도 불구하고 젊음에게는 끊임없이 자신의 틀을 부수고 나가기를 기대하게 된다. 지금까지 구축해온 세계에 머물고 싶어질 때 다시 한번 차고 나가기를. 실수를 하든 실패를 하든, 그걸 만회할 시간이 넉넉하니까. 작가의 이름을 보지 않고도 '이건 누가 쓴 것이구나' 하고 확신하게 하는 작품을 보면 더더욱 그런 생각이 들었다. 기왕의 방식으로 더 깊어지는 것도 좋으나, 자기 안에 있는 또다른 가능성을 찾는 시도를 거듭했으면 하는, '바람풍' 같은 바람.

문학동네 젊은작가상 수상작품집

2012 제3회 젊은작가상 수상작품집
ⓒ 손보미 김미월 황정은 김이설 정소현 김성중 이영훈 2012

1판 1쇄 │ 2012년 4월 23일
1판 8쇄 │ 2021년 9월 24일

지은이 손보미 김미월 황정은 김이설 정소현 김성중 이영훈
책임편집 황예인 | 편집 이경록 조연주 | 디자인 엄혜리 유현아
마케팅 정민호 이숙재 우상욱 정경주
홍보 김희숙 함유지 김현지 이소정 이미희 박지원
제작 강신은 김동욱 임현식 | 제작처 영신사

펴낸곳 (주)문학동네 | 펴낸이 염현숙
출판등록 1993년 10월 22일 제406-2003-000045호
주소 10881 경기도 파주시 회동길 210
전자우편 editor@munhak.com | 대표전화 031)955-8888 | 팩스 031)955-8855
문의전화 031) 955-3578(마케팅) 031) 955-8864(편집)
문학동네카페 http://cafe.naver.com/mhdn

ISBN 978-89-546-1812-0 03810

www.munhak.com